風月傳說

卷·6

聖戰序曲

無極——著

風月傳說 卷6 聖戰序曲（原名：風月帝國）

作者：無極
發行人：陳曉林
出版所：風雲時代出版股份有限公司
地址：105台北市民生東路五段178號7樓之3
風雲書網：http://www.eastbooks.com.tw
官方部落格：http://eastbooks.pixnet.net/blog
Facebook：http://www.facebook.com/h7560949
信箱：h7560949@ms15.hinet.net
郵撥帳號：12043291
服務專線：(02)27560949
傳真專線：(02)27653799
執行主編：朱墨菲
美術編輯：許惠芳

法律顧問：永然法律事務所 李永然律師
北辰著作權事務所 蕭雄淋律師

版權授權：蔡雷平
初版日期：2014年2月
初版二刷：2014年2月20日
ISBN：978-986-5803-55-1

總 經 銷：成信文化事業股份有限公司
地　　址：新北市新店區中正路四維巷二弄2號4樓
電　　話：(02)2219-2080

行政院新聞局局版台業字第3595號 營利事業統一編號22759935

定價：280元　特價：199元

國家圖書館出版品預行編目資料

風月傳說／無極著. -- 初版-- 臺北市：風雲時代，
2013.07 -- 冊；公分

ISBN 978-986-5803-55-1（第6冊；平裝）

857.7　　102020708

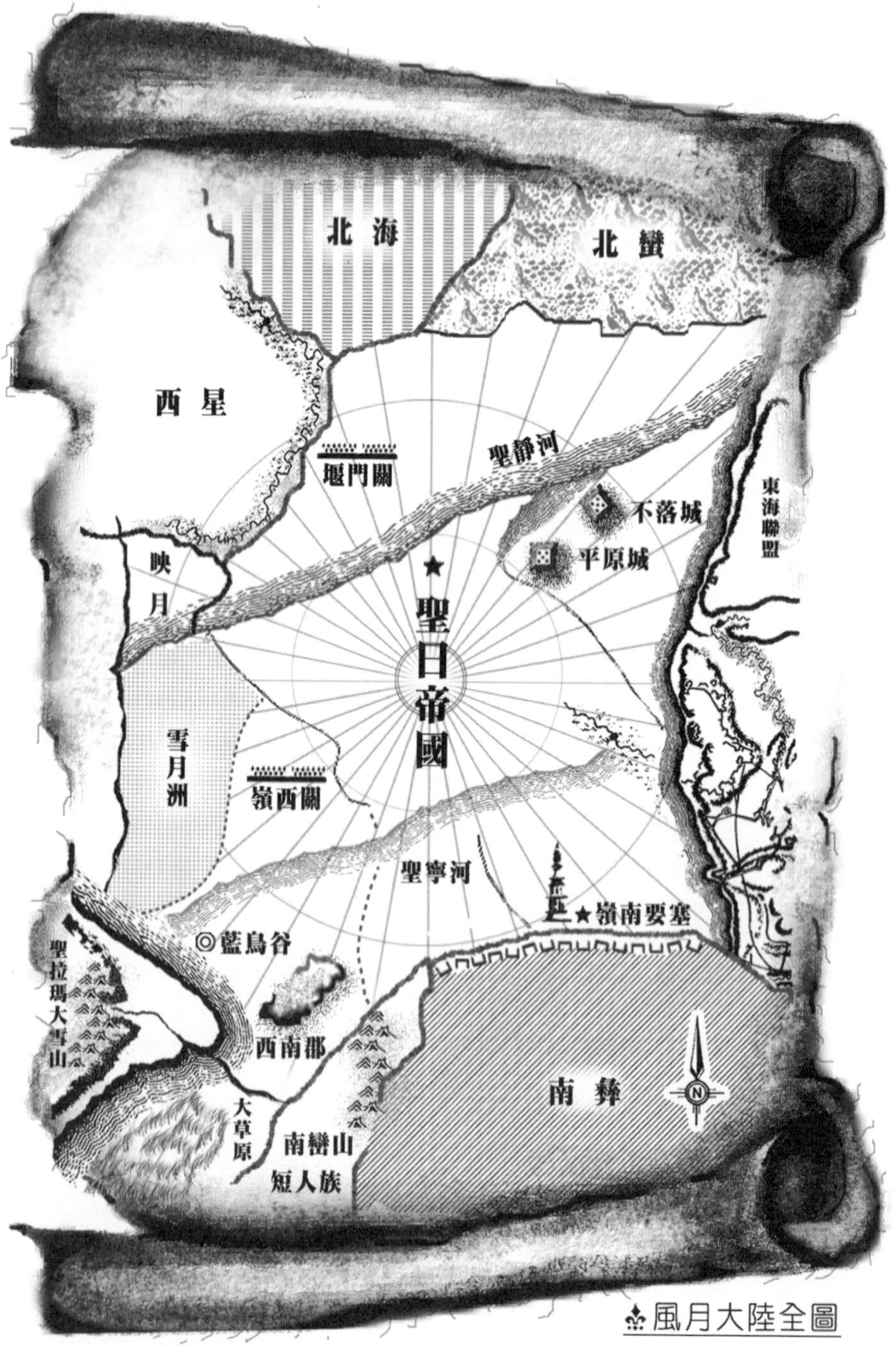
北海
北蠻
西星
聖靜河
堰門關
不落城
平原城
東海聯盟
映月
聖日帝國
雪月洲
嶺西關
聖寧河
嶺南要塞
藍鳥谷
聖拉瑪大雪山
西南郡
大草原
南巒山
短人族
南彝
N

風月大陸全圖

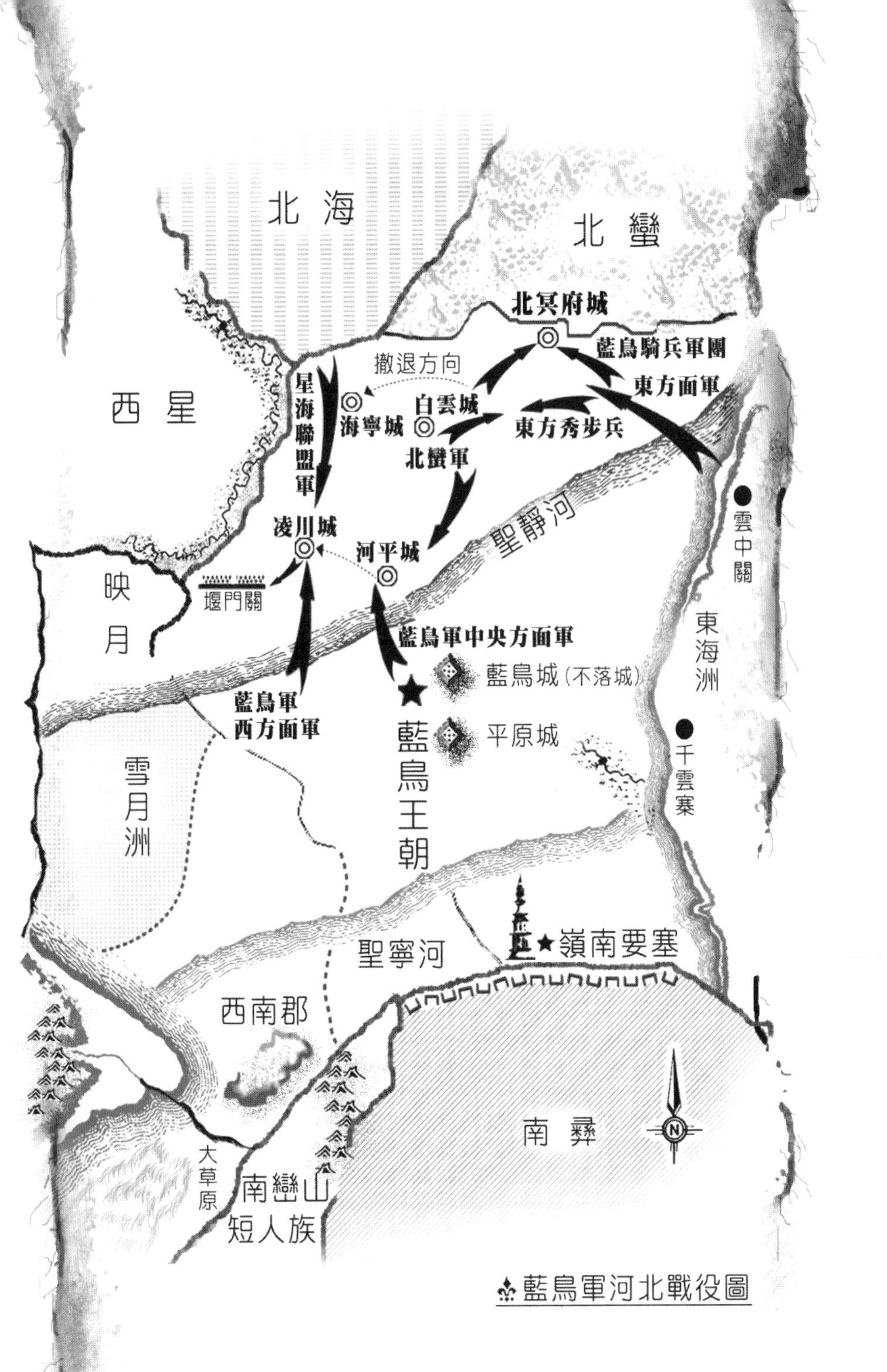
北海
北蠻
北冥府城
藍鳥騎兵軍團
撤退方向
東方面軍
西星
星海聯盟軍
海寧城
白雲城
東方秀步兵
北蠻軍
凌川城
河平城
聖靜河
雲中關
映月
堰門關
藍鳥軍中央方面軍
東海洲
藍鳥城(不落城)
藍鳥軍
西方面軍
藍鳥王朝
平原城
千雲寨
雪月洲
聖寧河
嶺南要塞
西南郡
南彝
大草原
南巒山
短人族

藍鳥軍河北戰役圖

第一章　馬踏連營

長空飛躍、司空傲雪和海島無疆快速離開，東方闊海和夏寧博海立即組織人佈署防禦，整頓軍隊，這時候，藍鳥騎士團轟鳴的馬蹄聲漸漸近了，喊殺聲清晰可聞，東方闊海向西望去，藍鳥騎士團像黑色的幽靈，迅速向前而來。

「大哥，我們先躲一躲，避免其鋒！」

「博海，你別拉著我，我不走！」

「大哥，你不要這樣，東海幾十萬士兵還指望你呢，大哥！」

「哎，博海！」

東方闊海在夏寧博海的拉扯下離開軍前，向兩側走去。

大將軍維戈率領藍鳥騎士團、短人族戰斧團、騎兵第五、第六軍團一路東進，二十萬人日夜兼程，不敢有一點怠慢，一路上極少休息，好在士兵們不用走路，坐在馬上，但戰馬也需要休息，所以緊趕慢趕，勉強在東方闊海入關前趕了上來。

大軍經過一天行軍，傍晚時分來到雲中關外五十里外，東方闊海大軍紮營的痕跡隨處可見，維戈一臉懊悔，心想沒能在東方闊海入關前趕上，讓東海五十五萬人入關，不知道會給雷格增加多大的麻煩，心中懊悔無限，深深自責。

但大軍已經距離雲中關不遠了，怎麼也要到雲中關看看，於是，維戈下令：「全軍繼續前進，到雲中關下休息。」

不久，前鋒一軍官來報告：「翎帥，東方闊海大軍不知道什麼原因沒有入關，現正在關前安營紮寨，距離我軍不足二十里！」

「什麼?東方闊海沒有入關?」

「是，翎帥！」

維戈沉吟了一會兒，然後突然仰天大笑道：「好你個雷格，好樣的，好個藍羽！」

戰斧軍團長卡萊忙問道：「翎帥，可是雷格大將軍的藍羽阻擋了東海軍隊?不可能吧?」

「哈哈，正是雷格和藍羽！」

「怎麼回事?」

「這事等會兒再說，雅藍、雅雪！」

「在，翎帥！」

「你們倆和布萊、里斯立即率領騎士團出發，順大路攻擊前進，不要貪殺，在東方闊海未立穩腳跟前快速攻擊，到達雲中關外看看情況，如果是藍羽攻佔了雲中關，你們就進去，告訴雷格說，明天一早我們東西夾擊，先殺東方闊海一陣！」

「是，翎帥！」姐妹倆施禮後撥馬離開。

不久，藍鳥騎士團士兵全身披掛，擺出攻擊陣形，在雅藍一聲令下中，當先向雲中關殺來。

藍鳥騎士團是重騎兵部隊，每一個騎士都是軍中的高手，大部分出身藍鳥谷，可以說是藍鳥軍的子弟兵，聖王天雷嫡系中的嫡系，也只有維戈兩次指揮過藍鳥騎士團，其餘之人誰也沒有指揮的權利，如今在東方闊海剛到達雲中關外的時刻，藍鳥騎士團殺了出來。

騎士團擺出攻擊陣型有三個尖鋒部，中央爲主帥雅藍、雅雪姐妹及親衛士組成的尖部，左尖部爲布萊及親衛，右尖部由里斯及親衛組成，分一百路縱隊，五百人一隊向前撲去。

由於東方闊海剛剛到達雲中關地區，沒有時間在路上佈置機關陷阱等，所以騎士團並不擔心這些，他們全部身著黑色的盔甲，手提一丈二尺長黑色騎槍，如九天之外來的幽靈，悶頭向前狠殺。

東海士兵剛剛紮下大營，部隊還沒有休息，有的正在忙碌中，藍鳥騎士團就殺了上來，重騎兵不怕步兵戰陣，只有陷阱等對其有一定威脅，所以維戈放心騎士團單獨攻擊，即使東方闊海有所準備，憑騎士團的攻擊力也可以全身而退，也沒有敢多派其餘部隊。

東海士兵見藍鳥騎士團的重騎兵紛紛向外逃，避開騎士團的主攻方向，在重騎兵攻擊之下，無論是什麼樣的英雄好漢也抵抗不住，其巨大的衝擊力不是人力可以抗拒的。

藍鳥騎士團一路縱橫，尖鋒所指，一切反抗和不反抗的敵人全部被摧毀於馬下，長長的路上留下一條血跡，死屍被戰馬踏成碎片。

東海軍還是第一次與藍鳥騎士團對陣，從沒有見過騎士團可怕的攻擊力，如今，騎士團如出海的矯龍，下山的猛虎般把東海大營從中切段，帶出一條血河，滾滾向前。

東海聯軍二十里大營被騎士團一路衝擊，士兵雖然躲閃得快，也有幾萬人被斬於馬下，這還是維戈小心，沒有讓他們多殺，否則以東海軍剛紮營的情況，傷亡將更慘重。

二十里內，喊殺聲，慘叫聲、驚呼聲響成一片，藍鳥騎士團高挑的戰旗緩緩地向前移動，沒有一點減慢，整個大營內像開了鍋般泛起波瀾。

維戈立馬在西方遠處一座山上觀看，越看越興奮，嘴裏不斷地叫好，臉上掛滿笑意，他羨慕騎士團的官兵，因爲他從小就想成爲其中的一員，如今他貴爲藍鳥重臣，已經沒有這樣的待遇了。

在雲中關上，藍羽第二十一軍團全體官兵莫名其妙地看著東海大營一陣慌亂，喊殺聲震天，雷格不敢輕易開關，生怕中了東方闊海的詭計，但是，在雷格的心裏隱隱約約地知道藍翎維戈到了，他們兄弟從小在一起，心靈幾乎相通，默契的程度幾乎無人可比。

藍羽十萬人馬奔襲雲中關，雷格的壓力是巨大的，雲中關前有東方闊海五十餘萬大軍，後有關谷城一帶敵人，東海六公子剛剛被殺退，不久將再來，如今，藍羽兩面受夾擊，兵力有限，困難可想而知，雷格生性倔強，不願意服輸，只能咬牙硬挺，但藍羽騎兵將士每犧牲一個，他的心都在痛。

如今見藍鳥騎士團從敵人中央殺出，雷格就知道維戈到了，而且，維戈兵力一定足夠用，藍鳥騎士團硬闖敵營，雷格知道維戈想表達的意思，不要怕，兄弟，我來了。

「來人，開關迎接騎士團的兄弟！」

「是，羽帥！」

士兵樂哈哈地答應，十幾個人絞動輪機，把千斤閘緩緩地提了上來。

雅藍、雅雪姐妹在隊伍的前面，姐妹倆互相支援，兩條霸王槍左右揮舞，親兵前後保護，快速向前殺去，如今姐妹倆不比當年，經過兩年軍中拼殺，她們都成爲了名將，在整個聖拉瑪大陸上，幾乎沒有那一個國家的將領不知道藍鳥騎士團，不知道雅藍、雅雪兩位軍團長。

雅藍抬眼向前望了望，見雲中關已在里許左右，關上藍羽飄揚的戰旗清晰可見，她對旁邊的姐姐雅雪說道：

「姐，羽帥已經佔領了雲中關，我們進去吧！」

雅雪看了一眼關上，見雷格高大的身影在晚霞中歷歷在目，忙答道：「好，繼續前進，不要停！」

說話間，雲中關大門緩緩地被提了上來，雅藍斷喝一聲道：

「注意，入關！」

戰馬徐徐減速，整個大軍慢了下來，來到關前，姐妹倆閃在一旁，雅藍喝道：「入關，不要停！」後方騎士引馬馳進關內。

一會兒，布萊來到跟前，向姐妹倆道：「將軍，這有我和里斯在，請將軍先行入關！」

雅雪點頭道：「也好，注意了！」

「將軍請！」

姐妹倆提馬馳入關內，在不遠處勒住戰馬，跳下馬來，早有人把馬的韁繩接過。

兩個人快步來到關牆之上，雷格正在等待著她們，見到雷格，姐妹倆忙施禮道：「騎士團團長雅藍、雅雪見過羽帥！」

「不要多禮了，妳們也辛苦！對了，聖王大哥和維戈哥哥可好？」

雷格自然知道她們姐妹倆和天雷的事情，對她們非常客氣和熱情，姐妹倆從小長在藍鳥谷，侍奉天雷這麼多年，如今都是自家人，聖王天雷讓她們出任藍鳥騎士團長官，用心良苦。

「羽帥，聖王很好，如今坐陣平原城，日理萬機，就是勞累一些；翎帥在三十里外駐紮，讓我們先到關前看看，如果羽帥奪下雲中關，翎帥說明天一早我們發起攻擊，先截殺東方闊海一陣！」

雷格萬分高興，黑黑的臉上難得地露出了笑容，他敞聲大笑道：「嘿嘿，好，好，聖王大哥胸裝乾坤，維戈哥哥文武兼備，東方闊海想不投降都不行了，嘿嘿！」

「是，羽帥！」姐妹倆也跟著高興。

雷格、維戈和聖王天雷的關係，雅藍、雅雪比別人清楚得多，聖王天雷十三歲創建藍鳥谷，與雷格、維戈一起習文練武，姐妹倆在聖王身邊侍奉，他們的感情不用說，一想就明白。

雷格柔聲說道：「雅藍、雅雪，事情我已經明白了，妳們下去休息吧，明天一早太陽一出山，我們就發起攻擊！」

「是，羽帥！」

雲中關谷一帶山連著山，地勢比較高，太陽從山頂上升起的時候，天已經不早了，朝霞滿天，半輪金日掛在山頂，把金色的陽光灑落在千雲山和白雲山上，美妙的景色讓人陶醉。

從遠處望，金日要比山裏看得清楚，也早一刻，從西向東望去，彩霞滿天，霞光萬道，清香的空氣中帶著豔陽的溫暖，士兵看得呆了。

跟隨維戈大將軍而來的士兵從沒有看過這樣的美景，維戈雖成長在大雪山，也沒有見過東海的日出，短人族士兵和中原士兵就更不用說，十五萬人組成三個方陣，一時間靜悄悄，個個抬頭望向東方的日出，忘記了出征。

當雷格看見日掛山尖的時候，藍鳥騎士團和三萬名藍羽勇士已經等候在關內的路上，從山谷裏向西南望去，金色的霞光飛滿天，整個山谷彷彿充滿了彩霞，八萬勇士身披彩帶，沐浴陽光。

「開關！」

「出發！」

雷格和維戈彷彿是同時下達了攻擊命令，維戈呆看了東海日出一會兒，回過神來，臉微微一紅，左右一看，沒有人注意他，士兵全部都向東呆望，他的心跳動了一下，這才大聲喝令出發。

雷格沒有這麼好的興致，提起廝殺他就興奮不已，沒有什麼比這對他有吸引力，今天作戰，眾將本不讓他帶隊，姆里硬勸也沒有成功，最後還是他帶領兩萬人守關，雷格率隊攻擊。

藍翎、藍羽二十三萬人分前後夾擊，把東海聯盟軍堵在雲中關前狹窄的地區，東方闊海昨晚就沒有休息好，藍鳥騎士團從二十里外一路殺進關內，壞消息不用說了，以後戰鬥將非常的艱苦，藍翎、藍羽第一次合作，前後攻擊，他知道想憑藉東海這些疲憊步兵對抗藍翎、藍羽強大的騎兵，後果可想而知。

天微亮的時候，東海聯軍就早早起來，佈下了嚴密的防禦，由於時間倉促，沒有大的準備，但士兵昨天受到藍鳥騎士團的攻擊，心有餘悸，趕緊修築工事，一夜沒有休息好，但沒有辦法，每一個人都知道明天他們將面臨的是什麼。

轟鳴的馬蹄聲從前後傳來，東方闊海和長空飛躍、夏寧博海、司空傲雪、海島無疆分別帶人防禦，拚死抵抗，所有的車輛、裝備全部派上了用場，昨天新伐的樹木也佈在了陣前，弓箭手輪番拚著命放箭，阻擋騎兵前進的步伐。

藍翎十五萬人馬，藍羽八萬人馬，前後如兩條出水的矯龍一般向前殺去。維戈親率中軍第六騎兵軍團五萬人順大路向前，短人族戰斧團從左翼攻殺，騎兵第七軍團從右翼攻擊，寬十餘里的地面上閃爍著刀光和騎兵的身影，弓騎首先放箭，隨後就撲了上去。

而藍羽雷格率領藍鳥騎士團爲前鋒，左右兩翼各一萬五千名藍羽保護，沒有什麼花巧，雷格的戰法簡單直接，攻擊敵人中軍，一路向前狠殺。

從太陽升起的時候起到日中正午，一個多時辰內，藍翎、藍羽不斷衝殺，把東海聯軍大營衝得亂七八糟，不成樣子，鮮血早已染紅了大地，東海五大世家家主及家族子弟勉強抵住維戈和雷格兩人，但損失極重，在雷格刀下無一合之將，將官被他斬殺無數，東方闊海和長空飛躍兩人看不下去，親自出馬才堪堪抵住，雷格殺性不是一般的大，只要一看見血光，他的狠勁就上來了，好在藍鳥騎士團和藍羽衛的將領多，尚能掌握住局面。

而維戈一條大槍上下翻飛，屍體不斷地被挑到空中，統領級的將官被他斬殺了四個，大隊長小隊長無數，士兵只要一進入其圈內，就再也出不去，藍翎衛就如一架絞肉機器一般，把一切想靠近主帥的人斬倒在地上。

中午，維戈和雷格兩人會合，兄弟倆一見面互相凝視一眼，哈哈大笑，然後，維戈說道：

「行，兄弟，沒有給大哥丟臉，好樣的！」

「哥哥，你也不差，嘿嘿！」

維戈微一點頭道：「今日就到此爲止，明日休息，我派人通知東方闊海投降，如其不從，我們後天將其全部擊殺！」

維戈運氣發出的聲音傳出很遠，整個戰場幾乎全部能聽見。

「好，後天見！」

兄弟二人互相一點頭，撥馬向來路走去，士兵如潮水一般跟回，快速退回大營和關內。

雲中關前一戰，藍翎、藍羽通力合作，把東方闊海五十五萬大軍擊殺近半，屍體躺遍軍營，東海五大家主欲哭無淚，東方闊海一臉呆狀，東海士兵全無鬥志，個個渾身顫抖，望著被鮮血染紅的大營，魂飛魄散，士兵沒有人敢提起藍鳥軍的騎兵。

海島無疆來到東方闊海的跟前，用哭的聲音說道：「大哥，這仗還打嗎？」

東方闊海呆呆無語。

「大哥！」長空飛躍在旁叫道。

「什麼？」東方闊海回過神來。

「大哥，我說這仗還打嗎？」

「怎麼打，你們說說！」東方闊海雙眼中暴射出精光，一臉的殺氣，就如換了個人一般。

沒有人開口，大家一陣沉默。

「飛躍，傳令清理大營，清點人數，原地休息！」

「是，大哥！」

「哎……」東方闊海一臉淚水，長歎一聲說道：「如今士兵個個無鬥志，在如此情況下我們還能打嗎？況且我們經過三個月的跋涉，糧食物資將盡，被藍翎、藍羽堵在關前，我們的生死是小，這麼多子弟生死是大。」

他看了周圍的幾個兄弟，心如刀割一般痛，接著說道：

「如今，藍鳥軍佔領聯盟南部地區，縹緲城被圍，都城海陽城血戰，雲中關丟失，就是我們全部戰死，藍翎、藍羽迅速東進，海陽城也守不住多少時間，縹緲城隨即將被攻佔，那時候，我們的父親、母親怎麼辦，許許多多的家人怎麼辦，東海千萬百姓怎麼辦，你們說，你們說啊！」他大吼。

「大哥！」

「不要叫我大哥，我不配做你們的大哥，我該死啊，我。」東方闊海吼聲說著：「東海聯盟千年基業，六大世家幾百年的努力啊，全被我毀了，我該死啊，我，要不是爲著孩子們和百姓，我立即就撞死在這，我！」

「大哥，你不要這麼說，這是我們大家的事情，要死，大家都有份！」

「住口，我們有什麼資格談死，如今我們連死的資格都沒有，你們還以爲能一死了之嗎？藍鳥軍不久即將攻佔全東海，以今日殺伐來看，將死傷無數，這是我們造的孽，難道我們還要讓老人和孩子們來承擔嗎？我們想死，早已沒資格了！」

「大哥，那怎麼辦啊！」

東方闊海沉默了一會兒說道：「投降！」

「大哥，難道東海就這麼完了，我不甘心啊！」海島無疆哭道。

「住口，不甘心怎麼樣，戰爭是要付出代價的，如今就是我們付出代價的時候，我們還沒有回到關內，要不你看看關內的情況，每一天都將有無數的家族子弟躺在地上，他們還年輕啊，不應該因爲我們再死傷了，戰爭由我們手中發起，就讓我們結束，一切罪孽，我東方闊海一人承擔！」

「大哥！」五個人全部哭泣。

旁邊站著無數的軍官士兵，一個個淚流滿面，他們剛才聽到了東方闊海的話，知道東海聯盟完了，以後他們將面對著無知的未來，前途一片渺茫。

長空飛躍小心地說道：「大哥，要不我們給飛雲發個訊，聽聽長老們的意見？」

東方闊海沉聲說道：「沒用的，飛躍，不過我也不攔你，你想怎麼做就怎麼做，結果還是一樣！」

「來人，把我們的意思傳給京城，就說我們等著回信，要快！」

「是！」有人快速去辦。

第二天天一亮，從藍翎大營飛出一匹戰馬，快速來到東海大營，把大將軍維戈要求東方闊海投降的事情一說，東方闊海略微一沉吟道：

「帶話給維戈將軍和雷格將軍，我們需要三天時間考慮，我們降，東海就降，我相信兩位將軍不會差三天的時間。」

軍官回道大營，把東方闊海的意思與維戈一說，維戈考慮了一下，說道：

「你再辛苦一趟，告訴東方闊海我們同意了，然後你再入關，把我的決定轉給雷格大將軍！」

「是，翎帥！」

雲中關一時間沉寂了下來，決定東海的命運就在眼前。

新月兵團主帥兀沙爾和參謀長亞文將軍見大將軍雷格順利北上，第二天立即發起了對海陽城的攻擊，這次攻擊與上次不同，全軍出擊，由於東海六公子離開前線，東海防線收縮，攻擊比較順利，兩天時間內，新月和平原兵團突破了海陽城外的防線，兀沙爾率領七萬騎兵迅速來到城北，雖有所損失，但東海抵抗力量不很強大，騎兵更是一個人影也沒有見到，兀沙爾元帥一考慮，明白是追趕雷格去了。

兀沙爾和亞文率軍包圍了海陽城，十九萬步兵軍隊還剩下十三萬左右，兩個人見面，研究一下，兀沙爾說道：

「目前決定東海戰局並不是海陽城，而是雲中關谷，東海定然會全力爭奪，只要東方闊海大軍入關，東海戰局將進入久戰，這是我們不願意看到的情況，我想騎兵必須馬上北上，支援主帥！」

亞文點頭說道：「元帥說得是，我也擔心著主帥，這樣吧，元帥，我立即率領騎兵北上，海陽城就交給元帥了！」

「好吧，動作要快，不要被枝節糾纏，全力攻擊雲中關谷，策應主帥守衛雲中關，我想藍翎也快到了，前後夾擊，只要我們擊潰東方闊海，東海大局已定矣！」

「是，元帥，我立即出發！」

參謀長亞文將軍率領七萬騎兵丟下海陽城迅速北上，三天時間距離雲中關谷只有百十里，這正是東方闊海被藍羽、藍翎夾擊的當日。

東海六公子率領騎兵攻擊雲中關谷，被雷格率藍羽衛士擊退，敗回關谷城，六個人不敢怠慢，立即從各地增兵，只要是能打仗的人全要，附近各個村鎮、城內無數青壯年迅速被組織起來，兩天的時間組成十一萬人的雜軍，第三天清晨，大軍浩浩蕩蕩向雲中關殺來。

雲中關谷東側有騎兵第二十軍團和藍羽衛士防禦，二十軍在爭奪谷口戰役時傷亡近半，加上藍羽衛士如今只有四萬人左右，大將軍雷格深入西側的關口，策應藍翎攻擊東方闊海，第二十軍團軍團長姆里責任重大，困難重重，每一天加緊修築防禦工事，一刻也不敢休息。

東海六公子率領部隊全力向雲中關谷東谷口進攻，士兵蜂擁而上，二十軍和藍羽衛士浴血奮戰，整整半日，忽然從遠處傳來轟鳴的馬蹄聲，雙方軍隊都是一愣，東海六公子知道聯盟沒有這麼多的騎兵，僅存的騎兵自己都帶在身邊，來的一定是藍羽的援軍，而姆里等也不知道來的是什麼人，他們面對東海六公子的十一萬人進攻已經困難了，如果再增加敵人，後果真不堪設想。

一會兒，姆里見東海軍隊有些慌亂，側耳仔細聆聽，大草原騎兵的馬蹄聲姆里還是能聽得出來，馬上大喜道：

「援軍，是我們的援軍來了，兄弟們，我們的援軍來了！」

果然，一會兒，東海大軍一陣慌亂，殺聲從後面響了起來，高大的騎兵身影立即就閃現了出來，高挑的戰旗上明顯可以看出是藍鳥第二十三、二十四軍團，帥旗是參謀長亞文將軍的旗幟，來得好，來得快。

亞文督軍快速斬殺東海士兵，把敵人迅速衝散，騎兵衝進跟前，兩軍會合。

對於東海六公子組織的雜牌軍，騎兵一個衝鋒就把他們驅散，士兵四下奔逃，東海六公子在亂軍中逃了出去，回到關谷城，欲哭無淚，這是他們組織起來的唯一部隊，再想組織起人，不知道什麼年月。

亞文率領騎兵和姆里勝利會師，他忙傳令在谷口紮營，同時派人通知主帥雷格，這兩天，藍鳥騎士團殺進雲中關的消息已經傳到了東谷口守軍處，姆里和士兵都知道，亞文一問，才知道大將軍維戈已經到了，藍鳥騎士團正在關上休息，估計今天一早就出戰了，他大喜過望，也沒有派人向西，傳令三軍休息，等待消息。

晚上，雷格傳來了命令，讓亞文帶人駐紮在關口處，防禦東海軍攻擊，保證谷口安全，關西的戰局已定，藍鳥軍大獲全勝，用不了多少時間，東方闊海必將全軍盡沒。

雲中關谷東側翼在亞文將軍到來後，安靜了下來。

長空飛躍飛鷹傳書，當日晚到達東海聯盟軍部，漁于飛雲這兩天一覺也沒睡，片刻也沒有離開過，幾位長老雖然年紀大，也是整天待在軍部裏，等待著雲中關谷方面的消息。

東海六公子第一次反擊被藍羽擊潰，漁于飛雲就知道了情況，對藍鳥軍的戰鬥力再一次提高到了另一個新層次，他知道憑藉關谷城一帶的兵力想奪回雲中關非常困難，關外大軍立即就會到達關下，如果六人能與聯軍有效的配合，也許還有一線希望。

這時候，一名軍訊處的軍官慌張地跑了進來，他臉色蒼白地把一封信交道漁于飛雲的手上，漁于飛雲略微掃了一眼，臉色頓時大變，他長歎一聲，淚如雨下。

「飛雲，怎麼啦了？」東方家族的長老東方雲重問道。

「叔叔！」漁于飛雲只叫了一聲，就把手上的信交給了東方雲重。

老爺子接過書信，用目光仔細觀看，不看則罷，一看立即渾身顫抖，顫聲說道：

「怎麼會這樣？」

幾位長老這時也湊近前來，一看內容，個個是立即失聲痛哭。

信的內容不多，主要是說雲中關谷已經失守，大軍無法入關，目前糧食幾絕，今日早被藍翎、藍羽前後夾擊，損失二十餘萬人，目前大軍已無鬥志，藍翎維戈下令三日內必須投降，否則立即殲滅大軍，盟主東方闊海已經決定東海全面放下武器，向藍鳥王朝請降，希望漁于飛雲和各位長老再拿些主意。

信是長空飛躍寫的，但也明確地說明了五位家主決定投降的意思。

漁于飛雲和幾位長老哀傷了一陣，東方雲重長歎一聲道：「飛雲，怎麼辦？」

還沒等漁于飛雲說話，海島家長老就大聲說道：「決不能投降，我東海連綿萬里，大海中島嶼成千上萬，百姓無數，只要我們退居海上，藍鳥軍就休想剿滅我們，決不能降！」

幾個人面面相覷，誰也沒有說話。

還是東方雲重老爺子穩重，他沒有看海島家族的長老，只盯著漁于飛雲道：「飛雲，你說說？」

幾位長老的目光立即都投在漁于飛雲的身上。

漁于飛雲一聲輕歎，然後說道：

「闊海大哥的決定是經過幾位家主深思熟慮後做出的，絕非冒然行事，目前，聯盟南方已經被藍鳥軍佔領，縹緲城旦夕之間就會失守，海陽城已被包圍，如今，雲中關谷被藍羽佔領，大哥率軍駐紮在關外，藍翎、藍羽前後夾擊，闊海大哥彈盡糧絕，堅持不了幾天，一旦關外大軍被消滅，藍翎迅速入關，關谷城、長興城等即刻失守，藍鳥軍幾大主力軍團入關內，東海沿岸瞬息將被平定，北方的蒼海、蒼瀾幾城擋不住藍鳥軍的攻擊，東海聯盟名存實亡。」

他頓了一頓，然後又說道：「如果我們退軍海上，先不說這種可能性，就說我們成功，也將損失慘重，以後，我們將永遠居住在海外，永不能上岸，即使偷襲，打擊的也是我們自己百姓，子子孫孫，世世代代將成爲化外之民，與野人無異。」

「如今，藍鳥王朝南與南彝聯姻，東坐擁東海，加上中原之廣大，大草原、短人族、南彝各部全部效命，已經擁有大陸半壁江山，聖靜河北堰門關地區被藍鳥軍佔領，西擁銀月洲，平定北平原是早晚間的事，一旦藍鳥王朝穩定，出兵河北，憑藉北海、北蠻和西星抵抗不住藍鳥軍的進攻。西星貌似強大，但堰門關丟失，必須從北海運兵和物資，路途遙遠，跋山涉水，非是長久之計，自然就無力於中原，也就是說實則最弱。北海彈丸之地，只要藍鳥一支軍隊即可平定，北蠻雖強橫，但人少，幾年征戰，兵力人員有限，不足以對抗藍鳥軍，北平原之平定最晚是五年間的事情。」

「以後，藍鳥軍北占北海，截斷北蠻與西方的聯繫，全力消滅北蠻，滅絕北蠻人也不是不可能的事情，然後，聖王以全大陸之力西圖映月、西星，十年間必可平定天下，一統大陸。」

第二章　東海歸降

「東海雖萬里，但畢竟也是聖拉瑪大陸之疆域，聖王絕對不會任由我們逍遙於化外，挾統一大陸之餘威，全大陸之軍力、財力，十年訓練水軍，東出大海，我們還要向何處去？千萬子民只有葬身大海了！」

漁于飛雲越說越激動，聲音鏗將有力，眾人全無一點的聲響，他看了大家一眼，接著說道：

「如今，藍鳥軍騎兵有第六、第七、第十五、十七軍團，藍羽第二十、二十一、二十二、二十三軍團，藍鳥騎士團、藍衣眾、短人族戰斧團，計五十五萬人，步兵平原兵團、新月兵團、凌原兵團、藍翎兵團、南彝戰象兵團、近衛第一軍團、第二、三、四軍團，計一百三十萬人，全部是主力精銳部隊。步騎近二百萬人馬，糧食物資無數，裝備戰車幾千輛，弩車、弩箭幾十萬，又有短人族工匠爲後頓，日夜打造，騎兵由大草原供給，源源不斷，中原、南彝、東海之人口眾多，天下還有誰能與之抗衡，我們走，走向何方？天下已經沒有我們的立足之處！哎，二十年前，聖拉瑪大陸老神仙聖僧已經做出了一統大陸的準備，藍鳥谷是憑空而來的嗎？大草原、短人族是那麼好聽話的嗎？聖僧老神仙學比天人，聖王天雷身懷天王印訣，一統大陸是天命之所在，我們要與蒼天抗衡，不是自找死路嗎？」

東方雲重長歎一聲道：「既然是蒼天之命，聖拉瑪老神仙插手，我們已無力抗拒，天下一統爲之不遠，東海聯盟不存在也是蒼天之命矣，我沒有話說，降吧，飛雲，此事由你和闊海做主，東方世家降了！」

「漁于世家緊隨東方世家的腳步，應蒼天之召喚，歸降藍鳥王朝！」漁于飛雲斷然說道。

漁于飛雲是漁于世家的家主，他沒有與任何人商議，斷然自主，歸降王朝。

長空世家勢力主要在海陽城以北地區，蒼海、蒼瀾城一帶，沒有受到多大的損失，但是，長空世家歷來跟隨東方世家的腳步，況且，如今東方、漁于世家歸降，他們已經沒有了退路，獨自抗拒藍鳥軍是不可能的，所以，不如趁現在的時機歸降，還好說話，也許能得到一些好處，而且，家主長空傲雪已經決定歸降。

長老也沒有話說，當即表示道：「應天命之召喚，長空世家順應天意，歸降與藍鳥王朝！」

至此，東海三大世家請降。

司空世家主要勢力在縹緲城一帶，早已經名存實亡，如今縹緲城被藍鳥軍下了絕殺令，滅亡是早晚的事，倒不如現在歸降，也許可以挽救全城的性命，所以一聽三家決定歸降，司空家族長老立即說道：

「司空家族理當順應天意，歸降與王朝！」

東海夏寧家族和海島家族是海上家族，主要勢力在大海一帶島嶼上，海軍勢力不足以與漁于家族抗衡，如今聽漁于飛雲請降于藍鳥王朝，如他們不降，待東海沿岸平定之後，藍鳥王一定會組織海軍剿滅於他們，漁于家族勢必爲前鋒，降與不降已經沒有了意義，所以，兩家也表示願意跟隨四家族的腳步，請降於藍鳥王朝。

東海六大世家決定歸降藍鳥王朝，意見統一後，東方雲重老爺子對漁于飛雲說道：「飛雲，我們相信你和闊海，事情就由你們決定，能爭取多大利益是多大，不要勉強！」

漁于飛雲苦笑一聲道：「叔叔，我們早已經沒有談條件的本錢了，能保住性命就不錯了，不過，六家歸降，聖王乃明智之人，不會爲難我們，況且，萬里東海還需要我們幫助經營管理，我們還有利用的價值，只要我們沒有異心，平安度日決沒有問題！」

「好吧，通知闊海，東海歸降了！」

「是，叔叔！」

「以後的事就由你們決定了，再不要找我們了，老了，該享受幾天了。」

東方雲重一下子好像老了許多，他自語了一陣後，蹣跚而去，幾位長老立即隨後起身，回去通知家族裏準備。

「來人，傳訊給闊海大哥，就說長老會同意了他的意見！」

「是！」

「給我約見兀沙爾元帥！」

「是！」

「傳訊給六個孩子，叫他們在關谷城待命，不得輕舉妄動！」

「是！」

至此，東海聯盟請降於藍鳥王朝，大將軍維戈立即把消息傳回平原城，等待聖王的命令。

平原城內，聖王天雷和軍師雅星正聽參軍風揚介紹東海的情況，一陣腳步聲響起，軍訊官來報大將軍維戈有消息傳來。

聖王天雷接過書信，打開一看，是維戈親筆所書，內容是東海聯盟請降，望聖王天雷聖裁，給予指示，聖王哈哈一笑，隨手把信交給旁邊的軍師。

軍師雅星接過一看，大笑道：「降了，好！」

「雅星大哥，如今東海已定，你看以後的事情怎麼處理？」

「這個……」雅星沉吟了一下，然後說道：「我們生在中原，對大海管理沒有經驗，況且東海六家主動歸降，我們也不要虧待他們，不如讓他們管理吧！」

聖王天雷點頭道：「我也是這個意思，東海六公子個個非常人，六大世家在東海經營千年，根深蒂固，一時半會兒還無法撼動，倒不如順水推舟，讓他們代爲管理幾年。」

「不過，我們也不得不防，最好是把六大世家全部遷往京城，只留部分人員管理東海，方爲上策！」

「移民？」

「正是！」

「好主意，雅星大哥，這件事情就交給你辦，分化瓦解，步步蠶食，五至十年間一定要把六大家族勢力連根拔起！」

「明白！」

「准予東海歸降，讓各個軍團接收各城，休整半年，然後再說！」

「我看也是，不過軍紀一定要嚴，穩定民心是當前頭等大事，決不能在這件事上出問題。」

「好吧，民心問題我看就從兩件事情上做起，第一，解除對縹緲城的絕殺令，第二，追封東方雲爲藍鳥子爵位，傳令各軍一律駐紮在城外，只允許少量人員進城維持秩序，如何？」

「聖王英明！」

「嗯，我看還得派你去一趟，否則聖王就不英明了。」

「這事萬萬不可，我去不合適，我看這樣吧，不如讓公子去一趟，如何？」

「夢雷？也好，明天文嘉元帥就到了，讓夢雷和他一起過去，也是一個辦法。」

隨行少主夢雷出使的有一萬名騎士，全部是少主從藍鳥谷帶出來的人，個個年紀不大，但武藝高強，是嫡系子弟，維護夢雷安全一點也不用文嘉操心，但夢雷畢竟是少年，幫助父親第一次辦事情，興奮不已，路上免不了問這問那，看見東部地區美景不時讚美、貪玩，自然就慢了一些。

藍鳥王朝曆二年三月，聖王派往東海的代表少主夢雷及東海總督文嘉來到了雲中關谷。

雲中關前，彩旗飄飄，歌聲嘹亮，各色的戰旗在空中飛揚，大軍連營紮出幾十里，浩浩蕩蕩。

以兀沙爾元帥和大將軍維戈、雷格、托尼爲首，參謀長亞文將軍及各個軍團的軍團長、東海六大家族的家主、少主等人組成的歡迎隊伍遠出三十里，迎接聖王代表使者和東海總督一行。

少主夢雷年紀雖小，但這次出使東海卻代表著聖王天雷，身分不同，文嘉總督初出東海大任，責任重大，也是老一輩人物，大將軍維戈的岳父老泰山，兩個人的身分在東海地區及整個聖拉瑪大陸來說，聲威顯赫，一時無二。

少主夢雷端坐在車上，一身金黃色的衣裝，上繡藍色飛鳥圖案，周圍黃羅傘蓋，彩旗飛揚，親衛全部是一身藍色軍裝，黑色盔甲，外罩天藍色斗蓬，年輕力壯，精神抖擻，整個隊伍全部是騎兵，沒有一個走路的人。

在隊伍近了的時候，音樂聲陣陣響起，鐘鼓齊鳴，號炮連天，整個東海地區一片歡騰，藍鳥大軍和老百姓把雲中關前三十里內佔得滿滿的，爭相觀看著少主夢雷和新任總督文嘉。

兀沙爾、維戈、雷格、托尼及亞文、雅藍、雅雪、東方闊海、漁于飛雲、東海六公子等眾人緊走幾步，躬身相迎，少主夢雷緩緩地從車上下來，文嘉用手輕扶，向眾人走來。

「臣兀沙爾、維戈、雷格、托尼、亞文……叩見少公子，祝聖王萬安，少公子萬安！」

「罪臣東方闊海、漁于飛雲、長空飛躍……叩見少公子，祝聖王萬安，少公子萬安！」

「眾人接旨！」文嘉斷喝一聲，眾人趕緊跪倒。

少主夢雷見眾人跪倒，大聲說道：「奉聖王旨意，藍鳥王朝東方面軍主帥雷格聽旨！」

「臣在！」雷格趕緊答應。

「大將軍雷格率領東方面軍遠征東海，揚王朝之大義，聖王之恩德，勞苦功高，功在王朝大業，特加封為次帥之職，授藍鳥王朝一等侯爵位，賜鎮東侯！」

「臣謝恩！」

「大將軍托尼聽旨！」

「臣在！」

「大將軍托尼率平原兵團東進，日夜奮戰，不辭辛苦，立不世之功勳，功在王朝大業，特加封托尼為次帥之職，藍鳥王朝二等侯爵位，率平原兵團駐守東海洲！」

「臣謝恩！」

「亞文聽旨！」

「臣在！」

「將軍亞文協助主帥東征，深謀遠慮，計畫周詳，立萬世之大業，功在王朝，特加封為藍鳥王朝三等侯爵位！」

「臣謝恩！」

「兀沙爾元帥聽旨！」

「臣在！」

「老元帥率領新月兵團轉戰東、南兩地，行萬里路，立大業，行仁義，功在王朝，特加封為藍鳥王朝二等公爵位！」

「臣謝恩！」

「姆里、里騰、烏跋、雲武……聽旨！」

「臣等在！」

……

少主夢雷代父親聖王對藍鳥軍東方面軍及增援的新月部進行了封賞，隨後，他又叫道：「東方闊海、漁于飛雲、長空飛躍、司空傲雪、海島無疆、夏寧博海聽旨！」

「罪臣在！」

「東方闊海等六人順應天意，行仁義，明事理，率領東海千萬子民歸順王朝，功在千秋大業，功比天高，特加封為藍鳥王朝東海洲副總督之職，藍鳥王朝一等侯爵位！」

「臣等謝聖王大恩！」

「東方秀、長空旋、司空禮、夏寧謀、漁于淳望、海島宇聽旨！」

「罪臣在！」

「東海六公子才華出眾，年輕有為，是藍鳥王朝之棟樑之材，特命成立東海兵團，計四個軍團，十二萬人，列藍鳥軍行列，賜藍鳥第三十七、三十八、三十九、四十軍團。兵團長東方秀，將軍之職，授子爵位，兼任第三十七軍團長官，長空旋、司空禮、夏寧謀為第三十八、三十九、四十軍團長官，督統領之職，授子爵位；特命成立東海水軍兵團，六萬人，計兩個水軍軍團，列藍鳥軍行列，賜藍鳥王朝水軍第四十一、四十二軍團，兵團長漁于淳望，行水軍將軍之職，授子爵位，兼任水軍第四十一軍團指揮官，海島宇為第四十二軍團指揮官，水軍督統領之職位，子爵位！」

「臣等謝恩！」

「東方秀！」

「臣在！」

「海濱城城主東方雲忠義兩全，為藍鳥軍之楷模，聖王法外施恩，特追授予東方雲列侯之位，建功勳碑以頌其忠義，著令東方秀代表聖王慰問其家屬，海濱城督造功勳碑！」

「臣遵旨！」

「文嘉元帥！」

「臣在！」

「現任命文嘉爲東海洲總督之職，與六位副總督共同管理各城，行聖王之恩德，廣澤東海百姓，特恩賜免去縹緲城百萬民眾之罪，從今後歸順王朝，共建王朝大業！」

「臣遵旨！」

「各位平身吧！」

「謝少公子！」

少主夢雷宣讀完聖王的旨意，命眾人平身，然後，他上前對維戈施禮道：「夢雷拜見維戈叔叔！」

「好孩子，起來，快起來吧！」

剛才夢雷代聖王宣旨，如今宣旨已畢，用晚輩之禮拜見維戈，兀沙爾、雷格、亞文等人他不認識，只有維戈熟悉，所以首先爲維戈見禮。

維戈見夢雷起身，拉住他的手道：「見見你雷格叔叔！」

「夢雷拜見雷格叔叔，叔叔萬安！」說罷跪倒。

雷格搶前兩步，拉住夢雷的手道：「嘿嘿，好孩子，好孩子，不要多禮了，快讓叔叔看看！」說完上下仔細打量夢雷。

這時候，兀沙爾大步上前，翻身跪倒道：「臣兀沙爾拜見少公子！」

「老元帥快快請起，快起來，夢雷有禮了！」

少主夢雷一面拉起兀沙爾一面施禮。

「公子折煞兀沙爾了，聖王對臣恩比天高，情比海深，老臣禮應拜見少主！」

「老元帥不要多說了，夢雷生受了！哎，老元帥之忠義，夢雷多次聽見家母談起，夢雷從小就聞老人家的大名啊！」

「少公子，主母是……」

維戈見兀沙爾疑惑的樣子，忙在旁說道：「主母是映月明月公主！」

兀沙爾大吃一驚道：「是公主！」然後面向西方一面流淚一面叩頭道：「罪臣不知主母就是公主，否則臣早就前往拜訪，兀沙爾給公主叩頭了！」

夢雷在一旁趕緊拉起兀沙爾。

兀沙爾老淚縱橫地對夢雷說道：「少主，老臣不知主母的事情，不然臣早就拜見少主了，請少主治罪！」

「這不怨老元帥，家母不讓別人說，老元帥何罪之有，等回到中原後，我們一起拜見家母，你看可好？」

「謝少主！」

這時候，藍鳥軍的各個軍官、東海各家子弟上前拜見少公子。夢雷身為聖王天雷長子，如今雖沒有封位，但這次代表聖王前來東海，安撫各部，眾人都知道，從此後，少主將正式踏上歷史的大舞臺了，那能不盡心盡力地討好。

東方闊海畢竟是東海的地主，忙說道：「少公子遠來勞累，請到關谷城休息可好？」

「好！」

眾人這才隨夢雷進入雲中關谷，前往關谷城。

東海六公子隨駕在少公子的身側，想起以前種種，感慨萬千。

東方闊海、漁于飛雲決定率領東海聯盟向藍鳥王朝投降，消息不久就傳到了關谷城，漁于飛雲親自為他們六人做書信一封，闡明如今大陸的形勢，東海面臨的困難，藍鳥軍平定東海的決心和如今投降的種種好處，列舉了投降對東海軍隊和黎民百姓的重大意義，他以一個長輩身分教導六公子要以大局為重，以東海六大世家千年基業為重，以千萬百姓為重，順應天意，不要再頑抗，天下一統即將到來了。

東海六公子審時度勢，考慮到在雲中關外幾十萬大軍面臨著滅頂之災，六位父輩就要死在眼前，再頑抗，就是他們促使父輩和幾十萬士兵的死亡，心一陣陣難過，一想到藍鳥軍藍翎將即刻入關，海陽城、縹緲城隨即將被攻陷，百姓面臨著災難，他們放聲痛哭，一點辦法也沒有，只好聽從漁于飛雲命令，在關谷城等待投降。

從內心深處上講，他們對聖王天雷懷著崇敬和欽佩，夾雜著一絲絲怨恨，但是，聖王天雷才學是他們無法比擬的，向藍鳥王朝投降他們還算可以接受，只是無法面對百花公主彝凝香。

三日等待後，東方闊海二十四萬軍隊放下了武器，東海六位家主陪伴著大將軍維戈、雷格進入了關谷城，隨行的有藍鳥騎士團，東海六公子見到了父親，一陣悲傷，但事已至此，只好開城迎接。

接著，海陽城、縹緲城守軍也放下了武器，藍鳥軍只派出少量軍隊入城收繳武器，大軍駐紮在城外。

海陽城是東海聯盟的都城，漁于飛雲率領六大家族長老出城投降，兀沙爾元帥代表藍鳥軍接受了他們的投降，但是，在縹緲城問題上就有了很大的說法。

縹緲城守軍總指揮司空策侮辱聖王，觸怒藍鳥軍，大將軍雷格傳下絕殺命令，如今雖然縹緲城已經投降，但是大將軍命令還沒有取消，另外，雷格不在縹緲城，副帥托尼也不好擅自做主取消絕殺令，怕惹怒整個軍隊，所以，他一方面安撫縹緲城百姓及守軍，一方面向雷格請示是否取消絕殺令，同時，快速把這件消息傳給了聖王天雷，求聖王開恩，饒恕全城百姓的性命。

這時候，大將軍維戈與雷格已經會合在關谷城內，接到消息後，維戈思考了一陣，決定暫不下達取消絕殺令，等待聖王處理，因爲他知道如今東海聯盟已經投降，千萬百姓都是聖王的子民，以聖王的仁慈，絕對不會殺害縹緲城中百姓，但這件事要由聖王做主，以彰大義，顯聖王恩德。

果然，少主夢雷代表聖王赦了縹緲城全城的罪，親自解除了絕殺令，使縹緲城幾十萬百姓和軍人死裏逃生，歡聲雷動，對聖王大恩大德百姓爭相傳誦，當然，雷格「煞神」的惡名也永遠地留在了東海人民心中。

幾天後，少主夢雷帶領文嘉、維戈、雷格、藍鳥騎士團及東海六大家主、六位公子前往海陽城，海陽城舉行了盛大歡迎儀式，迎接新的主人到來，同一天，東海洲總督文嘉、副總督東方闊海等宣誓就職，東海局面逐步安定。

爲了廣播聖王恩義，少主夢雷代表聖王走遍了東海各城，安撫百姓，廣傳聖王恩德、仁政，並帶領東海六公子親自到海濱城爲東方雲家人受勳，著令海陽城建立東方雲忠義事蹟紀念碑，在整個大東海引起了轟動。

百姓們見聖王尊敬東方雲的忠勇，表彰其事蹟，不以敵人立場對待東方雲，而論其忠勇大義，這種心懷就令百姓們感動，同時也安定了整個東海士兵的心。

與此同時，聖王對東海各城的城主基本上也沒有動，只是重新任命，並強調了藍鳥王朝的法紀、獎懲制度，對各級官員的考核重新開始，凡在今後工作中有突出表現的繼續重用，不合格者再予以免職。

對在戰火中死傷的士兵家屬，聖王從聯盟財產中撥出一大部分，對其進行撫恤，對生活有困難的家庭，著令各城官員給予妥善解決，並在各城設立民政處，專門解決百姓的民生問題。

而在大東海唯一改變的政策是土地政策，東海土地全部收歸王朝所有，統一按照各個家庭人口登記，凡願意從事農業的人，每人分土地二十畝，願意經商者，到商盟重新註冊登記，領取營業證書，照常經營，凡違反法紀者，嚴懲不貸。

聖王懷柔政策在大東海迅速的傳開，特別是土地政策使廣大的東海百姓受益匪淺，商人也沒有受到損失，對於六大世家等，失去的只是土地，對於物資財產沒有沒收，仍然保持私人所有，官員職務不變，留用查看。

東海六大世家對聖王政策非常的滿意，按照失敗者的標準，他們想是一無所有了，但是，藍鳥王朝給予東海各級官員及世家、商人以寬大的政策，保留財產，使他們沒有受到什麼巨大的損失，民心迅速安定了下來。

表面上看，聖王的政策對東海各世家沒有什麼更動，唯一失去的是一些土地，但是，東海歷來就是商業聯盟國家，土地面積少，沿海地區不算富裕肥沃，土地不是財富的主要來源，沒有使各個家族傷筋動骨，但是，土地畢竟是人生活的根本，沒有了土地，對於千百年來生活在富裕家庭的他們來說，就必須依靠勞動賺取財富，或經商，或從事其他勞動，財產經過幾十年消耗逐漸的剝離，慢慢地收歸王朝所有，這是百年大計，軍事雅星的厲害就在於此。

東海六大世家的家主見短短的時間內，藍鳥王朝就掌握了東海民心所向，大吃一驚，他們也是有才幹的人，對藍鳥王朝的政策逐一分析，最後得出的結論是厲害無比，也難怪藍鳥王朝在短短幾年內發展壯大，形成如今如日中天的局面，聖王和軍師他們緊緊地抓住了百姓的心理，知道他們想要什麼，並針對其進行解決，使百姓身受大恩，誰能不擁護。

藍鳥大軍自從平定東海以後，就在東海地區進行休整，一方面是穩定局勢，起到威懾作用，另一方面也是東海富裕，軍隊駐紮在東海地區自然就減少了中原的負擔，緩解了壓力。

藍翎、藍羽、新月、騎士團等部隊駐紮在雲中關外，當然雲中關仍然由藍羽把守，把千雲寨地區交給了平原兵團駐紮，另外，各城的城防軍也暫由平原兵團負責，托尼次帥暫時擔負起軍事總指揮的職責。

至於新成立的東海兵團，也逐漸組織起來，東海六大世家皆有私心，知道聖王組建東海兵團是給他們好處，穩定軍心、民心，但是，不管聖王怎麼想，也確實給予了東海六大世家一次機會，所以，六大世家不惜花費心血，精心挑選家族子弟充實到軍隊中，使四個軍團十二萬人實力大增，戰鬥力極其強大。

東海水軍成立讓漁于飛雲高興異常，因爲他知道藍鳥王朝不善水戰，對水軍管理等沒有經驗，聖王這次成立水軍的目的也是壯大自己的力量，雖水軍只有六萬人的編制，但對於東海的海上世家來說，一點也不費力氣，漁于飛雲把東海各島優秀子弟全部充實到水軍中，使水軍成爲了一個強大的力量。

漁于飛雲聖王天雷見過，並交過手，知道他是個人才，東海地區的一代宗師，對其人品亦多有讚賞，藍鳥王朝成立水軍也確實要依靠漁于飛雲，所以把水軍將軍的指揮權交給了漁于淳望，也有一定的目的，但是，對於漁于飛雲來說，聖王天雷的恩賜太大了，胸懷太寬廣了，他在感激之餘，真心想協助聖王一統天下，一展漁于家族的雄風，揚萬世的英名，在藍鳥的歷史上留下漁于家族的一筆，從這天起，漁于家族就與其幾家開始有了隔閡，爲聖王徹底收復東海埋下了種子。

大將軍維戈、次帥雷格對聖王與軍師給予東海六大世家軍權疑惑不解，心中多有埋怨，生怕東海再發生叛亂，造成不穩，他們合計了一番，也不解聖王天雷之意，於是向兀沙爾詢問。

兀沙爾在宦海多年，雖領兵打仗，但對有些事情經驗畢竟比維戈和雷格豐富，見他們二人詢問，明白他們的意思及擔心，所以笑著回答道：

「聖王一代雄主，胸懷闊大無比，東海六家跳樑小丑，怎會對聖王有所威脅，這件事你們能看明白，難道以聖王和軍事的才智還能不明白嗎？不久之後，聖王必有所動，戰場是消滅人的最好場所，東海六家不用幾年，必將被聖王和軍師連根拔起。」

維戈和雷格聽後大喜，雷格笑道：「嘿嘿，元帥說得是，戰場確實是消滅人的最好場所，他們家族子弟越多，死得越多，危險就越小，聖王大哥和軍師的高見我們那能看得出來，嘿嘿！」

維戈深吸了口氣道：「聖王大哥一旦用兵，必在河北動兵，以東海的位置來看，對付的必是北蠻人，如今東海兵團區區十二萬人那夠北蠻人一戰，東海六家必可看出聖王與軍師的用心，他們也一定會怠慢軍機，對我軍十分不利！」

「他敢，如果是那樣，我藍羽第一個就把他們消滅了不可！」

「哈哈，次帥莫急，以聖王的深謀遠慮那能讓他們看出，如果不出所料，聖王和軍師一定是逐步蠶食，使東海家族子弟逐步投入，直到用完爲止，那會這樣便宜了他們！」

「嘿嘿，也是，也是！」

維戈臉上變色，第一次對兀沙爾有了一個全新的認識，以後，維戈對兀沙爾處處小心，直到多年後兀沙爾老死，他才長出了口氣。

東海這麼快就被藍鳥軍征服也是大出意料之外，南彝二王爺彝雲松把消息發回國內的同時，心裏也是暗暗吃驚，香妃彝凝香則是暗暗慶幸，如果不是她高瞻遠矚，南彝軍說不定就被藍鳥軍全殲滅了，然而感觸最深的，要算是西星王子殿下帕爾沙特了。

第三章　星海聯盟

自從藍鳥軍北出聖靜河，佔領堰門關那一天開始，帕爾沙特就感覺到事情不妙。河北四國聯軍不能有效地採取一致的步調措施，映月按兵不動，北蠻坐視不理，北海勢弱，西星獨木難支，四國名雖爲聯盟，但步調不一，顧忌重重，使藍鳥軍爭取了時間和先機，首先在河北站住腳跟。

北蠻人想法怪異，自從退軍不落城後，再不與其三國合作，時時採取觀望、等待的態度，坐望西星、北海與藍鳥軍交戰，大損實力，妄想漁翁得利，但聖王雪無痕是那麼好對付嗎？

與帕爾沙特憂慮一樣的人，還有北海的元帥北海明，北海明不安是有根據的，幾千年來，聖瑪民族歷來就是強大的民族，坐擁中原，征伐四海，軍隊一時無二，這次六國聯軍聯手進攻聖日，使其聖日滅國，但聖瑪民族不僅僅沒有滅亡，而且越來越強大起來。

雪無痕的崛起使聖瑪族人民看到了希望，在大草原、短人族的幫助下，聖王漸漸羽翼豐滿，再次暴露出統一四海的欲望，如今，藍鳥王朝擁有半邊大陸，對付河北四國的時間不遠了。

在帕爾沙特和北海明的苦心勸說下，西星和北海兩國國主也有了深刻的認識，聯盟已經是大勢所趨。

目前，藍鳥軍已無後顧之憂，南彝名雖與藍鳥王朝聯盟，實說是一國也不爲過，百花公主彝凝香貴爲聖王妃，二王爺彝雲松率軍配合藍鳥軍作戰，東海聯盟歸入聖王旗下，北渡聖靜河是早晚的事。

一旦藍鳥軍渡過聖靜河，西可直出堰門關攻取西星本土，北上則可攻取北海，北蠻乃冰雪極地，要之無用，棄之可惜，藍鳥軍絕對不會在這樣的地區浪費時間和精力，必全力西圖北上。

西星如想把藍鳥軍阻擋在堰門關之外，就必須在聖靜河北平原上有所作爲，當然了，北海也是如此，北蠻人如不想退回冰雪極地，也必須全力阻止藍鳥軍的步伐，北平原之戰，決定了四國的命運。

經過帕爾沙特和北海明的勸說，兩國國主基本上同意了聯盟，但是，在權利的分配上又面臨著困難，聯盟西星自然是老大，說了算，北海國當然也不甘心把權利拱手相讓，雙方在權利的分配上大吵大嚷，一時間不能解決問題，陷入了僵局。

帕爾沙特和北海明深入國內進行周旋，利用兩人在軍中朝中的權力、威望恩威並施，勉強壓住了眾大臣，在這樣形勢的威脅下，經過反覆研究、討價還價，終於達成了聯盟協定。

聯盟協議規定：第一、成立星海聯盟，兩國合而為一；第二，西星帝國國主星晨為聯盟主席，北海國主為副主席，以下大臣職務不變，平時，正副主席各自管理各國的事務，對其原國內的問題不得干涉，但在對外用兵上步調一致，兩國必須傾全力配合，不得因為任何原因而延誤用兵；第三，任命帕爾沙特王子殿下為聯盟軍總指揮，北海明為副總指揮，兩國軍隊合二為一，共同聽候兩位總指揮的調遣，凡事要經過正副總指揮商議決定；第四，從現在起，西星帝國負責全力訓練軍隊，擴充人員、裝備，北海帝國負責糧草、物資，以北平原為戰場，全力對抗藍鳥軍；第五，爭取聯合北蠻、映月帝國，聯盟條件不多變。

星海聯盟的成立，使西星、北海實力大增，一下子躍居於第二強國的位置。其無論是在政治上、軍事上還是在經濟上，都遠遠地超過了映月、北蠻帝國。

星海聯盟的成立，對映月、北蠻帝國的衝擊是巨大的，它不僅僅使映月、北蠻意識到了藍鳥王朝的巨大威脅，同時也預感到了來自身邊盟國的巨大威脅，從而使北方三大集團矛盾激增。

對於星海聯盟成立，藍鳥王朝就沒有那麼的驚訝、意外，說是西星帝國也好，北海帝國也罷，都是聯合在一起對抗王朝的帝國，如今成立星海聯盟無非是換了一個說法，換湯不換藥，其實質沒有變，藍鳥軍要面對的還是那些敵人，那麼多民族、軍隊。

目前，藍鳥王朝主要事情是安定團結，保證南彝和東海地區的穩定，恢復南中原地區生產。王朝一下子多了這麼多地盤，需要時間消化，需要時間與各族磨合，積累、增強實力，備於後戰，而星海聯盟同樣也需要時間磨合與消化。

聖拉瑪大陸難得地進入了和平時期，南北兩軍以聖靜河對峙，轉入了休整。

藍鳥王朝三年，五月，春天。

聖拉瑪大陸這兩年光景特別的好，冬天好像很短，春天來的也特別早，五月的大地盛開了鮮花，綠油油的青草長遍了大陸的各處，戰爭的殘骸幾乎不見，嶄新的房屋處處拔起，老百姓興高采烈地生活，把對聖拉瑪大神的讚美唱遍了四海八荒。

在這兩年時間裏，聖王天雷發下了三十餘道聖旨，涉及政治、軍事、科學、經濟、商業、農業、法律等各個方面，鼓勵移民，獎勵耕種，鼓勵商業，興建學校，完善法律，實行和平相處，各族平等的民族政策，把中原、東海洲、南彝地區和大草原、銀月洲等地治理得井井有條，繁榮發達。

首先，在各族聯盟法律上，聖王天雷制定了各族平等，互相尊重，以人為本，唯才是舉的政策，不論是什麼民族的人，在藍鳥王朝內一律平等，沒有高低之分，沒有貴賤之別，只要是有才幹的人才，不論你是什麼民族的人，藍鳥王朝都會重用，這項法律，受到了大草原各部落、短人族、東海各族、南彝各個部落廣泛歡迎和支持，並予以高度重視，各族百姓對聖王的愛戴、擁護一時間達到頂峰。

在移民問題上，聖王鼓勵各族向中原移民，把南彝、東海、銀月洲、嶺西郡、西南郡的許多百姓移民往中原富裕地區，各地官員全力做好移民安置工作，對其住所各地幫助解決，生活上給予補貼照顧，對生產給予大力支持，這項政策使中原迅速地繁榮了起來。

在土地上，土地全部為王朝所有，私人不得擁有土地，王朝把土地分配給百姓耕種，不得私自買賣，如不願意耕種，可以向當地政府提出申請，政府給予一定補貼，使其從事其他行業。

在商業上，王朝鼓勵各地通商，建立東海、南彝、銀月洲、大草原商道，各地成立商盟，管理商務，商品價格由王朝制定，私人不得擅自改變物價。

在軍事上，王朝成立了「腦部」中樞體系，其下設「額部」，統一管理各軍，對軍隊實行了改制精簡，各軍團由原來五萬人縮編為三萬人，多餘部分額部另外安排，或成立預備軍、城防軍，或成立民團，轉入地方，而對於各軍的武器裝備，給予大大地改善，每一個步兵軍團裝備戰車五十輛、弩車三百輛、中弩一萬具，重步兵裝備三千人。

騎兵軍除藍鳥騎士團沒有做變動之外，其餘各軍也是三萬人編制，各軍多餘部分充實其他軍團，藍羽改為六個騎兵軍團，增加第四十五、四十六騎兵軍團。

藍鳥軍六大兵團也各有變動，有的兵團一下子從二十萬人減少到了十二萬人，有的兵團從三十萬減少到十八萬，軍隊數量大大地減少了，但其作戰能力並沒有比原來的差，其主要原因是士兵的素質高了，裝備更多更好了。

全軍各個軍團增設後勤保障部隊，專職管理後勤。

整合後，藍鳥軍分為九大兵團，一騎士團，一短人戰斧團，四個獨立軍團，一個特種營，總兵力一百七十七萬五千人。

藍鳥軍腦部對各個兵團將領進行了獎勵和升遷，軍師雅星升任二等公爵，管理額部；藍翎主帥維戈升任次帥軍銜，藍鳥王朝一等侯爵位，鎮南侯；青年兵團主帥越劍升任次帥，藍鳥王朝一等侯爵位，鎮京侯；凌原兵團主帥秦泰升任次帥，藍鳥王朝一等侯爵位，鎮西侯；商秀、溫嘉任大將軍，藍鳥王朝二等侯爵位，其餘有功將士人等也多有封賞。

藍鳥軍大規模地整合和調整，軍人全部成為職業軍人，取消了各地預備隊和民團組織，成立了督查隊，負責地方治安，抓捕犯人，同時，聖王天雷加強了黑爪和藍爪組織，形成了強大的情報系統、秘密監察系統、軍事偵察系統，使藍鳥王朝緊緊地控制在手中。

目前，藍鳥軍藍羽騎兵兵團、平原兵團、東海兵團部署在東海洲地區，由次帥雷格任東方面軍總指揮，托尼爲副，大軍駐紮在雲中關谷外地區。

藍翎主帥維戈次帥任北方面軍總指揮，啇秀爲副，率領藍翎本部、第一軍團，第二、三、四軍團和騎兵第十五、十七騎兵軍團駐守聖靜河北地區，與帕爾沙特等星海聯盟軍在堰門關一帶對峙。

青年兵團主帥越劍次帥任鎮京總指揮，率領青年兵團、新月兵團駐守京城不落城以北地區，拱衛不落城等地安全。

凌原兵團主帥秦泰次帥任銀月洲方面軍總指揮，列科爲副，率領凌原兵團本部鎮守銀月洲。

聖王天雷親自率領藍衣眾、神武營、藍鳥騎士團、南彝兵團駐紮在平原城地區，平時軍隊由溫嘉負責管理，文謹、凱武、凱文歸入腦部，隨聖駕在平原城，軍師雅星在京城不落城內。

藍鳥軍南方面軍解散，南部地區統一由騰越總督管理，邊境由藍鳥王朝和南彝兩國協商後派出少量部隊駐守，主要是象徵性的駐軍。

聖王天雷和腦部重臣決定把藍鳥王朝京都仍然定在不落城，不過，如今不落城已經改名爲「藍鳥城」，由軍師雅星負責修建，把藍鳥京城在原來基礎上再擴大一圈，原城統稱爲內城，目前大致已經竣工。

藍鳥王朝各個部門沒有什麼大變化，只是在各部門下進行了細分，工作的分工更加明確。聖王天雷把王朝現有版圖劃分爲十五洲，兩郡，一京城。十五洲各設總督一名及下級官員，駐軍由一巡查大隊組成；兩郡是指西南郡、嶺西郡，一城則指藍鳥城。

藍鳥王朝與南彝、短人族、大草原簽定了永久性和平條約，給予三方在中原平等的商業經營等權利，同時，爲了答謝短人族多年來對藍鳥王朝的支持，聖王把巒山城、近巒城劃給了短人族，兩城人民全部遷入南中原地區，同時，聖王也把勒馬城、奴奴城劃給了大草原各部聯盟，形成對中原商業貿易的基地。

雪奴族牧場擴大了一倍，雪奴族成爲聖王的奴僕，幫助照顧藍鳥谷。

聖王天雷這兩項措施，使短人族、大草原各部感激萬分，忠於聖王的心越加的堅定，大草原和短人族派出最優秀的勇士和最好手藝的工匠，幫助聖王作戰、生產建設。

藍鳥王朝最大的一項舉措就是成立了聖殿，聖王傳令整個藍鳥王朝所屬地區全部興建聖殿，統稱「聖教」，供奉聖拉瑪大神，聖王天雷是聖拉瑪大神的兒子，俗稱「聖子」，如今稱「聖王」，代表聖拉瑪大神挽救天下黎民百姓，管理天下百姓。

聖教的教義是眾生平等，和平相處，與人爲善，面對聖神的懺悔，可以淨化人們的心靈，解除罪惡，得到聖神的原諒。

維護聖殿的軍隊統稱爲「聖殿騎士」，由藍鳥軍精心挑選而出，人員不多，分散在王朝各地，維護聖殿的安全。聖殿有專門的法律制度，約束人們信奉聖拉瑪大神，對不敬者實行嚴懲。

藍鳥王朝聖教的成立，確立了聖拉瑪大神在王朝內思想上主導地位，確保了聖王在人民心中的地位，牢牢地控制住人民的思想，使王朝迅速鞏固邁出了一大步，它是時代的需要，也是歷史的需要。

聖王天雷坐鎮平原城兩年，使平原城迅速地繁榮起來，各種物資源源不斷地向平原城湧來，使它的商業貿易迅速得以發展，藍鳥王朝各級官員紛紛向平原城朝見聖王，更帶動了平原城的這種發達。

目前，平原城有藍衣眾和藍鳥騎士團拱衛，新月兵團、南彝兵團、藍鳥幼字營、女字營駐紮在外。

一年前，聖王下令把嶺西郡孤兒院遷往平原城，隨行的還有幼字營、女字營，也一同遷來。如今幼字營中，有十五歲到十七歲的少年二十餘萬人，被藍衣眾訓練成優秀騎士，補充到藍鳥騎士團和聖殿騎士中去，他們是聖王最忠實的騎士，藍鳥王朝最優秀的下一代代表，幼字營的成長，使聖王有了一大批優秀的騎士和下級軍官，保證了藍鳥軍的建設和鞏固。

女字營發展也比較快，幼字營中有許多優秀的女孩子，她們被訓練成劍手，成爲王妃的衛隊，保護著王妃的安全，同時擔負起王妃日常生活管理，使聖王減少了後顧之憂。

兩年的休養生息，使藍鳥王朝迅速地鞏固了起來，京城藍鳥城經過軍師雅星兩年的修整，如今全部竣工，並在藍鳥城東修建了一座高大的祭天台，等待著聖王天雷的祭天，然後入城。

五月十一日，在平原城中，聖王接到軍師雅星的報告，京城藍鳥城的準備工作已經就緒，請於六月二十八日如期舉行祭天儀式，聖王入主京城。

聖王天雷這兩年修身養性，氣質更加雍容華貴，一派帝王之象。他整天帶著笑容，極少生氣，對於東海的降將更加親善，對南彝、短人族和大草原來的官員更加關照，有來看望他的老人，無論他如何地忙也必給予接見，在他們心中樹起了親切和藹的形象。

對於在藍鳥城舉行祭天的典禮，也稱爲「蒼祭」，是早在一年前就定下來的事情，聖王和軍師早就通告了王朝各地。

聖王天雷對平原城的感情非常深，比藍鳥城要深厚許多，原本聖王是要在平原城定都城，但軍師雅星力勸聖王不要把都城定在平原城，最好還是在藍鳥城，也就是以前的不落城，聖王考慮到王朝初立，也確實不宜勞民傷財，大動干戈，最後還是依了軍事雅星的建議。

但軍師雅星瞭解聖王天雷的心情，在藍鳥城內有死去的公主盛美，對於聖王天雷來說，這是一個永遠的痛，天雷不願意面對藍鳥城也是應該的，另一方面，在藍鳥城建都容易讓人想起以前的聖日帝國，但如今王朝初立，各個方面也十分困難，如想迅速扭轉局面，安定人心，鞏固基礎，最好還是在藍鳥城定都。

「聖王和文謹元帥對雅星的誇獎過頭了，這是他做爲臣子應盡的責任，聖王的愛惜使老臣非常地感動！」凱文在一旁說道。

「凱文說得是，聖王！」凱武也笑著回答。

凱文、凱武兄弟如今都回到了平原城，他們和文謹一道，組成了聖王身邊的重臣參謀組，雖然他們知道聖王天雷才高八斗，但他們也要爲聖王分擔些責任，而聖王天雷從不把他們看成外人。

「兩位叔叔愛惜雅星大哥的心意我明白，但功勞就是功勞，誰有功勞了我就認可誰，軍師也是一樣，雅星大哥爲王朝鞠躬盡瘁，日夜操勞，我惦記也是應該的事！」

聖王天雷說完，向外喝道：「楠天！派人送幾桶好酒給軍師，就說我謝謝了！」

「是，聖王，臣馬上就辦！」

看著楠天退出，聖王轉頭對凱武說道：「藍鳥軍整合怎麼樣了？」

「已經完成，只要聖王一聲令下，立即可以出兵！」

「很好，兩年了，帕爾沙特在北平原休息得也差不多了，他們該還我們土地了！」

「聖王，是否按計劃出兵？」

「不錯，等蒼祭結束後，命令全軍即刻出發，攻擊河北，收復整個北平原！」

「是，聖王，太好了，我們等這一天已經兩年了，什麼星海聯盟、北蠻帝國，狗屁！」

聖王笑哈哈地聽著凱武罵人，知道他一生忠於軍隊，沒有戰鬥使他難受異常，像他這樣的人，天生就是爲戰爭而活著的人。

「兀沙爾元帥，再有十天你部就開拔，注意要做好攻擊的準備，等藍鳥城祭天一結束，你立即與越劍青年軍團會合！」

「是，聖王，臣明白！」

「彝王爺，南彝兵團在新月兵團走後兩天也要拔營，趕赴京城，然後與青年軍團會合，參加河北戰役，怎麼樣？」

「聖王，我已經準備好了，聖王撥給我們的裝備經過這兩年操練已經熟悉，只等聖王一聲令下呢！」

「很好，這次祭天，維戈、雷格等都將趕回來，十年了，戰爭已經有十年了，他們也該看看藍鳥都城，看看藍鳥的新時代，是我們用雙手開創出藍鳥王朝的一個嶄新時代！」

「開創出藍鳥王朝的一個嶄新時代，聖王說得真是太好了，我們一定要平定整個大陸，開創藍鳥王朝的偉大時代！」凱文激動地說著。

幾個老人神情激動，在聖王的幾句話裏，他們彷彿看到了藍鳥王朝一個嶄新的未來，一個嶄新的時代誕生，他們知道聖王天雷心懷整個大陸，一統天下的時代就要來了，藍鳥軍統一大陸的腳步就要展開。

五月二十一日，新月兵團開赴藍鳥城。

五月二十八日，南彝兵團開赴藍鳥城。

六月六日，次帥維戈到達平原城。

六月十日，次帥秦泰到達平原城。

六月十二日，次帥雷格率領東海六大世家家主、六位公子到達平原城，聖王天雷出東城門迎接從東海而歸的兄弟和客人。

平原城外，號炮連天，二十四響禮炮聲伴隨著雷格次帥奔馳的馬蹄聲響遍全城。

聖王天雷站立在東門外，遠遠地向東眺望，在雷格次帥隊伍剛露頭的時候，就激動地命令鳴炮了。

三年了，有三年時間他沒有見過雷格兄弟，多少個日日夜夜，他爲雷格擔心，爲雷格掛上無限的心事，生怕雷格有一點的閃失，每日裏打聽雷格的消息，那怕是有一點點消息，他也高興半天時間。

如今，雷格凱旋歸來，不但沒有受到什麼傷害，而且還立下了舉世矚目的功勳，這份榮耀，不僅僅標誌了聖王天雷對雷格有了信心，多了份安全感，而且也明確地向世人表明了聖王不是偏向與自己的兄弟，而是因爲他們建立了功勳，是他們贏得的榮耀，聖王對他的偏愛和對待所有將領一樣，永遠向著勇者。

第四章　藍鳥盛典

陪同聖王天雷一起出迎的還有元帥文謹、凱武、兀沙爾，次帥維戈、越劍、秦泰，大將軍溫嘉等高級將領，文武官員幾百人，藍衣眾、藍鳥騎士團的將領一面保護著聖王，一面迎接雷格等人。

雷格遠遠地就聽見了禮炮聲，而二十四響禮炮標誌著對軍人的最高榮譽，他感激聖王大哥，更想念聖王，他加快了坐騎的速度，戰馬像飛一樣直奔平原城東門而來。

聖王天雷見雷格單騎飛出，也快步走出陣營迎了上去，維戈落後一步，單手按劍在聖王身後。

雷格見二位哥哥齊出，一聲斷喝，吆喝住戰馬，身形如大鳥一般凌空拔起，遠遠地落在聖王的身前，雙膝跪倒，大聲說道：「臣雷格拜見聖王！」說完，聲音已經哽咽。

「雷格，想死我了，快起來，讓大哥看看！」

聖王天雷雙手拉住雷格的手臂，嘴裏也是激動地說著，雷格順勢而起，眼淚從他黝黑的臉上滾了下來，聖王天雷緊緊地抱住雷格的雙肩，眼角也已經濕潤。

「哥哥，你好啊，小弟有禮了！」

「我好得很，雷格，你也做父親了，和我不一樣的是你得個兒子，還沒有見過吧？」維戈說道。

「嘿嘿，沒呢，沒呢！」

這時候，東方闊海等人已經站在了聖王三兄弟前的不遠處，眼緊緊地盯著他們，見他們兄弟情深，十分羨慕，但每一個人都沒有說話，靜靜地站著。

當下，君臣回到平原城內，大擺宴席，為次帥雷格和東海諸將接風洗塵，好不熱鬧。

歡聚了兩天，聖王見該到的重要人物差不多了，這才通知起程，眾人起身趕往京城藍鳥城，參加祭天典禮，同時舉行入城儀式。

從平原城到藍鳥城僅僅兩百多里，路途不算很遠，有幾天時間就足夠用了，近幾天時間，從全國各地向藍鳥城趕來的官員、百姓數不勝數，把道路占得滿滿的，遠處仍然有許多人在向前趕路。

藍鳥王朝舉行祭天大典，這是百年來一件大事，與聖王一起祭拜天地，祭拜聖拉瑪大神，這是最高的榮譽，老百姓也只有這樣機會才能與聖王一同參拜天地神靈。

百姓多，車隊自然就走得慢，聖王天雷也沒有打算走多麼快，畢竟還帶著許多女眷屬和孩子們。

兩位王妃雅靈、彝凝香，雷格、維戈等大臣的夫人等都隨行，香妃彝凝香也為聖王添了一位公主，維戈也得了位女孩，雷格得了個兒子，與少主中原等整天待在一起，年紀雖小，但雙方家長關係不同，所以常走動也沒有什麼忌諱的事。

由於女眷多，所以把車輛都留給了她們坐，聖王天雷見身邊維戈、雷格、秦泰和越劍都在，心情也特別地高興。多年來，藍鳥軍四下征戰，幾個兄弟難得這麼齊全地在一起騎馬，一路說說笑笑，頗不寂寞。

大隊人馬順大路向北，連綿五十里，途中藍衣眾和藍鳥騎士團左右保護，百姓焚香祈禱，盛況空前，自然就有一些混亂，聖王在幾位大將簇擁下談笑風生，頗不在意。

第三天一早，大隊人馬繼續上路，在距離藍鳥城有百里左右時，路上的百姓就更多，聖王天雷見老百姓特別地熱情和愛戴，也下馬與百姓握手談話，表達自己對百姓的仁愛。

聖王天雷正在與百姓說話，從人群中突然飛起無數的暗器，有十人抽出刀槍同時向他發起了攻擊，速度之快、動作之兇狠，讓人聳然動容，聖王身邊四名護衛中，二人在第一時間內用身體擋住了飛來暗器，另二人分左右把聖王天雷護在身後，人群頓時大亂。

雷格和維戈站在天雷身後的不遠處，雙眼停在天雷身上，當第一聲「有刺客」傳出後，雷格身體拔空而起，眨眼間來到聖王身前，維戈身體晃動間站在了天雷的身後，兩個人罡風四起，把聖王天雷身邊的人全部推向了五尺開外，秋水神罡把聖王包裹在中央，巨大氣旋把一切飛向三人身邊的東西都擋在外。

聖王天雷動也沒動一下，臉上仍然掛滿笑意，但雙眼中卻泛起金黃色的光芒，天王神功已經提起，額頭上印痕若隱若現，雙手漸漸地變成了赤金色。

藍衣眾迅速地在聖王三人周邊布成一圈，而更多的人已經把方圓三百米內圈上，並從周邊向內急進，凡在圈內的人一律被按在地上，有反抗者當即斬殺，更多的藍衣眾迅速地撲來。

「不要傷了百姓，小心！」聖王清晰的聲音傳遍了整個空間，回蕩在每一個人的耳邊。

藍衣眾動作緩了一緩，但腳步卻沒有一絲停留，迅速把人清除乾淨。

約十人被圈在了中央，有幾個人已經被斬殺在地，楠天臉上暴怒，手中巨劍起落間帶著風哨聲。

刺客沒有一個人發出一點聲響，悶頭廝殺，無論藍衣眾怎麼問話，就是沒有人停手。

聖王天雷放下雙手，天王神功自然散去，在雷格和維戈保護下，沒有人能突破他們二人佈下的神罡防線。

雷格雙眼暴射寒光，左右看了一眼周圍的藍衣眾，使他們打了個寒顫，見聖王已經安全，雷格對維戈輕一點頭，如閃電一般竄入戰圈內。

「退下！」雷格怒喝一聲。

楠天聽見雷格的話，不敢違背，忙和眾人向後退出五米遠，但仍然布成保衛圈。

雷格雙手提在腰間，黑黝黝的臉變成了紫黑色，雙眼中泛出的殺氣令人心顫，秋水神罡把每一個刺客都罩在內，他斷喝一聲急閃而入，雙手在身前不停地伸縮，一排拳影在空中向前延伸，無情的拳風錘在每一個刺客的身上。

空中暴起十幾聲巨響，刺客被罡猛拳風擊中，每一個人最少兩拳，身影飛出十米遠，立即被藍衣眾按在地上，但每一個人口中都吐出鮮血，沒有一個人活命。

雷格緩緩收拳，雙眼中殺氣漸漸地退去，他轉身來到聖王天雷的身邊，語氣中，關心之情溢於言表。

「大哥，你沒事吧？」

聖王天雷看了雷格一眼，心頭一熱。

「放心，我沒事！」

這時，楠天和藍衣眾已經跪倒在聖王的身前，楠天臉上佈滿慚愧之色，嘴裏說道：

「聖王，臣該死，讓聖王受驚了，臣該死啊！」

「我沒事，大家都起來吧！這也不是你們的錯，放心，都起來吧！」

經過剛才一輪刺殺，百姓都退出很遠，整個大隊都停了下來，王妃雅靈和香妃彝凝香都派人過來詢問消息，生怕傷了聖王天雷，其餘大臣等也紛紛問候，一一被藍衣眾打發回去。

越劍、秦泰、溫嘉等人在雷格和維戈起身後就停住了身子，十幾名刺客，有兩人足夠用了，只要第一時間沒有傷著聖王天雷，以後就沒有任何機會傷了他，二人深知聖王武藝蓋世，加上雷格與維戈兩人，恐怕天下已經沒有什麼人能傷了聖王天雷。

眾人問候過後，繼續起程，一路上，藍衣眾加強了戒備，嚴了許多，聖王天雷經過剛才一刺殺事件，也不再給大家找麻煩，騎在馬上再也沒有下來。

但是，聖王遇刺的事件，引起了京城一帶百姓強烈的憤怒，消息迅速傳了開去，無論是老百姓還是藍鳥軍軍人，對聖靜河北敵人增加了無比的憤慨，勾起了民族的仇恨，要求收復北平原和消滅星海聯盟、北蠻人、映月人的聲浪一時間響遍整個藍鳥城內外。

兩日後，聖王駕臨藍鳥城南門外。

軍師雅星率領先期到達的新月兵團主帥兀沙爾、南彝兵團主帥彝雲松和各地先到達的文武官員出迎聖王駕。

藍鳥城外，巨大的軍人方陣把百姓排除在外面，整齊的軍容在嘹亮藍鳥軍歌聲中，越加地顯得精神，士兵個個嶄新的軍裝、武器，挺胸抬頭，英風颯爽地站立，迎接著他們的王。百姓更是人山人海，望不到邊際，歡呼聲、歌聲響成一片，把整個藍鳥城淹沒在歡慶的海洋裏。

從南門到東門，有一條大道被士兵保護著，遠遠地向東延伸，在藍鳥城的東南方，隱隱約約可以瞧見一座高大的祭台，周圍被無數士兵緊緊地守護著，老百姓沒有人敢向祭台方向邁出一步，但每一個人臉上卻流露出滿足的笑意。

聖王天雷的大帳暫時駐紮在南門一里外，無數座銀白色帳篷把一座金黃色的大帳圍在中央，它們有秩序地排列，拱衛著聖王的威嚴與安全，一桿特別高大的黃色藍鳥旗幟豎立在天空，標誌著聖王駐紮在此。

楠天迅速地把五萬名藍衣衛分散在聖王大帳篷的周圍，對每一座帳篷進行重新檢查，沒有發現任何異常情況後，才交付大臣們使用，藍衣眾對每一個出入帳篷區的人進行嚴格的檢查，決不留任何情面。

藍鳥城地區表面上安全，但是暗地裏波濤洶湧，危險重重，聖王遇刺事件，使藍衣眾加強了戒備，小心了許多，誰知道在那一個人群中埋伏下殺手刺客，聖王的安全是第一位，絕對不允許在聖王祭天這件大事前後發生任何意外，以防對聖神的玷污。

六月二十八日，清晨。

當東方第一縮陽光灑下的時候，藍鳥城東門外炮聲首先響起，四十八響的禮炮震天動地，作爲了獻給聖拉瑪大神的禮物。

伴隨著禮炮的轟鳴，長長的號角聲慢慢地劃破天空，由八百名長號手組成的號隊緩緩地吹響，祭司用樂章拉開了蒼祭的序幕。

在號角聲響起不久，低沉的鼓聲漸漸地響了起來，鼓聲一陣緊似一陣，巨大的鼓聲驚天動地，響徹雲霄，足足有半個時辰之久，才緩緩地落下。

「藍鳥王朝祭天大典現在開始，聖王上祭！」禮儀官高聲呼喊著。

聖王天雷身穿黃色錦袍，腰紮天藍色錦帶，雙肩、袖口繡著藍鳥圖案，頭紮藍色錦帶，王冠，表情嚴肅，緩緩地向祭天台走去。

祭天台高三十八米，寬有十丈，從西向東有一百零八級臺階，上鋪金黃色錦緞，祭天臺上，彩旗飄飄，各種貢品水果一百零八樣，牛、羊各八隻，捆綁在貢桌上。

一名大祭司站在祭天臺上，他一身白色衣裝，長長的雪白鬍鬚代表著他的年紀，飽經風霜的臉上佈滿了皺紋，見聖王來帶祭天臺上，他高聲喊道：

「聖王祭天……聖王祭神……」

一連喊了兩遍。

聖王天雷緩緩跪下，三炷清香捧在手上，向祭天台緩緩下拜，隨著聖王的拜倒，無數的人們像潮水一般跪下。

三拜九叩之後，大祭司念出了藍鳥王朝祭天告文：

「天地不仁，以萬物爲芻狗……藍鳥當立，聖王承聖拉瑪大神的旨意，率領藍鳥軍展開聖戰，平定中原，征伐四海，恩服八荒，掃清邪惡，澄清大陸，開創藍鳥王朝的新時代，這是大神的旨意！」

「天雷・雪定將秉承聖拉瑪大神的旨意，帶領藍鳥軍展開聖戰，掃平四海八荒，還天下黎民百姓一個清平的世界，讓所有老百姓都有飯吃，有衣穿，有地種，不再受戰爭之苦，讓子子孫孫永享太平！」

「獻聖祭！」

一百零八名勇士把最好的祭品捧上祭天台，擺放各處，同時，有人抽刀斬殺牛羊，把他們獻給聖拉瑪大神，然後，一一退下。

「秉承聖拉瑪大神的旨意，聖王天雷・雪爲聖教之主，教化子民，恩澤萬代！」

雅星緩步上臺，把象徵聖教的權仗獻給了聖王天雷，然後，三拜九叩，緩緩退下。

「禮成！」

至此，聖王天雷利用祭天之機，秉承聖拉瑪大神的旨意，掌握了藍鳥王朝政教合一的大權。

聖王天雷緩緩地坐在了祭天台的座位上，面向西方，接受藍鳥王朝所有子民的叩拜。金色的太陽灑下七彩的霞，把聖王照射得輝煌燦爛，黃色的錦衣在豔陽的照耀下如一座金身一般，更增添了無限的威嚴，聖王天雷額頭忽現金黃色的光，更增添了無限的神秘。

文武百官及老百姓忽然間見聖王額頭上射出的光彩，更加強烈地感到他是聖拉瑪大神降臨，虔誠地拜倒在地上，不斷地祈禱，聲浪一波波地向遠方傳去。

有半個時辰，聖王天雷忽然說道：

「藍鳥當興，邪惡漸滅，聖戰再起，藍鳥必勝，天下清平，四海歸一，藍鳥子民，前進前進！」

聲音遠遠傳出，傳遍每一個角落，在場的所有人聽得清清楚楚。

無數將士和百姓眼含熱淚，情緒激動，呼喊著向聖王揮手致意。

「聖戰，聖戰，藍鳥軍必勝，聖戰，聖戰，藍鳥軍必勝！」四十萬藍鳥軍將士忽然喊出了聖戰的口號，然後，無數百姓加入到呼喊中來，整個藍鳥城外被聖戰的口號所淹沒。

聖王天雷臉上忽然展露出陽光般燦爛的微笑，他揮手向藍鳥軍將士們致意，把蒼祭推向了頂點。

三個時辰後，蒼祭結束，聖王天雷率領藍鳥王朝文武眾臣開始了入城儀式。

藍鳥城擴建比原城大上近一倍，原不落城經過聖日帝國帝家的焚燒和六國聯軍的破壞，已經損壞得不成樣子，城內幾乎沒有一處完整的房屋，處處殘缺破損，城牆等破落不堪。

藍鳥軍青年兵團入城後，兵團長越劍讓百姓全部住在城外，修建了許多房屋居住點，同時命令士兵和百姓把殘破的各處清理乾淨，等待著以後重新修復，軍師雅星到達後，把從嶺西郡帶來的短人族工匠及移民全部投入到興建工作中，用兩年時間把藍鳥城興建一新，街道、城府、住宅等錯落有致，分區重建，如今已經成爲了一座新城。

在修建藍鳥城的時候，軍師雅星想到了以後藍鳥王朝要興建許多的辦公機構、大臣府等，所以，百姓居住區全部挪到城外，同時，在原城的基礎上把新城擴大，周邊主要居住百姓，給內城騰出足夠的空間，所以才有了今日的藍鳥城。

從外城上看，新修建的城牆並不很高大，只有二十五米，寬十八米，分八座城門，成八卦形，暗合天地之玄妙，從外城八門進入城內，行十八里達到內城，原城牆已經修復一新，與外城牆一樣高，城內，八條馬路全部用大理石鋪成，形成巨大的「井」字形狀，延伸到各個城門，「井」字中央，為王宮，坐北朝南，前面一座巨大的廣場，匯成「井」字路的中樞，四通八達。

王宮雕樑畫棟，高大氣派，雖然不是聖拉瑪大陸最宏偉的建築物，但也絕對費了短人族工匠一番心血，從外部看去，金壁輝煌，光彩燦爛，自有一派王者住所的氣派。

聖王天雷在藍衣眾的護衛下，從東南處的「承天門」進入藍鳥城，巨大的禮炮聲和樂隊聲震天動地，軍人、百姓的歡呼聲響徹雲霄，每一個人的興奮都達到了極點，這是十一年來聖瑪民族最驕傲的日子，它不僅僅標誌著聖瑪民族重新收復藍鳥城，更標誌著一個新時代的開始。

聖王天雷帶領滿朝文武走入宮廷大殿，居中而座，台下，文武百官分列兩旁，左文右武，軍師雅星列在最前面，從百官的排序列中可以看出雅星的地位，同時，也可看出藍鳥王朝的軍事化管理的體系。

「恭賀聖王入京城，藍鳥王朝萬歲，聖王萬歲，萬萬歲！」

「眾家愛卿平身吧，藍鳥王朝有今日之盛，離不開眾位的努力，今後，我們君臣同心協力，共圖大業，把藍鳥王朝發展成為大陸上最強大的國家，把侵略我們的敵人徹底消滅乾淨！」

「聖王英明！」

「今日的蒼祭，不僅僅是藍鳥王朝祭天的大典，入城的儀式，而且還是藍鳥軍展開聖戰的宣誓。居安思危，不忘國恥，民族仇恨，只有徹底地消滅了敵人，藍鳥王朝才能安居樂業，百姓才能過上清平的日子，如今，王朝雖然強大，但敵人時刻窺視著我們，我們在發展，敵人也沒有閒著，他們正在聚集力量，妄想把藍鳥王朝勒殺在搖籃裏，我們絕對不能答應，從今天起，藍鳥軍將展開聖戰，各部要團結一心，一致對外，任何人不得怠慢軍務，直至藍鳥軍徹底勝利爲止！」

「謝聖王教誨，藍鳥王朝決不能等待敵人坐大，藍鳥軍時刻準備著爲聖王展開聖戰，不徹底消滅敵人，王朝絕不收兵！」

「好，從明天起，雅星軍師和額部要立即展開工作，對河北平原進軍隨時將展開，後勤部要全力以赴投入準備中，大軍一月後發起攻擊，具體作戰計畫三天後再議！」

「臣等遵旨！」

「各位，今天大家都很累了，退朝後，由藍衣眾領各位回到自己的住宅處休息，退朝！」

「聖王退朝！」禮儀官高聲喊喝。

「恭送聖王，聖王萬安！」

聖王天雷轉身向後殿走去，後宮寬大異常，左右百間房屋、配殿，三百米處一正房爲聖王的書房間，後面有一大院，用花草圍成一個小型花園，後側為王妃雅靈的正宮，東側不遠處為香妃的東宮，西側一小院分給了雅藍、雅雪姐妹居住，意義不言而喻。

藍衣眾三千人駐守在王宮內外，全部是彪形大漢，其餘人等駐紮在王宮後不遠處的一個小營內，平時負責巡邏保護，有事情立即支援。

楠天自然成為了王宮的士衛統領，將軍職位，負責管理宮內一切事情；風揚也繼續擔任聖王參謀官，負責聖王日常工作中的事務，為聖王減輕負擔，在風揚手下有二十名高級參謀，負責各處的軍情整理、彙報、參謀等等事情。

在王宮東側不遠處，一個不很顯眼的院落成為了黑爪總部，卡奧成為聖王身邊的一條忠實的獵犬，他把觸角伸向聖拉瑪大陸上每一個角落，隨時把各種各樣情報消息彙報給聖王，供聖王參考。

第二天退朝後，聖王召集腦部人員召開了軍事會議，參加的有軍師雅星，元帥文謹、凱武、兀沙爾，次帥維戈、雷格、秦泰、越劍，列席的有大將軍溫嘉，王師凱文，參謀風揚，東海六公子，南彝王彝雲松。

如今藍鳥王朝坐擁大陸半邊天，京城藍鳥城軍事會議室不比從前，寬敞、明亮、整潔，巨大的聖拉瑪大陸全圖懸掛在北側牆上，聖靜河北地區被明顯地標示出來，一目瞭然。

會議室北側正中，錦繡的座椅覆蓋著金黃色刺繡，兩側兩排方桌，上面鋪著藍色藍鳥圖案的桌布，桌椅板凳全部用藍色錦繡套，在正中央有數百盆的蓮花、蘭花。

被召集開會的人整齊地坐好，聖王天雷和軍師雅星還沒有到場，他們靜靜地沒有一個人說話。從左排起是文謹、凱武、兀沙爾、凱文、彝雲松及東海六公子，右側，第一個位置空著，第二個位置是秦泰，以下爲維戈、雷格、越劍、溫嘉、風揚。

一陣腳步聲響，伴隨著聖王天雷爽朗的笑聲，軍師雅星和聖王步入會場內，兩個人一路談笑風生，沒有一點大戰前的緊張氣氛。

眾人齊整地站起，向聖王和軍師敬禮，聖王天雷一面走著一面笑道：「坐，大家都坐下，都是自己人，不用敬禮了！」

聖王天雷端坐在正中，軍師雅星在旁落座。聖王天雷看了大家一眼，見眾人表情嚴肅，氣氛緊張，尤其是東海六公子第一次列席這樣的會議，嚴肅的表情可想而知。

「大家不要這麼嚴肅，都是腦部的老人了，沒有必要搞得這麼緊張，藍鳥軍作戰，從沒有過這種情況嗎？特別是你們六位大哥，雖然從東海歸來不久，但大家都是名將啊！」

眾人這才笑了起來，東海六公子聽聖王稱讚，臉色一紅，但嚴肅的表情卻減少了許多，其餘之人都是聖王身邊的人，瞭解他的脾氣，氣氛一下子鬆了下來。

「各位，你們都是藍鳥軍中的中堅，幾位老帥更是如此，如今，我藍鳥軍就要向河北動兵，大家都談談自己的想法，有什麼主意儘管提，好壞無所謂，只要是個主意就好，大家聽聽，參考參考。」

聖王天雷還是老一套，先讓大家談想法，廣聽言論，最後取長補短，力求盡善盡美。

第五章　圖謀原北

藍鳥眾將領不是第一次參加這樣的會議，只有彝王爺和東海六公子是第一次，溫嘉以前地位不夠，沒有資格參加，如今聖王愛惜他，也算新人。

彝王爺和東海六公子自然不敢先說話，他們不知道開這樣會議是個什麼樣子，怕先失禮，溫嘉就更不敢先開口了，其餘之人倒無所顧忌，但也沒有人搶先說話。

聖王天雷一見大家都沒有說話，笑道：

「彝王和六位軍團長第一次參加這樣的會議，不知道規矩，大家都是老人了，先做個表率才是，這樣吧，風揚，你來談談河北的情況？」

「是，聖王！」

風揚從桌尾起身，來到巨大地圖前，拿起一支木棒說道：

「聖王，各位元帥、將軍！如今河北四國中西星、北海已經組成了星海聯盟，兩國軍隊合計一百一十萬人，目前，星海聯軍主要佔據在河平城、淩川城一帶，北平原西側大部是星海聯盟勢力範圍，一直延伸至北海國，距離二千一百里；河北平原東部，被北蠻人佔據，北蠻人口百萬人，能作戰的人數約六十餘萬人，也就是說，北蠻人情況特殊，老少男人全部可以參戰，他們都是天生的戰士，而有許多婦女也可以參加作戰，所以作戰能力在六十到七十萬左右。」

他頓了一頓後，接著說道：「映月帝國北臨西星，南靠聖靜河，與銀月洲對峙，目前，秦泰次帥的凌原兵團駐守銀月洲，兵力足以抵抗映月的進攻，我們可以不考慮他。」

風揚用指揮棒一指地圖上一處說道：

「星海聯軍和北蠻軍隊在河平城東百里處相接，雙方軍隊各有二十萬人和九萬人，河平城成爲星海聯盟軍對抗我軍的橋頭堡，兵力十萬人，加上駐紮在外側的二十萬人，總兵力達三十萬人；而北蠻以河東城爲對抗我軍的主要據點，駐軍近二十萬人，加上靠河口的九萬駐軍，總兵力也是三十萬人，也就是說，在河北地區的正面，我軍將面對敵人六十萬兵力。」

他看了看仔細聆聽的眾人，接著說道：

「星海聯軍主要駐紮在凌川城地區，以對抗我堰門關的北方面軍，總兵力八十萬人，隨時有發起攻擊的可能，而北蠻人主要居住在北平原各地，沒有重點的兵力部署，但是，他們的百姓就是軍隊，軍隊就是百姓，分不清楚有多少軍隊在什麼地方駐紮，但有一點可以確定，一旦開戰，他們便能迅速地集結起來，我的介紹完了。」

聖王天雷轉過身來，笑著說道：「大家都聽了風揚的介紹，情況基本上就是這樣，這仗怎麼打，還得大家拿主意，誰先談談？」

維戈次帥接過話道：「河北情況大家都很清楚，問題是，我們要同時與星海聯盟軍和北蠻軍開戰，還是分開來打，這才是問題的重點。同時開戰，這顯然不是最好的策略，我們要面臨兩股敵人的力量，這很容易使敵人迅速融合在一起，以後我們就更困難了，我認爲同時開戰不可取。」

「但是，分開來打，我們先打那個，後打那個，另一方會不會支援，同時與我們開戰，這也是個問題，要想打好河北戰役，就必須把敵人分開來，使一方參戰，一方觀望這才是上策，爲我們各個擊破創造條件。」

「我們要牽制一方，這就涉及到分兵作戰的問題了，我們出幾路兵，怎樣牽制敵人，這個選擇非常重要，我認爲先從堰門關地區出兵，全面牽制帕爾沙特和北海明部，再從京城以北出兵兩路，一路牽制河平城的敵人，一路全力攻擊北蠻部，配合從東海出兵的主力，首先打擊北蠻人，使其退軍極北地區，然後才消滅帕爾沙特，這是我個人的看法！」

兀沙爾元帥接口道：「維戈次帥的話很有道理，如今我們在東海地區戰線極長，北蠻人不好防禦，只要我軍從東部地區盡出主力，完全可以擊潰北蠻人，但是，在堰門關地區必須出動相當多的兵力，全面牽制帕爾沙特和北海明，使其不敢增援，但這很困難！」

「兩位說得很好，還有誰說說看？」聖王見兩人說完自己的看法，鼓勵地說道。

文謹元帥遲疑了一下，然後說道：

「首先，攻擊北蠻人是一個好想法，但是，星海聯盟軍太強大了，我們如果想牽制住他們，就必須出動六十萬以上的兵力，否則就不可能實現其戰略目標，倒不如先擊潰星海聯盟軍，然後再攻擊北蠻人，況且，在京城以北地區，敵人兵力也達到六十萬人，想在這個方向上分兵攻擊也是個困難的事情，任何一方受到攻擊，我認爲另一方一定會全力支援，這關係到兩國的切身利益問題。」

凱武元帥見三人發表了自己的意見，忙對聖王天雷說道：「聖王，您打算出多少兵力？」

「約一百萬左右！」

「聖王，一百萬？很難，這仗不好打！」他頓了一頓，接著說道：「敵人總兵力在一百七十萬人以上，而我們只有一百萬左右，無論攻擊那一方，敵人的兵力都與我們的總兵力差不多，又要分兵牽制，不出奇謀實在是個難題，但不論如何，我個人倒傾向於攻擊北蠻人，因爲北蠻人畢竟比較少，裝備差，我們靠優勢的裝備可以戰勝他們，節餘兵力也可以牽制星海聯盟軍！」

聖王天雷點頭道：「凱武元帥說得好！」他轉頭對彝雲松道：「彝王也談談！」

彝雲松第一次參加藍鳥軍這樣的軍事會議，被會議的新穎形式和暢所欲言所感動，他心中暗道：難怪藍鳥軍戰無不勝，只這群策群力的形式，就不是其他國家所能比擬的。

聽聖王問話，他定定心神，然後說道：「我只說一個問題，如果我們攻擊北蠻人，帕爾沙特全力進攻堰門關怎麼辦？極有可能帕爾沙特內外全力攻擊，趁我軍不備奪下堰門關，那樣我軍就被動了！」

「彝王爺說得真是一針見血啊！好，很好！」聖王連連稱好，然後對著東海六公子說道：「六位大哥新入王朝，對這樣的軍事會議恐怕還是第一次參加吧，不過沒關係，有什麼好想法儘管說說，大家參考！」

六人臉色一紅，還是長空旋有智謀，見聖王問，忙站了起來。

「坐，坐下說話，在這不用拘束，如今是討論軍務，不分彼此！」

「謝聖王！」長空旋見聖王讓坐，忙稱謝，然後他整整思路，開口說道：「星海聯盟軍兵力強大，主帥帕爾沙特很有才華，一旦我們全力圖謀北蠻，他一定會趁機攻擊堰門關，如果他打通了通往本國的道路，東可以出北平原攻擊我軍側背，北可以支援北海，一旦我軍攻擊他部，帕爾沙特可以全力收縮，緊守堰門關防線，那時，我軍側背受敵，態勢非常不利，不如全力解決星海聯盟，即可解決後顧之憂，又可殲滅最強大的敵人，保證側翼安全，進可攻，退可守，即使沒有作爲也是不勝不敗的結局。」

「好個進可攻，退可守，不勝不敗的結局！」軍師雅星一聲長笑道：「長空兄說得好，請繼續！」

長空旋精神一振，雅星的表揚使他備受鼓舞，他接著說道：

「聖王、軍師，各位元帥、將軍，目前，在北平原上，我軍唯一有利的條件是堰門關地區，一旦我軍失去這一地區，我們就失去了優勢，就成爲捨優而背短，西星之所以被動，就是我們掌握了其咽喉，如果我們失去了敵人的咽喉，西星就等於緩過氣來，事情就被動了，所以從堰門地區戰略地位上講，也要先攻擊星海聯盟，我的話說完了！」

「很好，長空兄不愧是有謀略之人，看事情直指要害，死掐敵人咽喉不放，使敵人喘不過氣來爲止，雅星佩服啊！」

「謝軍師誇獎，長空旋愧不敢當！」

「你們兩位就不要客氣了，雅星大哥，你說說看？」

雅星見聖王要他講話，忙對眾人說道：

「大家只注意了軍事問題，而沒有考慮政治上的問題。西星、北海聯盟，據黑爪報告說，也曾邀請映月和北蠻，但是，北蠻人強橫慣了，自不願意與他們聯盟，受他們擺佈，所以拒絕參加，映月自古以來就是西星的老大，如今如何會聽他們的話，所以也沒有參與聯盟，造成了映月、北蠻既要防止星海聯盟，又要對抗我大軍，所以啊，如果我們攻擊星海聯盟，至少在短時間內，北蠻人不會行動，他要等我們雙方大損元氣，然後再出兵對付我們，這樣一來，既擊潰了我們，又消耗了星海聯盟的力量，反之，以帕爾沙特和北海明二人的精明，絕對不會坐看北蠻受我軍攻擊，只要他們全力圖謀堰門關，我軍就必須退軍，因為我們既不想失去堰門關，又沒有足夠的兵力，只好退守了，也就是說，北蠻人貌似弱小，加上星海聯盟軍，就足以強大到勝過帕爾沙特和北海明聯軍，我們攻擊北蠻是不明智的。」

「當然了，我們攻擊星海聯盟也要出兵牽制北蠻軍隊，使北蠻有一藉口，也就是說，牽制力量有兩個目的，第一，足夠北蠻不敢輕舉妄動，第二，一旦星海聯軍被我軍擊潰，第二階段戰役將立即展開，攻擊北蠻的主力將是第二階段的主要任務，這樣的安排如何？」

眾人一起點頭，東海六公子和彝雲松第一次聽見雅星談論軍事，深感吃驚，他們雖然知道雅星文武兼備，但也只當他在管理文事上強一些，絕對沒有想到在軍事上是如此的厲害，也難怪雅星在藍鳥王朝眾多將星中穩坐第二把交椅。

聖王天雷見眾人明白了雅星的意思，對作戰思想有了一個全面瞭解，這才說道：

「北平原一戰，關係全局，勝，藍鳥王朝很快就可以平定北方，敗，則需要幾年時間恢復元氣，再次出兵北方將是很久遠的事情，所以，這次決戰絕對不能失敗，為此，我命令！」

眾人立即站起，齊聲說道：「願聽聖王調遣！」

「雷格藍羽兵團、東方秀東海兵團、托尼平原兵團兩個軍團組成東方面軍，由雷格次帥任總指揮，東方秀為副，參謀長亞文，出兵東海，在水軍支援下全力渡過聖靜河，駐守在北蠻軍三十里外，以步兵軍團為主力，騎兵全力配合，採取牽制、蠶食的戰法，儘量消滅敵人的有生力量，不求主動決戰，使北蠻軍不敢抽調兵力，完成第一階段的戰略目標。」

「是，聖王！」

「由維戈次帥出任西方面軍主帥，商秀為副，威爾、尼可兼任參謀長，率領藍翎兵團、第一軍團、第二、三、四軍團、短人族戰斧團出兵攻擊帕爾沙特部，文謹元帥留守堰門關地區，一旦發現帕爾沙特敗退，以騎兵第六、七，第十五、十七軍團和短人族戰斧團共二十五萬人全力追擊，盡全力消滅敵人有生力量，步兵在後，全力配合東、南大軍殲滅北蠻部，這時，整個戰役將轉入第二階段，其主要作戰已經轉移到了北蠻人身上，我要騎兵能頂住帕爾沙特反擊就行，全力殲滅北蠻人，然後再合兵擊潰星海聯盟軍！」

「是，聖王！」維戈起身答應。

「以越劍次帥爲中央方面軍總指揮，兀沙爾元帥、彝王爲副，率領青年兵團、新月兵團、南彝兵團出京城以北地區，在水軍支援下發起河平城戰役，注意：以青年兵團爲主，全力攻擊河平城地區，其餘兩部做出攻擊姿態，但要全力注意北蠻人出河東城，青年兵團不用全力攻城，只要圍困住就行，一旦發現帕爾沙特部被擊潰，只留一部防備河平城，其餘各部全力配合東進，攻擊北蠻人，合東、中、西三路大軍擊潰北蠻，然後就是藍羽騎兵兵團的事了！」

「是，聖王！」越劍、兀沙爾、彝雲松立即應是。

「中央方向以藍鳥騎士團、幼字營爲預備隊，隨時準備投入戰鬥！各部作戰方案一會兒去軍師那領取，明確任務後立即出發，八月一日，各部要準時發起攻擊，不得有誤！」

「是，聖王！」

「好了，散會！」

聖王天雷起身而去，其餘眾人接受軍師雅星分配任務，風揚在旁把一個個錦袋打開，雅星一一交代清楚。

藍鳥城的夜晚非常熱鬧，前幾天聖祭的興奮情緒，人們還沒有散去，三三兩兩地議論著聖王發起聖戰的事情，從藍鳥軍整軍的那一刻起，人們就知道是真的聖戰開始了，聖王是不說假話，如今藍鳥王朝國力強大，人民安定，軍隊實力就更不用說了，強兵悍將休養了兩年，也是時候了。

同樣，藍鳥王和將領們也睡不著覺。維戈、雷格、秦泰、越劍四人前來拜見聖王天雷，因爲明天或許是後兩天，他們就將陸續離開，趕赴各個戰區，所以在離開前見見聖王天雷，看他還有什麼話交代。

聖王天雷在書房接見了他們四人，陪在一旁的有少公子夢雷。

聖王天雷把夢雷安排住在自己書房外間，距離不遠，平時多加教導，盡一個父親的責任，同時也因爲他心中愧對明月公主，夢雷從小他就沒有盡到義務，如今有這樣的機會，他愛惜兒子的心和每一個父親一樣，從沒有過變化。

另一個原因是夢雷住處也確實不好安排，明月公主沒有名份，雖然雅靈知道是怎麼一回事，但也從沒有主動要求給夢雷和明月公主一個適當的名份，所以聖王也很爲難，他雖然認下了這個兒子，但麻煩也不少。

如今，藍鳥王朝正妃雅靈生下一子，取名中原，現年三歲，也已經滿地跑了，他人雖小，但也明白事理，雅靈每日精心教導，從不敢讓孩子走錯一步，再加上孩子的舅舅雅星時常指導，孩子已經漸漸地有了地位。

雅靈畢竟是正妃，名正言順，許多大臣都支持中原，承認他是正統地位，這一點是無可置疑的，加上軍師雅星權大勢眾，也沒有人敢表明反對。

能威脅少主中原地位的就只有這個長公子夢雷了，夢雷有他的優勢所在，第一，夢雷年紀比較大，今年十一歲，伴隨在聖王身邊將近兩年了，曾代父出使東海，取得了圓滿成功，在大臣中漸漸地有了威望、地位；第二，夢雷出身藍鳥谷，是藍鳥谷新一代少主，在藍鳥眾將心中，他才是真正的少主，他們以維戈、雷格爲代表，包括溫嘉、商秀、楠天等一大批將領，軍隊勢力如日中天，加上聖王如今的寵愛，一時無比。

聖王天雷自然也知道這些事情，兀沙爾不只一次地提醒過他，但由於兀沙爾畢竟是映月人，與明月公主關係非同一般，所以也不好深說，但聖王天雷有他的打算，如今聖拉瑪大陸動盪不安，實力、軍功爲第一位，要想鞏固自己的地位，爲子孫後代打下基礎，這些事情暫時就得忍耐，況且，他如今年紀輕，事情還沒有到必須解決的時候，藍鳥軍中各派系林立，互相爭鬥，只要不危及自己的地位、王朝的利益，他就不要管，省得眾將閒著沒事情幹，再想別的事。

控制好一個王朝，對各派系勢力的均衡是一門藝術，這一點從「平原城支點戰役」開始，聖王就開始有所覺悟，藍鳥軍將領都是虎將，很能打仗，好在維戈、雷格等都出身藍鳥谷，對自己忠心無二，越劍、秦泰有知遇之恩，忠誠度不用懷疑，雅星雖然地位崇高，但手無軍權，也好控制，南彝、東海如今初穩，利用多於計較，只要藍鳥軍保持強大的兵力，就足以威懾他們。

但在聖王天雷的心中，維戈、雷格、秦泰、越劍的地位要比其他人重得多，他們坐擁一方，手握重權，每一個人手中兵力都不少於二十萬，甚至更多，況且他們從嶺西郡開始就跟隨自己，自然受到重用，對於雅星，天雷是利用則多，絕對不會讓豪溫家族坐大勢力。

如今見四人一起前來，聖王天雷自然高興，忙道：「坐，夢雷，給各位伯父、叔叔拿座位。」

夢雷趕緊相讓，動手把錦墩放在四人身後。

「謝聖王，謝公子！」

「得了，都是自家兄弟，不要這麼客氣，以後，你們不用給夢雷等小一輩施禮，夢雷，記住了？」

「是，父親！」

「你去叫雅星舅舅來，另外再準備點酒菜，我們幾個兄弟要喝一杯！」

「是，父親，我去了，伯父、叔叔們坐會兒！」

「去吧！」

「公子請！」

夢雷轉身出去。

「秦泰大哥，三位兄弟，很長時間了，我們幾個兄弟也沒有在一起好好地聚聚，哎，歲月不饒人啊，轉眼就十多年了，想起當初在嶺西郡的時候，我們意氣風發，團結互助，才有了今天的局面，今日的成果來之不易啊！」聖王先感歎了一番。

四個人心中感動，聖王天雷惦記舊情，不忘當初之義，如今雖爲君臣，但這份情誼沒有變化。

秦泰忙道：「無痕，大哥我知道自己的本事，比起各位兄弟當然不如，仗沒有打過幾次，但榮譽卻沒有少一樣，我知道你們是念及舊情，但這樣一來也不好，我沒什麼，以後不要顧及我啊！」

「秦大哥此言差矣！」聖王聽見秦泰的話，忙接過道：「不管是什麼樣的軍隊，將領都必須是各式各樣的都有，人那能才全，比如雷格吧，我讓他固守一方，他能行嗎，能待得住嗎？上馬衝殺秦大哥你不如他，但固守銀月洲他不如你，這就是大哥的功勞，沒有人會說不對，雷格再強也只能上陣殺敵、占地盤，而秦大哥卻是鞏固地盤，這就叫各有所長，攻守兼備嘛！」

「大哥說得極是，秦大哥，嘿嘿，讓我固守銀月洲還不得把我憋死啊，所以還是你行，這就是我攻你守，攻守兼備，嘿嘿！」

「不錯，所以秦大哥你也不用妄自菲薄，功勞是你自己爭取來的，沒有其他原因。」

「謝謝各位兄弟，啊，秦泰一生有你們幾個兄弟，死也無憾矣！」

「我也是一樣，無痕，我越劍原城遇主，多曾教導，才有今日的地位，立下少許功動，然無痕及各位兄弟給我的榮耀，卻讓我慚愧！」

「越劍，你又來了，都是自己兄弟，互相照顧，理所當然，況且，多年來你鞍馬勞累，血戰沙場，這些都是你自己用血贏得的，以後不許這麼說！」

「謝大哥，越劍記住了！」

幾個人又閒談了片刻，雅星的腳步聲響起，他大步走進門內，笑哈哈地說道：「在不遠處就聽見幾位說笑，來晚了，告罪，告罪！」

「雅星大哥說得遠了，來，來，快坐，夢雷，快拿座位過來！」

「謝聖王！」

「雅星大哥，今日是我們兄弟相聚，沒有君臣之分，暢敘友情，哎，想當年我們兄弟七人，如今就少了驚雲大哥，哎，實在是對不住驚雲大哥了！」聖王說完，眼圈一紅。

「無痕快不要這麼說，驚雲自己做錯了事，已經用生命補過，無痕實沒有對不住他的地方，他死得其所，我們只要照顧好嫂夫人等就行了！」

「謝雅星大哥理解，不知道嫂夫人和孩子怎麼樣了？」

「很好，我常派人過去探望，東西少了我就讓人送去，這次我在京城給他們找了處府宅，日子挺好，你放心！」

聖王點頭道：「好，那就好，哎，夢雷，你記住，以後有空到你驚雲伯父家走走，驚雲為藍鳥軍獻出了生命，是個功臣，你代我多去看看！」

「是，父親，孩兒記住了！」

眾人見聖王天雷談起了驚雲，又是感動，又是傷感，又怕聖王再傷心，忙轉移話題，維戈畢竟瞭解天雷，同時對驚雲最不滿的也是他，也不願意提起，於是對天雷說道：

「大哥，不知道我們這次作戰，你還有什麼吩咐？」

四人見維戈提起正事，忙住嘴等候聖王說話。

「河北一戰，關係全局，大陸一統之關鍵所在！」聖王天雷在室內背著雙手，踱著步子，又緩緩說道：「星海聯盟和北蠻實力不容小視，仗非常不好打，但也不是說我們沒有勝的希望，只要我們戰略戰術運用得當，擊潰帕爾沙特和北海明、蠻龍還是有把握的！」

他緩步來到地圖前，指著河北地圖說道：

「在東路，雷格你要注意，第一階段，你部不是主力作戰，只起到牽制作用，但也不能讓北蠻人閒著，要依靠步兵的優勢裝備，儘量殺擊敵人，消滅其有生力量，為第二階段創造條件，這個尺度你一定好把握好！」

「待第二階段戰役展開，你部騎兵要截斷蠻龍的後軍，盡全力擊殺，越多越好，使退回北極地的人越少越好，解除我們的後顧之憂！」

「是，大哥！」

幾個人已經站起，來到了地圖前，聽聖王的吩咐。

「在河北堰門關方向，是我們這次攻擊的主要部分，雖然維戈你西方面軍兵力只有五十餘萬人，但只騎兵就有二十五萬人，將近一半，而第一階段攻擊的主要力量也是騎兵，以騎兵對步兵，相信擊退帕爾沙特是可行的，況且，中路會支援你部，牽制帕爾沙特力量，你放心作戰就是，堰門關你不用考慮！」

「待第二階段展開，你部步兵要全力東進，直撲北蠻人側翼，注意，要利用裝備上優勢打擊敵人，北蠻人單兵作戰能力極強，我不希望有太大犧牲，而騎兵要牽制住帕爾沙特，不許其增援北蠻人，這個尺度你也要把握好！」

「是！」

「你們要記住：先期我們雖然攻擊的是星海聯盟，但主要目標仍然是北蠻人，只要給敵人造成錯覺，維戈你的目的就達到了！」

「大哥，維戈明白了！」

「維戈、雷格你們兩部只要狠殺就是，戰術上沒有多大的變化，只分爲第一、第二階段而已，但是，關鍵問題是在中路，越劍部！」

聖王天雷回頭看了越劍一眼，越劍趕緊應道：

「聖王！」

天雷臉轉嚴肅，他用凝重的語氣對越劍說道：

「無論是星海聯盟，還是北蠻人，他們時刻在注意我軍京城一帶動向，兵力也達到了六十萬人，而且會隨時支援，困難是巨大的，但仗還是要打，關鍵是看中路能牽制多少敵人，引起敵人多大的注意力！」

「敵人的注意力無非是兩個方向，星海聯軍帕爾沙特和北海明一方面要注意西側的維戈部，同時也要注意京城以北地區；而北蠻人要注意東部地區，但同時也在嚴密監視京城以北地區，所以，在京城以北就有兩個敵人在注意，越劍部的聲勢要浩大，攻擊要猛，要不怕犧牲，要以星海聯軍隊爲攻擊的重點，對北蠻人嚴加防範，並隨時準備發起第二階段的攻擊！」

「當然了，只依靠中央方面軍力量是不夠的，所以，水軍要全力配合給你部，要在聖靜河上達建六座浮橋，同時，我會讓藍鳥士團、幼字營採取中間分割戰術，發起攻擊，深入敵人內部，攪亂敵人視線，把注意力放在中央方面上，配合西部作戰！」

「這次，我一定要讓帕爾沙特和北海明再無翻身的機會！」

「聖王高見，我們明白了！」

「秦泰大哥，你再辛苦些，明天就上路，在銀月洲整軍，做出北渡聖靜河的姿態，注意，只是姿態，不要真的發起攻擊，只要引起映月人注意就行，把他們牽制在國內，不許一兵一卒出現在中原！」

「是，秦泰明白，牽制映月，不許一兵一卒出現在中原！」

「很好，各位兄弟，藍鳥王朝大戰在即，各部要全力以赴！雷格，發起攻擊的時間雖然是定在八月一日，但我希望你部在兩天前渡過聖靜河，再早一點也可以，首先引起北蠻人的注意力，使其無暇顧及其他！」

「是，大哥！」

這時候，軍師雅星看了聖王天雷一眼，欲言又止，聖王天雷看在眼裏，忙問道：

「雅星大哥，你有什麼話請說。」

「聖王，各位兄弟，我……」

「雅星大哥有話直說！」維戈忙問。

「聖王，雅星實在難以啓齒，但又心有不甘，當年，我父親凱旋戰死河平城，是聖王您親自出嶺西郡，兵出河北，向帕爾沙特討回遺體，大恩大德，雅星一生難忘，但是，雅星時刻念及父親的仇恨，以不能親自收復河平城爲憾事，如今各位兄弟出兵河北，雅星只有一個小小的要求，由我親自領兵收復河平城，以告慰父親在天之靈！」

第六章　揮軍北上

聖王天雷聽見雅星的話，臉轉嚴肅，他誠懇地說道：

「雅星大哥，這麼多年來你日夜操勞，爲藍鳥王朝嘔心瀝血，自己的仇恨深埋心底，小弟答應你，希望雅星大哥能攻克河平城，以告慰盟父在天之靈！」

「聖王，小弟願把青年兵團交給軍師指揮，攻克河平城，以安慰盟父在天之靈！」雅星跪倒在地，泣道：「謝聖王，謝謝各位兄弟！」

「雅星大哥請起，快請起來！」聖王拉起雅星，沉吟了一下，說道：「這樣吧，中央方面軍行動暫做部分調整，攻擊上岸後，青年兵團二個軍團由軍師雅星指揮，我把幼字營和四個攻城大隊也配給你們，全力攻擊河平城，如何？」

「謝謝聖王！」

「好了，都是自家兄弟，不用客氣，哎，本來我是想讓你留守京城，我自己到河北去，如此一來，只好你去，我留下了！」

「看來大哥也是心癢了，又想偷懶，嘿嘿！」雷格見雅星情緒不高，天雷有些傷感，忙轉移話題。

「說得也是，都是兄弟，哈哈，很瞭解我嘛！來人，上酒菜，大家喝一杯，又不知道什麼時間才能相見了！」

「是，聖王，都準備好了，這就上菜來了！」

從第二起，次帥秦泰第一個離開京城藍鳥城，聖王等親自相送，直出西門，秦泰讓了又讓，推了又推，聖王都沒有答應，直到出了西門，秦泰等人身影消失，他才回來。

第二個離開的是次帥雷格，雷格到達東海後，立即通知了托尼次帥，交代了東方面軍的具體任務，並把東海六大世家的人陸續遷往京城藍鳥城一帶，開始對東海六大世家動手。

陸續離開的是維戈等人，河北堰門關地區畢竟是藍鳥王朝在北平原唯一基地，緊緊勒住堰門關，是這次發起攻擊的重點地區，在整個戰區內，要數西方面軍實力最強大，它不僅有五十萬精銳部隊，而且，有自己獨立的水軍駐紮在嶺西郡，前後貫通，保證預備隊隨時對河北進行支援。

半個月後，次帥越劍起身，隨後不久，兀沙爾元帥率領新月兵團起身北上，僅隨其後的是南彝兵團彝雲松部。

藍鳥大軍全軍出擊，三個方面軍舉兵北進，從東海口開到京城藍鳥城以北地區水軍戰艦船隻二千艘，佈滿了整個南岸，旗幟招展，景色壯觀，各種各樣的人全部在忙碌，爲大軍作戰進行準備。

東方闊海等六大家主自然被聖王留在了京城，分配有自己的府院，安心居住，其實，他們也知道，從此後再也不能回到東海了。

軍師雅星這次要親自出馬，他利用一個月時間把各種事情安排完畢，只等著聖王的命令，率軍出征。

聖王天雷就清閒了許多，這天在眾人走後，他實在沒有什麼事情做，突發奇想，忙叫過楠天，兩個人換上便裝，偷偷地溜出了宮門。

藍鳥城白天異常的繁華，街面上店鋪林立，叫賣聲不斷，人來人往，新修建的房屋一新，沒有一點的陳舊，原帝國軍事學院地址上重新建起了一座新學校「藍鳥軍事學院」，無數幼字營的孩子在裏面學習，全部由王朝提供資金。

走在大街上，往事一幕幕湧上聖王天雷的心頭，當初，聖王天雷和盛美、雅靈三個人在廣場第一次見面，隨後，在帝國軍事學院共同學習，參加三大軍事學院比武大賽，天雷出兵嶺西郡，率領帝國近衛青年軍團血戰兀沙爾，從此再未進京城，直至不落城淪陷前爲止，天雷才最後與盛美公主見上一面，托孤泣血，以身殉國，成爲聖日帝國帝王家的犧牲品。

聖王天雷呆呆地向前走，如今自己進入京城已經一月，從沒有想起過她，也沒有告慰過她，心中慚愧大增，不覺來到了原東宮地址。

聖日帝國舊有宮殿幾乎全部被燒毀，東宮自然也不例外，軍師雅星進城後，對舊有宮殿進行了拆出，重新擴建，但是，在對待東宮盛美公主居住的小樓，問題上自然就不一樣了，特意按照原樓院落的樣式重新修建起來，用圍牆圍住，形成一座獨院。因爲他知道聖王天雷說不定什麼時間就想起了盛美，一定會到此處來看看。

藍鳥聖王進城後，這處小院就由藍衣眾守著，沒有任何人進去過，這件事情楠天自然知道，不過雅星曾經吩咐過楠天，不要在聖王面前提這件事情，天雷什麼時間想起來再說，以防他傷心，楠天知道當初聖王天雷一人獨自進京，在西側錦陽城外見著聖王，並親手把一個孩子送到藍鳥谷，交給夫人撫養，他雖不知道具體是怎麼回事情，但也從沒有跟別人提過，如今軍師雅星提起，他略有所悟。

今日，聖王天雷終於想起了這件事情，失魂落魄地來到此處，楠天就知道事情不好。

聖王天雷直愣愣地推開門，兩旁站立的藍衣眾自然認識聖王和楠天，忙向裏跑，把大門一道道打開，天雷不久就來到院內。

重新修建的小樓保持著原來樣式，格局等一般無二，樓外，小小花園仍然花團錦簇，有一絲當年的神韻，甬路還是那條甬路，直通樓門前。

推開房門，聖王天雷用目光打量，陌生感油然而生，他定了定心神，才想起這樓已經是重新修建，沒有了一絲當年溫馨感覺，他默默地打量了一遍，無言地走了出來，停在了門前，用目光細細地打量著周圍。

一絲熟悉感從內心裏升起，回想起那次半夜入城，盛美公主出現在樓前的情景，一幕幕從眼前閃過，他的心抽搐了一下，低聲吩咐道：

「楠天，去買些酒菜、紙張！」

「是，聖王！」

聖王天雷坐在門前的石階上，呆呆地望著前方甬路，心如刀割，盛美公主托孤的情景淒然，讓人落淚，她那如雨打梨花般的臉使天雷渾身打顫，不敢再回憶，再想下去。

不一會兒，楠天領著人快速而回，八盤菜和一瓶酒用食盒裝著，雙手提著，另一人雙手捧著香，肋下夾著一捲冥紙，楠天默默地來到聖王的面前，順著他的目光向前望，停在了一處石桌上，然後，他們把東西一一擺好，站在一旁。

聖王天雷默默地起身，來到桌前，點起了香火，遙空拜了三拜，眼淚唰地流了下來，他喃喃自語道：

「盛美，天雷已經收復京城，擊潰六國聯軍，實現了當日諾言，如今，我雖坐擁大陸半壁江山，但卻永遠地失去了妳，望妳在天之靈原諒我的來遲，不過，妳放心，妳交代我的事情已經辦妥，只要有我在一天，孩子永遠不會受到半分委屈。」

然後，聖王雙目射出寒光，渾身散發出一股強大的氣勢，他斷然發誓道：

「盛美，妳放心，如今我藍鳥大軍正準備北渡聖靜河，收復失地，消滅敵人，我天雷當著妳的靈魂發誓，一定要讓他們血債血償，把他們從大陸上抹去，讓他們永遠成爲妳的祭品，消失在歷史長河中！」

聖王天雷說完，對空拜了又拜，轉身向外走去。

天已經近午，火紅的太陽當頭照，彩霞飛滿半邊天，整個藍鳥城沐浴在溫暖的陽光裏，聖王天雷深吸了口氣，默默地順大路向前走去。

如今藍鳥城大廣場寬大異常，黃岡岩石鋪成的地面光亮，讓人看起來十分的舒適，在廣場正中央，一座巨大的聖王雕像傲然矗立，面南背北，金壁輝煌。

雕像頭戴金冠，身披藍色藍鳥斗蓬，肋懸寶劍，手捧權仗，腰間用藍色的美玉雕塑成錦帶，足蹬戰靴，左側，一桿長大的霸王槍聳立著，右側，斜插一柄巨大天王刀。

整個雕像氣勢宏大，線條完美，由多塊美玉和黃金雕塑而成，充分顯示出短人族精湛的手藝。

在雕像前後左右，許許多多的人正在議論，言語中恭敬、崇拜的神色歷歷在目，天雷臉色一紅，默默走開，但他的心卻閃過一絲驕傲，悲傷的情緒大減。

楠天一直注意著聖王神色的變化，做為聖王天雷貼身士衛長，保護好他的安全是一方面，而另一方面也要幫助他的王分憂解愁，如今見聖王臉色微動，一絲驕傲的神色一閃而失，楠天知道聖王心情好轉，忙過來低聲說道：

「王，我們是否回去了？」

聖王天雷搖了搖頭。

「那麼，王，天已經近午了，不如我們到那坐一坐，歇會兒？」

聖王沉默了一下，然後說道：「好吧！」

兩個人一身便裝，繼續向前走，見過聖王的人雖然不少，但仔細觀看過他的人並不多，更何況是京城百姓，所以能認出他的人還真沒發現，再加上他們刻意化了點妝做掩護，倒也沒發生意外。

前邊出現了一座酒樓，高大、氣派，足足有四層，門前的人不少，進進出出，天雷輕皺了一下眉頭，楠天趕緊搶上兩步，低聲說道：

「王，這是黑爪卡奧開的，目的，王您當然明白！」

聖王天雷這才點了下頭，臉色稍微好轉。

兩個人來到門前，夥計忙喊道：「有客到，客官您裏邊請！」

「三樓，雅間！」楠天低聲吩咐道。

聖王天雷忙擺擺手，低低地說道：「一樓，靠邊，越雅靜越好！」

夥計一愣，楠天瞪了他一眼，低聲喝道：「一樓，靠邊，雅靜點，聽到沒有？」

「是，是，客官您二位裏邊請！」

夥計也是黑爪的人，楠天明白這些，所以一點也沒有客氣，如今是聖王當面，絕對不能讓人捲了面子，雖然聖王沒有表露出真實的身分，但他畢竟仍然是藍鳥王。

這個夥計也是玲瓏之人，隱隱約約感到二人有些熟悉，但不敢認，只感到有一股龐大氣勢的感覺，忙往裏讓，心下嘀咕道：這兩位是什麼人，有這麼大的氣派。

其實，聖王天雷倒沒有刻意地怎樣，但與生俱來的氣勢卻讓普通人受不了，而楠天跟隨聖王很久，自然也養成了一股氣勢，加上他語言中流露的傲氣，自然也是讓人感到不一般。

聖王落坐，楠天在一旁站著，天雷輕皺一下眉頭，說道：「在外面不比在家，不用那麼多規矩，你也坐！」

「不敢！」

「讓你坐你就坐，坐下！」聖王瞪了他一眼，楠天趕緊坐下。

一個小二過來說道：「客官吃點什麼？」

「把好菜來上四盤，一壺好酒，越快越好，你看著辦吧！」

聖王見小二態度和藹，語氣溫和，忙吩咐上菜。

不久，酒菜擺了上來，二人拿起酒杯，各自倒了一杯，慢慢地吃了起來。

一樓的人不多，但也不少，有三十幾個人，一看就知道不是很富裕，但也絕不是窮人，吃喝談笑，好不熱鬧，談話間漸漸地說到了聖王出兵河北的上面，客人們興高采烈，議論紛紛。

一個客人聲音稍微大了些，語氣中帶著激動，他豪放地說道：

「聖王承聖拉瑪大神的旨意，帶領聖瑪民族和各族展開聖戰，驅邪惡，斬妖孽，驅強敵，平四海，藍鳥軍百戰百勝，所向披靡，這都是聖王他老人家的恩德，百姓之福啊！」

旁邊的一人接口道：「可不是，我聽說啊，聖王他老人家是老神仙聖僧的傳人，身懷天王印絕技，從大神處下凡，受天命整頓大陸，平定四海八荒，統一聖拉瑪大陸，讓天下老百姓不再受戰爭之苦，你們還記得嗎，古來就有一個傳說：得天王印者得天下，聖王是受天之命。」

「對，對極了，我早聽說了！你們看，如今藍鳥軍即將展開聖戰，統一四海，我們大好男兒那能坐在這裏混吃喝，我看吶，大家都得參加聖戰不可，否則啊，以後就沒機會了！」

周圍的人齊聲附和，人們越議論越高興，聲音越來越大，天雷和楠天不用特意去聽都能聽得清清楚楚，明明白白。

一人說道：「如今我藍鳥王朝擁有大陸半邊天，子民幾千萬，軍隊上百萬，戰車無數，真可謂是聖拉瑪有史以來最強大的國家，映月、星海什麼聯盟，我呸，還有北蠻人，都不得好死，我一定要參加藍鳥軍，爲聖拉瑪大神和聖王他老人家做戰，聖戰，聖戰，多麼偉大的名字啊！」

「聖戰，聖戰，是大神的旨意，我們那能違背，對參加藍鳥軍去！」

眾人鬧鬧哄哄，拖拖拉拉地走了出去。

聖王天雷雖不喜歡他們，但他們的談話卻使他高興，這是自進入京城藍鳥城以來他最高興的一天，也是最悲傷的一天，驚喜交際，感慨萬分。

兩個人從酒店裏出來，走到不遠處一個宅院，明顯地可以看出是一戶不錯的人家，一位老夫人正在送兒子出門，在門前站立著幾個年輕人，有兩個衣裝樸實，顯然是平凡的人家。

老夫人拉著兒子的手，慈祥的臉上掛著笑意，她不斷地叮囑兒子道：「要小心啊，打仗可不是鬧著玩，要聽長官的話，多殺幾個敵人，向聖王請功啊，否則，母親可不答應！」

「母親放心，兒子一定多殺敵人，爲藍鳥軍爭光，爲母親爭臉，聖戰是神聖的，孩兒會向大神和聖王獻出忠誠，就是我犧牲了，母親，我也不後悔！」

老夫人擦了把眼淚，激動地說道：「去吧，聖神會保護你，聖王會保護你，母親會保佑你的。」

「謝謝母親，孩兒拜別了！」

幾個年輕人快速向軍營走去。

聖王天雷站在一旁，被這一感人的場面所感動，是啊，爲了不讓更多的母親送兒子上前線，藍鳥軍一定要打勝仗，不讓千千萬萬個母親失望，想到這，他吩咐楠天道：

「調查這幾個年輕人，記住，看看他們的表現，若是可造之才，一定要重用！」

「是！」

受剛才一幕的影響，聖王失去了再向前走的興致，吩咐一聲回宮，兩人向王宮走去。在兩個人剛走過的不遠處，閃出一個個身影，迅速消失在城內。

藍鳥王朝開蒼祭，宣聖戰，各部將領回歸本部，藍鳥大軍迅速集結，水軍沿聖靜河兩岸一字排開，大有北上渡河的跡象，消息立即傳遍了河北。

星海聯軍主帥帕爾沙特殿下早就有了準備，其實在兩個月前，他就得到了情報，藍鳥王朝要在京城藍鳥城外開蒼祭，入京城，聖王天雷從平原城向藍鳥城進發，入主藍鳥城，他的心就陣陣地痛，牙關緊咬，恨得牙癢癢，所以，馬上與北海明兩人商議，結果是派出軍中高手二十人組成刺殺隊，刺殺聖王雪無痕。

平原城外，聖王遇刺就是兩個人的計畫，本來，帕爾沙特也知道不一定能刺殺了聖王，但是，即使不成功，也要把蒼祭搞得不成樣子，讓雪無痕丟丟臉面，不忘帕爾沙特的存在，不想，這次事件惹得整個藍鳥王朝人心大動，聖戰之聲大起，整個藍鳥軍士氣大漲，聖王雪無痕和軍師雅星推波助瀾，聖戰之聲越演越烈，真可謂偷雞不成反失把米。

如今，藍鳥軍水軍在聖靜河南岸一字排開，在嶺西郡地區，藍鳥水軍第一、二軍團六萬人與河北連成一片，各種物質裝備日夜不停地運過河，堰門關西方面軍摩拳擦掌，時刻準備出擊；在京城藍鳥城以北地區，藍鳥軍水軍將領漁于淳望率領一個軍團一千五百艘戰船在南岸列陣等待，二十艘一組軍艦日夜輪換巡邏，把河北搞得是風聲鶴唳，草木皆兵，藍爪斥候不斷上岸，偷襲、暗殺、捉俘虜、摸暗哨、探軍情等日夜不停，藍鳥軍青年兵團在越劍次帥率領下，已經在南岸演習登陸。

不久之後，新月兵團、南彝兵團陸續北上，四十萬大軍把南岸占得滿滿的，帳篷連成一片，撲天蓋地，大有衝過河的氣勢。

在東海地區，藍鳥水軍海島宇部一個軍團一千五百艘戰艦沿河排開，藍鳥騎兵藍羽兵團、步兵東海兵團、平原兵團旗號鮮明，三十五萬大軍正準備渡河，聖王雪無痕所說的聖戰絕不會假，這一點帕爾沙特絕對相信。

消息傳到了星海聯盟和北蠻人內部，星海聯盟十分緊張，盟主星晨和副盟主北海誠惶誠恐，連忙召集大臣開會商議對策，派遣軍隊緊急支援帕爾沙特。

如今，藍鳥軍分三處出兵，擺出了一副全面攻擊的架勢，囊括星海聯盟與北蠻人在內，胃口之大，舉世罕見，帕爾沙特又是高興，又是擔心，高興的是，雪無痕要同時與星海聯盟和北蠻開展，實力將大減，而擔心是雪無痕這次又不知道搞什麼計謀了。

既然藍鳥軍要同時與北蠻開戰，就等於給了帕爾沙特一個機會聯合北蠻，帕爾沙特和北海明豈能放過，忙抓住機會派人出使北蠻，相約聯盟的事情。

北蠻人也聽到了關於藍鳥軍要北渡聖靜河的消息，也做了些必要準備，軍隊也做出了調整，畢竟藍鳥軍連戰連勝，北蠻人再愚蠢也知道藍鳥軍不好對付，所以也積極備戰。

見星海聯盟主帥帕爾沙特派來使者，北蠻主蠻龍一笑道：

「帕爾沙特殿下的好意我們心領了，聯盟大可不必要，但共同對抗藍鳥軍，北蠻義不容辭，請回去轉告殿下放心，北蠻人一定會堅決抵抗藍鳥軍進攻，絕不讓他們越過聖靜河，踏上北蠻佔領的土地，但是，也請帕爾沙特殿下和北海明元帥守好自己的土地，擊潰藍鳥軍的進攻才是！」

蠻龍的話很明確，抵抗藍鳥軍是一定的，但與星海聯盟聯合不必，我們再沒有必要受帕爾沙特指揮，只要他守住自己的地盤就行了，同時也在諷刺星海聯盟連堰門關也奪不回來。

使者回去把蠻龍的話與帕爾沙特一說，氣得他暴跳如雷，大罵蠻龍不是東西，但蠻龍立場還是明確的，所以也無可奈何。

北海明畢竟比帕爾沙特年長許多，看帕爾沙特暴怒，忙笑著安慰道：

「殿下，何必與蠻龍一般見識，自己氣著了反而不美，只要蠻龍承諾擊潰藍鳥軍的進攻就行，我們何必要求其他，他要自己與藍鳥軍對抗，就由他，等到他受苦的時候，自然就得依靠我們，那時他就會很聽話了，只要他們與藍鳥軍兩敗俱傷，何樂而不爲呢！」

帕爾沙特回過味來，想了一想，也笑道：「也是，藍羽雷格是那麼好對付嗎，讓北蠻人與藍羽碰碰也好，無論是誰傷了都對我們大有好處，只要削弱了北蠻人的力量，那時候，他們不聽我們也不行！」

「就是，殿下，你看藍翎維戈部精銳盡出，我們有沒有奪下堰門的可能？如果以北蠻人牽制藍羽雷格和青年兵團越劍部，我們是否有希望重新奪回堰門關？」

帕爾沙特一聽大喜道：「藍翎維戈有五十萬人馬，只相當於我們的一半，用於防禦我們沒有什麼好對策，但如其進攻就另有說法了，只要我們用一多半的力量牽制藍翎，三十萬人馬強佔堰門，攻其側翼，維戈即使能抵抗住我們正面的反擊，也要被側翼搞得心神不安，攻勢將不攻自破，如我們能奪回堰門更好，沒有奪回也算擊潰了藍翎進攻，一舉兩得嘛！」

「殿下說得是，我們何不詳細計畫一番，反正聖靜河以北地區有北蠻人抵住，我們也可以放心攻擊堰門關！兩年補充，星輝和海輝軍也不是好惹的！」

「哈哈，好好！就這麼辦，北海大哥，辛苦你了，哎，帕爾沙特年輕，你要多擔待啊！」

「殿下放心，對抗雪無痕是我們公同的目標，有生之年，我們一定要擊敗雪無痕！」

「好，我們擊掌立誓，如何？」

「好！」

就在帕爾沙特和北海名擊掌明誓的時候，北蠻主蠻龍也沒有閒著。蠻龍雖然表面上看是一個粗人，但實際並不是這樣，他為人粗中有細，自有一套，蠻龍統領北蠻百萬之眾幾十年，沒有一點真本事那能做這麼久，所以，誰要小視了蠻龍，就一定討不了好處。

星海聯盟使者走後，蠻龍自己合計了一陣，然後，把自己三個兄弟和幾個長老找來，共同商議對付藍鳥軍和星海聯盟的事情，如今，北蠻人不僅僅要防備藍鳥軍進攻，而且也要防備星海聯盟，畢竟，如今的星海聯盟不比從前了。

見幾個兄弟和長老陸續進來，蠻龍大環眼一瞪說道：

「各位長老、兄弟，如今藍鳥王雪無痕狂言出兵，展開什麼聖戰，我看純粹是哄弄老百姓，但是，藍鳥軍實力確實是不容小視，幾年來我們雖然沒有幾次與藍鳥軍交手，但從藍鳥軍擊潰南彝，平定東海來看，也是實力雄厚，況且，帕爾沙特多次提及注意藍鳥王雪無痕，也是有道理，幾年前，我們百萬大軍進攻嶺西郡，被藍鳥王殲滅了映月的騰格爾，如今，藍鳥軍實力大增，相信更加不好對付。」

他看了看眾人一眼，接著說道：

「經過兩年休養生息，藍鳥王朝根基穩固，藍鳥軍經過調整訓練，一定是更加強大，我北蠻勇士雖然不怕，但是，不得不小心些行事，剛才，星海聯盟帕爾沙特和北海明派使者過來，要與我們聯軍，我沒有答應，如今，我們兩家都在河北，聯盟與不聯盟實在沒有什麼意義，對抗藍鳥軍是共同的目標，爲什麼我們還要與他們聯盟，這只能說明一點，他們還是要利用我們的勇士，所以說，如果藍鳥軍攻擊星海聯盟，我們就不必管他，讓他們兩家對著幹，我們等著看就是，只要他們兩敗俱傷，北平原就是我們北蠻人了，我們才不傻得幫助他們守護土地，只要藍鳥軍不攻擊我們，不來搶我們的土地，我們才不管他們呢，不管最後誰勝利了，對我們北蠻來說都有好處！」

「但是，如果藍鳥軍攻擊我們，我們北蠻勇士一定要勇敢地反擊，絕對不能把我們剛剛得到不久的土地再讓出去，誰不想打仗，誰他媽的就得死，我們不能把土地交給這樣的人！」

「大哥說得極是，我們北蠻勇士怕過誰來，藍鳥軍就是再強大，他也是聖日的人，聖日的軍隊，只不過是換了個名稱罷了，大哥，只要他們敢來，我一定帶領勇士們把他們統統扔入河中，淹死他們！」

三王蠻彪性情暴燥，生性好殺，一聽藍鳥軍要來，那裏還按捺得住。

第七章　初戰蠻王

「三弟的話雖有幾分道理，但是，雪無痕與帕爾沙特都是狡猾的人，如今藍鳥軍北上，雙方時刻想爭奪堰門關，藍鳥軍與星海聯盟的仇恨比我們大，我看這仗還是他們之間的事，大哥沒有答應與帕爾沙特他們聯盟就對了，否則，白白死傷我們的勇士不說，好處是一點都沒有。」

「二哥說的是，我們才不管他們誰打誰呢，如今我們北蠻人有了這麼好的土地，再要那麼多幹嘛？從前，我們是想進入京城不落城，如今可沒有這個誘惑了，不幹，不幹！」

「四王說得是，憑我的經驗，藍鳥王一定是要擴大堰門關地區，想在北平原上有所作為，但是，與我們作戰畢竟不是他所願意的事，所以攻擊帕爾沙特是必然的，但如他擔心我們會出兵幫助星海聯盟，必定會出兵牽制我們，讓我們不敢輕舉妄動，我們也不可大意，藍鳥王一出兵北蠻地區，我們就有理由不用增援星海聯盟，讓他們拼得你死我活，我們在一旁看就是，必要的時候再撿些便宜！」

「大長老說的極是，本王就是這個意思，各位長老，你們也說說看。」

「蠻主英明，何用我們出主意，有大長老和蠻主在，藍鳥軍休想占我們絲毫便宜，星海聯盟帕爾沙特也是一樣！」

眾人紛紛開口，盛讚北蠻主蠻龍英明偉大，蓋世無雙，把蠻龍高興得大嘴一撇，哈哈大笑，最後，北蠻定下了觀望的態度，以求坐收漁翁之利。

不說星海聯盟和北蠻人準備迎戰，單說藍鳥軍在聖王天雷和軍師雅星的調度下，一月時間整個軍隊就行動了起來，龐大的藍鳥王朝戰爭機器已經起動。

在整個藍鳥王朝內，無以計數的青壯年紛紛開始報名，參軍作戰，爲聖拉瑪大神和聖王展開「聖戰」，「聖戰」的呼聲越演越烈，不久就席捲整個大陸南部，百姓群情振奮，民族自豪感頓生，強大的藍鳥王朝又走向了征戰四海的道路。

在聖拉瑪大陸最南部，自然就是南彝帝國了，藍鳥王朝征戰準備，自然被南王彝雲龍打探得一清二楚。如今南彝比兩年前可好了許多，與藍鳥王朝的聯姻，最直接的好處就是陷入中原的三十萬子民得以生還，其次，與藍鳥王朝簽定平等條約，使南彝人民得到了大量的實惠，中原物資源源不斷地流入南彝，而南彝當地特產也流向中原，互相取長補短，商業貿易發展不斷壯大，南彝各部從中得到了不知多少的好處，這是以往百年來從沒有過的現象，如今在百花公主聯姻的條件下順利完成，各個部落洞主對公主的感激無以言表。

彝雲龍自然也是為之自豪，更加好的一點是，如今王族在南彝各部中有了令人無法撼動的地位，百花公主的作用功不可滅，藍鳥王及藍鳥軍成為他們堅實後盾，使南王彝雲龍沒有一絲一毫異心，支持女兒女婿理所當然，何況他就這麼一個女兒，天下早晚是她的！

藍鳥軍迅速平定東海，最受震動的要數南彝各部土司洞主，一方面因為南王彝雲龍是藍鳥軍在南方的後盾，另一方面藍鳥軍的威懾力也是巨大的，一旦藍鳥王想消滅那一個不聽話的部落，只要派出一支軍隊，在南王族部落的配合下休想活命，所以，他們紛紛向南王彝雲龍賀喜的同時，也把大量珍寶獻給藍鳥王朝的聖王天雷。

彝雲龍看著女兒女婿高興自不必細說，而東海洲經過兩年的調整，已初步穩定了下來，聖王優惠、懷柔政策使老百姓領略到了實惠，移民政策使東海洲的人口大量流向中原，部分六大世家遷移使本就搖搖欲墜的東海六世家更加是雪上加霜，沒有人再提出反對聲音，次帥托尼的冷酷和鎮東侯雷格的煞神之名使東海小兒都為之打顫。

南方大陸的穩定為藍鳥軍創造了有利條件，沒有了後顧之憂，而大草原源源不斷供給的騎兵和戰馬，使藍鳥軍騎兵迅速壯大起來，被打殘的第十五、十七騎兵軍團迅速地恢復了元氣，第六、七騎兵軍團得以補充，而藍羽更成為藍鳥王朝的驕傲、大草原的驕傲，無數草原兒女心目中的英雄，稱他們是最靠近聖拉瑪大神的勇士，聖王保護者，就這一榮譽，就使成千上萬草原戰士爲之甘願付出生命的代價。

兩年相處，使東海六公子從聖王和將領們的身上深深地認識到了自己的膚淺和不足，與這樣一個王朝、一支軍隊作戰，失敗不是什麼丟臉的事情，雷格的武藝、帶兵的手法更使他們欽佩不已，這時候他們才感到漁于飛雲的深謀遠慮，一代宗師的高瞻遠矚。

藍鳥軍集結於聖靜河南，京城藍鳥城中聖王也在做最後的準備。目前，藍鳥城一代精銳盡出，京城藍鳥城只剩下五萬藍衣眾和藍鳥騎士團、十餘萬幼字營人馬，不久之後，藍鳥騎士團和幼字營也要開拔到前線，聖王身邊軍隊不多了。

要說藍鳥王朝對南彝和東海地區一點防備也沒有也不客觀，在聖寧河一代，由西南郡派出十萬人組成地方衛戍部隊，鎮守著南部地區，主將自然由騰越總督擔任，外加上短人族、大草原族預備兵力，絕不少於四十萬人，而且，大草原隨時會有騎兵增援部隊，所以藍鳥王朝對南部地區放心。

在東部地區，藍鳥軍藍羽騎兵二十萬人，平原兵團二十萬人，足夠威懾作用，況且藍羽是以騎兵爲主力兵團，速度快，機動性強，東海六公子翻不起大浪，頂多亂一陣，對王朝根基無損。

聖王天雷喜歡部隊，願意與軍隊在一起，可是，如今他貴爲一代王者，再怎麼願意也沒有辦法，只好待在藍鳥城中，如今聖戰在即，如離弦之箭，不得不發。

如今聖王天雷最偏愛的部隊有兩支，第一支是幼字營，第二支就是藍鳥騎士團，原因有二，第一，藍鳥騎士團的士兵多是藍鳥谷出身，並且由雅藍、雅雪姐妹指揮，他疼愛她們倆，自然對這支部隊就多一份感情；第二，聖王偏愛軍隊，但是，軍隊畢竟是要出征作戰，留在身邊的時間少，但幼字營不同，他們是沒有成年的軍人，自然就不需要上戰場，聖王為了滿足自己的私欲，常到幼字營裏與年輕的孩子們混得很熟，少了像大人們的拘束，自從幼字營來到平原城後，聖王天雷就把長子夢雷留在了幼字營裏，美其名曰鍛鍊，少公子夢雷自然就成為了幼字營的頭。

聖王天雷就是利用看兒子這一點理由，常出入幼字營，並常常親自指導幼字營孩子們武藝，使他們受益匪淺。如今，幼字營十五歲到十八歲的孩子二十萬餘人，真正是聖王心中的寶貝。

藍鳥軍大舉出兵，聖王天雷本著鍛鍊下一代軍隊的意思讓幼字營出兵十萬，隨藍鳥騎士團出征，軍師雅星一番話，把聖王天雷一點私心打亂，沒辦法之下，傳令幼字營跟隨軍師雅星攻打河平城，這其中就包括少公子夢雷。

少公子夢雷今年十一歲，滿身武藝，幼字營中沒有對手，聖王天雷叫兒子隨軍出征，大有深意，眾臣心知肚明，誰也沒說話，但軍師雅星卻為難了。

幼字營是沒有見過戰爭大場面的孩子們，少公子夢雷是聖王的長子，年紀小，一旦有個一差二錯雅星負擔不起，更何況雅星是少主中原的親舅舅，要避免嫌疑，躲還來不及呢，那會往前湊，但聖王的命令他不敢不聽。

聖王天雷是個明白人，知道雅星內心的想法，他見屋裏沒人，對雅星說道：

「雅星大哥，明月公主隱居藍鳥谷十一年，母代父教子，我深有慚愧，他雖是我的長子，可我從沒有什麼特殊的想法，當前，聖拉瑪大陸動盪不安，如這場戰爭打上幾十年，需要的是一個懂得軍事的霸者，這場戰爭如在十年內結束，聖拉瑪就需要一個穩定大陸的賢王，他們倆都是我的兒子，但各有各的天命，我沒有對誰薄誰厚，聖日帝國覆滅的教訓還不慘痛嗎？藍鳥王朝要同時擁有強橫的王者，也必須有仁德的王者，二者缺一不可，今天如此，將來也是如此，你懂嗎？」

軍師雅星是翻身跪倒，口中稱道：

「聖王雄才大略，考慮的事已是千萬年以後的千秋大業，雅星愚蠢，不知聖王深意，常言說得好：亂世出霸王，太平出賢王，今日雅星聽聖王教誨，深感慚愧，聖王放心，少主夢雷就交給臣了，臣明白怎麼做了！」

從這天起，在雅星口中，夢雷已與少主中原無異，因爲他知道聖王今日的話，就是交代了今後儲君的確立原則。可是，他們不知道就是因今日的一席話，千年以後，雪姓子孫互相爭殺了幾百年，直到王朝覆滅爲止。

「聖祭」結束後第七天，次帥雷格等人離開了京城藍鳥城，與東海六公子回到了雲中關谷地區，藍鳥軍水軍統帥漁于淳望和督統領海島宇回到了水軍大營後，一聲令下，漁于淳望率水軍第四十一軍團一千五百艘戰艦離開東海洲，逆流而上，一月時間到達京城藍鳥城以北地區。

水軍督統領海島宇率領水軍第四十二軍團配屬於藍鳥東方面軍，主帥雷格與副帥東方秀、參謀長亞文將軍一商議，本著聖王臨行前交代的精神，提前用兵，強渡聖靜河，牽制北蠻人的注意力，全力配合中部和西部作戰。

聖靜河在東海洲地區中部，偏北，在整個東海洲內，河北有蒼瀾、蒼海城等大小十一座，一直延伸到北蠻邊境，與北蠻國極北地區接壤，向西，有白雲山阻隔，山勢起伏，綿延千餘里，不利於軍隊用兵。

既然東海洲北部地方無法實現用兵，只有出雲中關跨越聖靜河，攻佔河北靠山地區。

在這一地區，目前雖然是北蠻人的地盤，但由於靠近白雲山，土地不是十分肥沃，自然比不上北平原，北蠻人少，沒有多餘人浪費在這樣的土地上，北蠻人佔領了北平原大部，肥沃的土地多得是，加上當時東海佔據雲中關，根本沒有想過藍鳥軍有出這一地區的可能。

河北靠山地區土地雖然不算肥沃，但目前這一地區的戰略位置卻十分重要，自東海聯盟歸降於藍鳥王朝後，軍隊自然也收編爲藍鳥軍，如果藍鳥軍想渡過聖靜河，這一地區絕對是一個考慮的地方，它距離雲中關近，藍鳥水軍強大，東方面軍不會浪費時間和力氣再向西運動，從這一地區發起攻擊是最近的距離，同時也是理想地區。

這個地區還有一個特點就是地形複雜，易守難攻，只要佔據有力地形，弱旅依靠有利的地理位置是可以堅守。

東方面軍三十五萬人馬中騎兵就佔據了十八萬人，步兵六個軍團最多也就是一十八萬人，想依靠近二十萬步兵擊潰北蠻人全力反擊是有些困難，這就需要創造一定優勢與條件，而這一地區的地形就正好彌補了藍鳥軍兵力不足的這一缺點。

藍鳥軍步兵只要在河北地區站住腳跟，逐步擴大戰果，爲騎兵開闢一處良好的登陸場就算完成了一項重大的任務，以後，在水軍支援下，在聖靜河上搭建二座浮橋，騎兵可以源源不斷地渡河，後續的戰鬥，騎兵就可以發揮出應有的作用與優勢。

渡河前，方面軍主帥雷格派出了大量藍爪斥候，對河北地區進行了偵察，並根據他們提供的情報作出了回應作戰計畫，在發起攻擊前天的晚上，主帥雷格召開了軍事會議，參加會議的有各個軍團的軍團長、副手及參謀長。

「各位，藍鳥王朝聖戰馬上就要展開了，總攻時間定在八月一日，也就是說，距離總攻還有四天的時間，根據聖王的命令，東方面軍要提前幾日渡河，發起攻擊，目的是吸引北蠻人的注意力，起到牽制作用，爲中央方面軍和河北方面軍創造有力的條件。」

主帥雷格望了大家一眼，黝黑的臉上擠出一絲笑意，他接著說道：

「根據藍爪斥候的報告，在我們對面的敵人，也就是十萬人左右，加上被逼迫加入軍隊的奴隸兵，敵人有近三十萬人，但是，大家不要擔心，首先，奴隸兵也是我們聖拉瑪人，他們是絕對不會一心一意地爲北蠻人賣命，只是逼不得已罷了，而我們卻有十八萬精銳步兵，絕對可以擊潰北蠻這樣的一支部隊。」

「各位，明天凌晨各部就要發起攻擊了，步兵第十一軍團、四十軍團共六萬人爲首批渡河部隊，其餘各部依次渡河，越河作戰前線總指揮爲東方秀兵團長，副總指揮爲嘉萊將軍，水軍督統領海島宇率領第四十五軍團全力配合，各部務必要同心協力，共同完成這次渡河作戰，我不希望看到那一支部隊、那一個人因爲什麼原因而貽誤戰機，那將是很難堪的結果，北平原戰役，三路大軍渡河，我雷格從沒有輸給過誰，這次也是一樣，我相信東方面軍絕對沒有孬種！」

「是，羽帥，東方面軍絕對沒有一個孬種！」眾人立即站起。

「坐，坐，很好，東方副帥，以下就看你了！」

「羽帥放心，東方秀必將全力以赴！」

東方秀說完，環視了大家一眼，接著說道：

「渡河作戰，東海兵團和平原兵團通力合作，作爲先頭部隊既要打擊敵人，又要爲騎兵創造登陸場，責任重大，北蠻人單兵作戰能力極強，但是他們裝備不如我們，聖王爲了打好北平原戰役，使藍鳥軍休養了兩年之久，武器裝備配備一新，並大大地加強，所以我相信憑藉我們的實力，絕對可以擊潰北蠻人，我們要會打仗，巧打仗，要利用自己手中的裝備狠狠地打擊敵人，用己之長，克敵之短，儘量不近戰，不展開肉搏戰，我們要看看北蠻人能有什麼辦法？我相信大家都對勝利充滿了信心！」

「東方副帥說得好啊，兄弟們，大家回去後，一定要把東方副帥的想法傳達到每一級軍官中，要告訴給每一個士兵，藍鳥軍將士不怕犧牲，但要避免無畏的犧牲，保存實力，打擊敵人，我們要看到一個統一的藍鳥王朝，看到一個嶄新的時代！」

雷格鼓動地說完，自己先「嘿嘿」笑了兩聲。

參謀長亞文這時候接過話說道：

「聖王交給我們的任務十分明確：儘量牽制北蠻人兵力，爲第一階段兄弟部隊作戰創造條件，但是，兄弟們，大家也知道在第二階段開始後我們將面臨強大的敵人，並要消滅他們，所以，第一階段是第二階段的準備階段，第二階段是我們的決戰階段，第一階段我們打得好，第二階段我們就省力，否則，第二階段我們就要付出代價，兩個階段是統一的，只是第一階段我們不尋求主動決戰，而第二階段我們必須主動消滅敵人，大家要仔細琢磨琢磨，能殺敵人儘量殺，第一階段殺得多，第二階段就殺得少！另外，我還要強調一點，對奴隸兵我們要盡最大努力宣傳爭取，關於這一點，藍爪斥候要多做工作，多宣傳，多喊話，要分化瓦解他們的意志，使北蠻人陣腳自亂，在攻擊時，要大聲喊喝奴隸們投降，只要他們投降了，我們就不許攻擊他們，這是瓦解他們的基礎，是鼓勵他們不抵抗、逃跑、投降的手段！」

東方秀見亞文說完，接口道：

「剛才參謀長的話大家都清楚了，奴隸兵是聖拉瑪人，他們明白你喊什麼，他們不願意幫助敵人，當然願意逃跑、投降等等，另外，在戰鬥中，我們儘量不傷害他們，只要他們放下武器，他們就是我們的兄弟，就是北蠻人的敵人，喊話等瓦解手段十分重要，大家回去後也要和士兵們交代清楚，少一個敵人，就多一份力量！」

「是，副帥！」

「好了，各位，還有什麼事情嗎？」

「羽帥，沒有了！」

「好，各位，都回去休息，明天凌晨四時發起攻擊，海島宇軍團長，讓水軍兄弟們多辛苦點，雷格會記住他們的功勞！」

「謝謝羽帥，海島宇明白！」

「散會！」

東方秀看了看雷格，說道：「羽帥，我也告辭了，我也要回去安排一下，四十軍團明早第一批發起攻擊，不安排好我不放心！」

雷格上前兩步，拉著東方秀的手說道：「東方兄，我們雖然接觸時間短，但我們都是豪傑，多餘的話我就不說了，你保重！」

「羽帥保重！」

亞文將軍也過來，與東方秀握手告別：「東方兄保重！」

「參謀長你也保重啊！」

第二天凌晨，東方面軍主帥雷格早早就來到了渡河點，看著忙碌的士兵沒有出一聲，昨夜，雷格也是一夜沒睡覺，瞪大了雙眼等到天亮。

東方秀看時間差不多了，這才來到雷格身前，低聲問道：「羽帥，可以開始了嗎？」

「先期渡河作戰由你指揮，一切不用告訴我，你決定就是！」

「謝羽帥信任，那我就開始了！」然後，東方秀大步走過去，登上了一艘大船，低喝一聲道：「開始！」

一千五百條船迅速向對岸衝去。

天空微微地吐出銀白，大河泛起陣陣的雲霧，灰濛濛的天空中能見度非常低，戰船上靜悄悄，只有不斷划動的水聲。

聖靜河在雲中關地區漸漸地轉入狹窄，百多米的河面波濤洶湧，水流急浪頭大，但在大東海中矯游的東海水軍對這麼一點點風浪還沒有放在眼裏，船穩而迅速地向對岸靠去。

三十里河面上佈滿了船隻，晨霧中零亂的喊聲漸漸地加大，零亂的箭雨不斷地從河對面向船上射來，被船頭上士兵用盾牌擋住，落在河中，偶爾有人落在了河裏，後面保護的船隻立即把竹桿伸入河中，救起落水的人。

東海士兵大都會水，聖靜河雖水急浪大，但真正死亡的人卻不多，大多數被救上了船。

轉眼之間，船已經靠上了北岸，首先，由重步兵組成第一批搶灘點，掩護後續部隊登陸，十幾個盾牌手保護著士兵把弩車抬上岸，中弩手在稍後一點保護，見有人靠近立即射擊，登上河岸後，他們自主地組成一個陣形，保護著弩車向前進，中弩手把弩箭舉在胸前，作為第一反擊的部分，盾牌手一手提盾，一手提刀，準備廝殺。

北蠻人在河北有十萬人左右，加上奴隸兵也就三十萬人，要想在寬三十餘公里的河岸上部署防禦，兵力明顯地不足，所以主要集中在幾處，但是，奴隸兵必定是聖拉瑪人，北蠻人多不放心，另外，北蠻人武器歷來少，奴隸兵武器就更少了些，只有簡單的弓箭作爲遠距離反擊武器，手中拿的大都是尖木，渾身上下提不起一點勁。

奴隸兵們知道他們在與誰打仗，在沒有北蠻人監督的時候，箭當然就射得歪了，箭上的勁也沒有多大，不遠就落在了河裏漂在水面上，這樣的作戰當然就不用瞧了。

第八章　無限絞殺

經過藍爪偵察過後，東方秀和嘉萊將軍在第一時間內分別登上了北岸，向前推進了五百米，東方秀停在了一處稍微高點的山坡上，說是山坡不正確，頂多是比別處高一點，但對於東方秀他們來說，高一點就足夠了，弩車迅速地被安排在上面，左右排開，中弩手在後保護，五百米的距離足夠一個軍團的士兵集結。

而嘉萊登路地點和東方秀差不多，不同的是嘉萊多向前推進了些，士兵也沒有東方秀四十軍團士兵精神，四十軍團和十一軍團只用了半個時辰就基本上集結完畢，兩軍團之間相距一里，成扇面形開始向前推進。

在他們後方，第十二、四十一、四十二、四十三軍團正陸續靠岸，零星的戰鬥時有發生，但北蠻奴隸兵是一打就潰，四下奔逃，北蠻士兵一個不注意，就被他們殺死了，然後奴隸兵就投降了登陸部隊，一個時辰之內，至少已經有近三萬人投降了。

北蠻人畢竟是一個落後的民族，佔領北平原後，他們把中原百姓都淪落爲奴隸，幫助他們從事生產勞動，從而解決了人口不足的問題，而北蠻族人就是監督管理奴隸幹活，婦女也基本上從繁重的體力勞動中解放了出來。

北蠻帝國興兵中原十年來，戰死的人多達五十餘萬人，人口越來越少，聖拉瑪大陸戰爭的不斷發展，使北蠻人不敢放下武器，由於人口有限，爲了緩解這種矛盾，他們想出了一個辦法，那就是從奴隸中挑選出青壯年人參加軍隊，組成奴隸兵，用於對外作戰，防守聖靜河。

聖拉瑪人比較奸詐，心眼自然要比北蠻人多些，有這麼好的機會，誰都願意參加，一是能從繁重的體力勞動中解放出來，二是一有機會可以逃跑，只要渡過聖靜河來到南平原地區，他們就能從奴隸中解脫了出來，至於打仗，作作樣子而已。

既然奴隸們願意從軍打仗，北蠻人自然高興，但對於奴隸兵的管理，也要有一定方法，首先，就是從自己的族人中挑選出優秀的勇士作爲奴隸兵的指揮官，監督管理奴隸兵，必要時可以親自帶領奴隸兵衝擊。

剛開始的時候，由於整個北平原地區都被四國聯軍佔領，聖日帝國沒有任何還手的力量，奴隸兵自然就聽話了許多。

但是，隨著藍鳥軍出擊堰門關地區，聖瑪民族勢力在北平原漸漸地開始有了一些地位，奴隸兵思想就開始出現了變化，民族思想日趨嚴重。他們從北蠻人的談話中，漸漸地瞭解到聖王帶領藍鳥軍所向無敵，已經平定了南彝與東海，正在整備軍隊，開展聖戰，他們心中大喜，奴隸翻身解放的日子就快到了。

北蠻人顯然沒有認識到這一點，就是有所認識也不是很深刻，如今北蠻人口少，地盤多，聖靜河防線幾百里，沒有這麼多軍隊，用奴隸兵作戰也是沒有辦法中的選擇。

對於藍鳥軍越河作戰，北蠻人是有所準備，主要目光都集中在京城藍鳥城以北地區，當然了，對於駐紮在東部地區雲中關藍羽也是有所防範，三王蠻彪就率領兩個軍團六萬人駐守在這一地區，加上二十萬奴隸兵，實力也不算小。

三王蠻彪率領兩個軍團，主要作用是用於反突擊作用，沿河防禦還是要依靠奴隸兵，二十萬奴隸兵在少量軍官帶領下與藍鳥軍作戰，效果可想而知，奴隸兵是能投降就投降，能向天上放箭就向天上放，沒有人願意往藍鳥軍身上射，在沒有人注意的時候甚至還射殺軍官，這樣的仗就沒有辦法打了。

東方秀和嘉萊將軍率領步兵六個軍團，只用一個早晨的時間就突破了聖靜河防線，在河北站住腳跟，構築了防禦戰地，在天色近午間的時候，十八萬步兵已經全部渡過聖靜河，在幾個方向上向北推進三十里，並建立了騎兵登陸場，整個越河作戰部隊傷亡不大。

水軍在聖靜河上開始搭建浮橋。

三王蠻彪對於藍鳥軍大舉渡河準備不夠充分，也沒有想到藍鳥軍是由東部地區首先開始，奴隸兵一擊即潰，沒有擋住藍鳥軍的步伐，本部只有兩個軍團六萬人，畢竟少一些，所以他一面把消息彙報給河東城的守軍，一面派人彙報給國主蠻龍，並積極準備發起反擊。

白雲山脈連綿千里，靠山地區地勢起伏不平，山丘不斷，典型的丘陵地帶，在這一地區作戰，防禦好於進攻。藍鳥軍六個軍團依靠地形築起了防線，掩護後續部隊渡河，反正第一階段戰役，他們並不是重點攻擊部隊，充其量也就是起牽制作用，只要穩紮穩打，逐步向前推進就達到了預期目的，所以東方秀等將領並不心急。

他們不急，但三王蠻彪可急了，河北戰役首先從東部地區開始，藍鳥軍只用一個上午時間就在河北站住腳跟，說什麼也說不過去，如今，整個河北大軍注意力都集中在他們身上，北蠻人向星海聯盟炫耀說只要藍鳥軍踏上河北的土地，北蠻人一定會把他們攆下河去，如今藍鳥軍來了，而且仍然在河北向前推進，而他們卻在後退，蠻彪知道沒有辦法向國主蠻龍和長老們交代。

既然奴隸兵抵抗不住藍鳥軍，三王蠻彪自然就想到了動用麾下本部族的彪狼軍團和彪獵軍團。

下午，三王蠻彪親自率軍出發，攻擊剛剛在河北站住腳跟的藍鳥軍，而首先遭遇的就是嘉萊率領的步兵第十一軍團。

藍爪斥候比正常軍隊前出一段距離，當三王蠻彪率軍達到這一地區的時候，藍爪斥候在第一時間內就把消息告訴給了軍團長嘉萊。

第十一軍團的位置比較靠西，主要原因是在越河後，必須有一部要先面對北蠻軍隊的反突擊，東方面軍決策者們考慮到東方秀總指揮肩負重任，要統一指揮越河部隊的先期作戰任務，沒有時間顧及其他，而第十一軍團長嘉萊南征北戰多年，經驗豐富，足以勝任這一重任，並且步兵第十一軍團從嶺西郡一路殺到東海，士兵人人身經百戰，經驗豐富，對抗北蠻人第一波反擊有足夠的能力。

嘉萊將軍和第十一軍早有準備，他選擇的駐軍地點也是在越河前定下的，經過半天時間的準備，防禦基本上已經就緒，只等待北蠻人第一次反擊。

嘉萊第十一軍團齊裝滿員，三萬人，他把軍隊駐紮在由四個小一點山丘聯成的陣地上，山丘之間距離不遠，只有百十米距離，弩車箭足可以互相支援，在兩山丘的中間，弩箭和中弩足可以覆蓋，軍隊全部駐紮在山丘上，有兩萬長槍兵和五十輛戰車組成反擊部隊隱藏在山丘後，一旦敵人突破山丘之間的地帶，長槍兵立即發起攻擊。

蠻彪率領彪狼軍團和彪獵軍團六萬人，在午後剛過，就到達第十一軍團的陣地前，他騎在馬上向藍鳥軍陣地上看了看，用目光一打量，守軍萬餘人，全部駐紮在四個山丘上防禦，飄揚的藍鳥戰旗可以看出是步兵第十一軍團，他心下一琢磨，即使第十一軍團全在，也就三萬人，憑藉彪狼和彪獵兩個軍團的兵力還是穩占上風，兵力是敵人的兩倍，加上北蠻士兵強橫的體質，拿下敵人陣地不成什麼問題，以後，即使不能再向前發展，在國主和長老面前也好交代了，所以，他立即命令發起了攻擊。

彪狼軍在左，彪獵軍在右，每個軍團兩個山丘，一個萬人隊負責一個山丘，兩個萬人隊負責從中間兩個低處突破，迂迴敵人身後，側背攻擊。

首先發起衝擊的是彪狼軍團一個萬人隊，緊隨其後發起攻擊的是彪獵軍團的一個萬人隊，這兩個萬人隊緊緊相臨，中間是一處低窪處，彪獵軍團一個萬人正在等候出發。

兩個萬人隊分別向兩個山丘發起攻擊，互相之間大有一比高低的架勢，士兵衝擊速度之快，極其少見，北蠻士兵強壯的身體和粗長的大腿在山路上發揮了特長。

在敵人距離二百五十米距離的時候，藍鳥軍弩車就開始發揮出其巨大的威力，兩個山丘五十輛弩車弩箭同時發出厲哨聲，長一米五十公分的弩箭破空而出，如一道閃電般把向前衝擊的北蠻士兵射穿在地，而後繼續向前射去，把第二個士兵射倒在地上。

這時候，北蠻士兵一齊發出了一聲嚎叫，如受傷的猛獸一般向前竄去，他們沒有人怕死，兇悍的臉上帶著殘忍的表情，長大的牙齒更增添了兇惡的氣焰。

嘉萊軍團長第一次與北蠻人交手，也被敵人悍不畏死的勇氣嚇了一跳，但他立即鎮定了下來，嘉萊將軍久經殺場，大場面見得多了，雖然北蠻士兵確實強大，但他們的裝備畢竟不夠好，像這樣的衝擊也只能增加傷亡而已，所以他厲喝一聲道：

「中弩手準備，放！」

藍鳥軍每一個軍團配備中弩手一萬名，如今在四個山丘上共有六千名，每一個山丘上一千五百人，其餘四千中弩手在後保護，及時對兩側山丘谷處的防禦監視。

在嘉萊將軍斷喝聲中，三千中弩利箭急射而出，把前排敵人射倒在地，然後立即後退一步，第二排人立即上前，舉弩再射，後退，交換再射，後退，再射，循環往復，弩箭不絕。

在中弩發射的中間，弩車繼續射擊，巨大的弩箭把幾個靠近百米內的士兵串成串，蹚起一條血河，北蠻士兵紛紛倒地，只短暫時間內，就有近六千人躺在山丘的前面。

在這兩處山丘發起攻擊的同時，另外兩處山谷也同樣遭到了北蠻士兵的衝擊，震天的壕叫聲響徹山谷，緊隨其後的兩個萬人隊向丘谷低處也發起了攻擊，埋伏在山丘後的中弩手和長槍兵立即列成防禦陣型，戰車列在陣型的最前面，車上的長槍手舉起了一丈六尺長的戰車槍，兩個弩手把弓弩舉在胸前，左右保護，隨時準備發射。

衝擊另兩個山丘的萬人隊遭到了同樣的命運，而從山谷而來的敵人被兩側埋伏的四千中弩手伏擊，亂成一團，在四處山丘地區，藍鳥軍和北蠻軍隊展開了歷史上第一次真正的較量，喊殺聲掩蓋不住弩車的厲哨聲，不斷發射的弩箭把北蠻士兵射倒在陣地前，兩軍還沒有接觸，勝負已經決定了。

就在兩軍廝殺的時候，從藍鳥軍後方又上來一萬名中弩手，這些人是東方秀派來的支援部隊，他們從兩側包抄而上，不斷發射的弩箭把山丘前及山谷中的敵人覆蓋在內，每次一萬支弩箭任什麼樣的部隊也是受不起，北蠻軍一下子被打了回去。

東方秀快步走上山坡，用目光眺望，眼前北蠻軍隊已經完全地敗退了回去，攻擊前六萬人的隊伍，如今只剩下不到三萬人，情景之淒慘讓人心痛，但戰爭就是這樣，消滅敵人是作戰的最後目標，每一個將領的心都是鐵打的。

嘉萊軍團長見東方秀上來，忙過來說道：「總指揮，敵人兩個主力軍團已經被打殘，士氣正處於低估，如果我們乘機出擊，一戰可以推進幾十里，如何？」

「正是，左右第四十一、四十二軍團已經從側翼包抄上來了，命令部隊立即出擊，攻擊前進，一定要把這股敵人殲滅在這一地區！」

「好！」嘉萊將軍轉過身去，大聲喝道：「十一軍的弟兄們，跟我上！」

伴隨著嘉萊的喊聲，左右軍隊立即向嘉萊本部靠近，並迅速越過防禦圈，向敵人追去，這時候，從兩翼同時發出了巨大的喊聲，支援的友軍也發起了攻擊。

三王蠻彪雙眼圓睜，眼角欲裂，牙齒把下唇都咬出了血，一個時辰不到，兩個軍團就剩下了三萬人，如今，藍鳥軍從左右及正面發起了攻擊，明顯地可以看出要把他們殲滅在此地區。

從山丘的中間，衝出幾十輛戰車，無數藍鳥軍戰士跟隨在後面，在左右兩側，同時出現了多股藍鳥軍部隊，蠻彪再笨，也知道情況不妙，他大喝一聲道：「撤退！」當下撥馬而走。

北蠻軍隊如野狼一般撒腳就跑，他們順著起伏的山丘奔馳，速度之快，就連戰馬也比不上，他們翻山越嶺，如履平地，轉眼之間就沒有了蹤影。

藍鳥軍順著山間小路向前追趕，與其說是追趕，不如說毫無目標地趕路，只要向前走就是，戰車帶起陣陣的塵土，轟鳴的馬蹄沉重地敲打地面，後面，藍鳥軍列著隊形，手舉弩弓、長槍緊緊跟隨，一口氣奔出三十餘里。

東方秀率領藍鳥軍六個步兵軍團三天時間越河作戰，擊潰北蠻三王蠻彪部，遠出一百餘里，逐漸抵達平原地區。

三天時間內，藍鳥水軍第四十五軍團在軍團長海島宇的嚴令下，在聖靜河上搭建起四座浮橋，東方面軍主帥雷格立即率領藍羽兵團渡河，剛踏上北岸的時候，就知道步兵在追趕敵人，次帥雷格大喜，命令部隊加快速度，一天時間趕上步兵，雷格見已經抵達計畫中的預定地點，傳令部隊休息，同時把進展情況向京城的聖王天雷彙報。

北蠻帝國東部戰區近三十萬兵力三日內被藍鳥軍擊敗，三王蠻彪連退一百餘里，主力軍團彪狼軍團和彪獵軍團被打殘，二十萬奴隸兵所剩無幾，消息傳到河東城，舉國震動，國主蠻龍大怒，立即調集軍隊，支援東部戰區，抵抗藍鳥軍的進攻，他從河東城一帶抽調軍隊，命令二王蠻虎掛帥，領軍出發，整個北蠻帝國的目光一下子集中到了東線戰區。

蠻龍和長老們知道，藍鳥軍僅憑藉步兵軍團擊潰蠻彪，主力藍羽騎兵兵團還沒有參戰，一旦藍羽完全渡過聖靜河，東部戰區就有崩潰的可能，藍羽雷格的名氣太大，藍鳥軍步騎作戰，絕非牽制性進攻，否則就不用出動如此多的主力兵力，看來情況並非想像中的那樣輕鬆，藍鳥軍主力進攻的方向在東線也說不定，藍鳥王朝大有可能要先殲滅北蠻，然後再揮師西征。

整個北蠻帝國立即行動了起來，目光望向了藍羽雷格部。

這一天，是藍鳥王朝曆四年七月三十日，整個河北戰役發起的前一天。

藍鳥軍出兵聖靜河東部，步兵兩個兵團先期渡河，一戰擊潰三王蠻彪，消息很快就傳到了星海聯盟軍部，聯盟軍主帥帕爾沙特王子殿下和大元帥北海明得到消息，一下子打亂了他們原來的計畫，在他們計畫中，藍鳥軍一旦全力進攻河北，北蠻人自然會全力抵抗，至少在聖靜河中部和東部地區會遭到北蠻人激烈的抵抗，星海聯軍只要出動一部兵力參與臨河牽制即可，主力完全投入到攻取堰門關的作戰中，可是，如今藍鳥軍東方面軍全線出擊，傾全力壓上，從東部向西北推進百餘里，使北蠻人不得已轉移重點，集中兵力對付藍羽雷格部。

一下子從中部地區抽調出許多兵力，藍鳥城以北，河東城一帶兵力大為減弱，抗擊藍鳥軍進攻的主力落在了河平城星海聯軍的身上，帕爾沙特和北海明立即明白了聖王天雷的作戰意圖，看來星海聯軍的情況不妙啊。

藍鳥軍兩大主力方面軍還沒有動，河北的形勢已經瞬息萬變，北蠻人就好似聖王天雷的手臂一樣，任憑自己揮動，但帕爾沙特和北海明也不得不承認，藍羽雷格全力進攻，北蠻還是要高度重視，一個搞不好，大有被藍羽全線擊潰的可能，北蠻人是絕對不會願意看到這種情況，但是，憑藉藍鳥軍強大的武器裝備和攻擊力，北蠻必須傾進全力，軍隊很快就會被絞進去，越陷越多，傷亡越來越大，直至不得抽身為止。

看來以後河北平原爭霸大戰，就看星海聯軍和藍鳥軍的對決了。

帕爾沙特和北海明不得不重新調整部署，暫緩對堰門關地區的進攻準備，把注意力集中到河平城一帶。

聖王天雷幾天前得到藍羽雷格發起攻擊的消息，密切注意東方面軍發展的情況，三天來，東海兵團和平原兵團部進展順利，不僅擊退北蠻三王蠻彪反擊，而且還向前推進一百餘里，抵達北平原邊緣地帶，藍羽騎兵兵團已經全部渡過聖靜河，與步兵會合，目前情況良好，騎兵隨時可以發起攻擊。

雷格東方面軍的順利展開，爲京城以北地區創造了有利條件，目前，北蠻人把注意力已經集中到東部戰區，在京城以北抽調部分兵力，減輕了中央方面軍的負擔，爲中央方面軍強度聖靜河提供了有利地支援。

七月三十日，聖王天雷在京城藍鳥城向全體藍鳥軍發出了正式的「聖戰」命令。

藍鳥軍中央方面軍主帥越劍在七月三十日下午，最後一次召開並主持了戰前軍事會議，參加會議的有少公子夢雷、軍師雅星、元帥凱武、兀沙爾、王師凱文、南彝王爺彝雲松、藍鳥騎士團代理團長大將軍溫嘉、水軍統帥漁于淳望及各個軍團的軍團長、副軍團長、參謀長等人。

「各位，聖王在今天正式向藍鳥軍發出了聖戰的命令，中央方面軍堅決擁護聖戰的號召，堅決執行聖王的命令，全體將士時刻準備著爲聖王作戰，今天我們召開最後一次軍事會議，其目的就是要做好戰前的準備。」

「這次北平原會戰，雅星軍師受聖王委託，擔任中央方面軍總參謀長，指導我們作戰，同時，兀沙爾元帥、凱武元帥也是威震天下的名將，彝王爺更是聲震四海，名滿中原和南彝，溫嘉大將軍這次擔任藍鳥騎士團代理團長，受命參戰，各位軍團長也都是久經沙場的將領，中央方面軍陣容可以說是集整個藍鳥軍將帥級人物也不為過！」

「這麼強大陣容的作戰，我們的仗打不好更說不過去，兩位元帥和彝王暫且不說，就是我越劍和軍師就不好向聖王交代，如今，東方面軍已經越過了聖靜河，擊潰了北蠻三王蠻彪部，向前推進了一百餘里，吸引了大部北蠻軍力量，提前完成了聖王預定的第一階段作戰計畫，河北西方面軍穩守堰門關地區，時刻準備發起攻擊，我相信在維戈次帥的統帥下，一定能取得作戰的勝利！」

「各位，整個藍鳥軍的眼睛都在看著我們，中央方面軍擔負著艱巨的任務，同時也戴著巨大榮譽光環，我本人不想摘掉這個光環，那將是我一生的恥辱，我也相信中央方面軍各部也不想摘掉這個光環，那將是我們整個中央方面軍的恥辱，也是在座各位的恥辱，所以，各位，效命聖王，血戰殺場的時刻到了，每一個人都要把自己的事做好！」

「各位的任務都已經知道了，下面就看你們自己了！各位還有什麼話儘管說，有什麼困難馬上提，開戰後再說就來不及了！」

有一刻鐘時間，沒有人說一句話，軍師雅星見大家都不言語，忙打破了沈靜道：

「各位，雅星受聖王之命擔任參謀長職務，同時有一點私心想親自帶領軍隊收復河平城，但是，與各位同心協力、血戰河北的決心是有的，而且很有信心！大家都知道我們左右兩翼的情況，有人說，藍翎、藍羽是藍鳥軍的兩支翅膀，那麼，我們中央方面軍是什麼？我們是胸部，藍鳥的胸部，我們要無愧於聖王對我們的信任，無愧於藍鳥胸部的地位與榮耀！」

「雅星這次參戰，別的決心沒有，完不成任務，雅星誓不返回河南一步，相信大家都有與我一樣的想法與決心，爲此，我們一定完成好這次渡河作戰任務，爲中央方面軍爭面子，河平城交給我了！」

兀沙爾元帥見雅星表態，忙接過話說道：「兀沙爾年已老邁，多年來承聖王大恩，無以還報，這次河北血戰，早有死的覺悟，新月兵團十萬將士早將生死交給了聖王，聖戰在即，兀沙爾和新月將士決不後退一步，否則兀沙爾願以死謝罪！」

彝雲松見兀沙爾表態，忙說道：「主帥、各位將軍，南彝承聖王恩德，南彝兵團三年來未立寸功，十萬將士深感不安，如今聖戰再起，彝雲松願意跟隨聖王的腳步，踏平河北，南彝十萬將士只有死的勇士，決沒有後退的孬種，彝雲松也是軍師那句話：不完成任務，決不回河南！」

青年軍團的各軍團長見新月兵團、南彝兵團主帥表態，紛紛站起，表示血戰的決心，態度的堅決顯而易見，群情振奮，鬥志昂揚。

大將軍溫嘉見大家都發了言，等了一會兒也站起身來，語氣堅定地說道：

「各位元帥、將軍，溫嘉受聖王之命，率領藍鳥騎士團歸入中央方面軍旗下，別的話我不多說，藍鳥騎士團定效命主帥，願為前鋒，斬敵於最前，不完成任務決不後撤一步！」

「好，溫嘉大將軍是藍翎的副帥，這次受聖王之命與我部配合，率領藍鳥騎士團精銳會合我部作戰，越劍多謝了！」

越劍繼續說道：「各位，明天凌晨三時準時發起攻擊，水軍要提前做好一切準備，確保渡河任務的順利完成，漁于淳望將軍，水軍準備得怎麼樣了？」

「回主帥的話，水軍已經完成了一切準備，一千五百艘戰船隨時等待大軍渡河，漁于淳望保證不會出現一點差錯！」

「很好！」

然後，越劍偏頭對少公子夢雷說道：「少公子有什麼要交代嗎？」

「沒有，謝謝主帥！」夢雷臉色一紅，趕緊回答，他第一次真正地參加這樣的軍事會議，不免有些緊張。

「各位，今天會議就到此為止，各部全部回去準備，有情況隨時彙報！」

「是，主帥！」

「散會！」

第九章　河北會戰

中央方面軍這次越河作戰，計畫中先期渡河的主力部隊有青年兵團六個軍團、新月兵團兩個軍團，緊隨其後的是南彝兵團、幼字營，最後才是藍鳥騎士團，整個大軍五十五萬人，騎兵只有藍鳥騎士團五萬人。

南彝兵團和藍鳥騎士團、幼字營要稍晚一些，由於南彝兵團有大量的戰象，騎士團有大量戰馬，所以必須等待水軍在大河上搭建起浮橋後才能渡河，幼字營是屬於預備隊行列，主要目的是鍛鍊，保證藍鳥軍後輩的成長。

八月聖拉瑪大平原已經進入了夏季，天氣溫暖濕潤，從北向南吹來的風帶著絲絲的清涼，讓人精神大爽。

夜晚聖靜河越加的美麗，河水奔流不息，浪花不斷，岸邊的青草帶著泥土的芳香讓人陶醉，停在河岸邊的船隻亮起燈火，不時巡邏的戰船在上下穿梭，高挑的燈籠把河水照得通紅。兩岸的大營連綿數十里，雄偉壯觀，士兵高舉著火把站崗放哨。

在河北，軍隊的大營明顯不同，靠河平城的方向，大帳篷美麗壯觀，整齊有序，士兵的兵器嶄新雪亮，裝備齊全，個個精神抖擻，雙眼注視著滾滾奔流的大河；在東部河東城地區，帳篷就比較簡陋，身材高大，面目猙獰，簡單的獸皮裹在身上，卻三三兩兩懶散的地躺在地上，但每一個人的身旁邊，都放著巨大的兵器。

星海聯盟和北蠻士兵明顯不同，在兩軍交會點，並排豎立著兩個塔樓，高十五米，燈火明亮，站崗的士兵不時地注意著兩側。

在聖靜河南岸，燈火雖然依然明亮，但比較安靜，不時傳出士兵們的鼾睡聲，只有不斷巡邏的人才顯得忙碌。

天漸漸地發白，夏天的早晨來得比較早，凌晨天已經放亮，南岸的士兵悄悄地爬上了船，沒有一絲聲響，整個大河好似依然平靜如前，但是，大戰的氣息還是在不知不覺中體現了出來。

越劍和夢雷、雅星、溫嘉、彝雲松等人站在岸邊，表情嚴肅，雙眼凝視河面，一會兒，各船打出了旗語，越劍次帥雙眼神光一凝，低喝一聲：

「開始！」

伴隨著越劍低喝聲，身邊的參軍打出了旗語，千船齊發，箭一般地衝向了北岸。

從河東北城向西，整個河面好似被戰船覆蓋，艦隊很快就被河北的軍隊發現，叫喊聲、號角聲、腳步聲亂成一團，艦隊還沒有靠岸，零星的箭雨已經落在了水中，二百多米的距離，很快就被船靠近了。

「放！」

一艘戰船上傳出一聲大喝，船頭上小巧的投石車開始了轟鳴，漫天的石頭把河岸二百米內覆蓋，隨著船的靠近，石頭漸漸地向前延伸，喊叫聲、慘痛聲不絕於耳，夾雜著嘶嘶破空的箭哨聲，聖靜河一下子熱鬧了起來。

藍鳥戰船很快衝上了岸邊，藍鳥軍將士迅速跳下戰船，爬上了岸，幾個人快速組成一組，快速向前攻去，他們在小隊長的帶領下，用手中的小型盾牌抵擋著箭支，腳步堅定地向前邁進，沒有一個人有一絲一毫的猶豫，他們是先頭部隊，重步兵中的好手。

船靠在岸邊，但船上的部分投石車仍沒有停止，不斷地發射，部分投石車被抬下了船，後面的弩車也很快地被抬上了岸，在十名弩手的推動下迅速向前衝去，不斷地有人上岸，藍鳥軍三十萬步兵衝了出去。

空船迅速地在河中搭成一排，兩條巨大的鐵鏈橫跨兩岸，浮橋在飛速搭建中。

越劍看了身邊的人一眼，沉聲道：「該我們了，走罷！」

越劍、雅星、凱武、凱文快步向岸邊的一艘戰船，溫嘉、彝雲松等人揮手相送，船很快就靠上了北岸，幾個人在護衛的保護下向前走去。

如今，北岸大戰如火如荼，藍鳥軍每前進一步都要遭到星海聯盟士兵頑強的抵抗，好在藍鳥軍裝備精良，中小型投石車、弩車發揮了巨大的作用，他們在重步兵的保護下組成一堵牆形緩慢向前推進，巨大的弩箭發著厲哨聲，劃破天空，每跨出幾步，弩箭和石雨就會發出一陣，後面，中弩手隨時塡補空檔，被箭雨和石塊砸傷砸死的敵人很快就被重步兵補上一刀。

每一個軍團長、統領、大隊長都在喝著口號，用口號聲指揮部隊運動，士兵們快速組成攻擊陣型，互相保護著向前攻擊，藍鳥的旗幟不斷向前延伸，每一個人的腳下都沾滿了鮮血，但他們的臉上，無不流露出肅殺之氣，冷酷無情，步伐堅定。

主帥越劍趕到前面的時候，藍鳥軍先鋒已經向前推進了有一公里，大軍集結有六個軍團，後續部隊正在源源不斷地趕上來，越劍左右看了一眼，傳令左右兩部迂迴包抄，中軍迅速組成衝擊隊形。

星海聯軍駐紮河平城一帶主帥星神雙眼像噴著火焰，渾身冒著殺氣，嘴中大聲地喊著話，將領和士兵們組成攻擊陣型準備著反擊，人人的臉上都流露出大義凜然的氣概。

藍鳥王雪無痕在藍鳥城宣布聖戰的消息，星神早就知道，統帥帕爾沙特和北海明早就把消息傳了過來，讓星神做好準備，河平城守將星洲與他前幾天剛剛開過會，相約組成河平城防線，並與北蠻人相約共同抗擊藍鳥軍進攻，北蠻人一口答應，不想幾天前，北蠻人從河東城一帶抽調兵力東進，使河北防線兵力一下子顯得不足，星神就感到情況不妙，忙向帕爾沙特彙報，要求增援，但是，增援的部隊還沒有到，藍鳥軍就已經發起了攻擊，他的心情那裏好得了。

目前，星海聯盟軍在河平城一帶駐軍三十萬人，守衛聖靜河中部防線。

十萬軍隊駐紮在河平城，由星洲統領，二十萬人駐紮在河岸北大營內，由星神統領。星神將軍考慮到手中兵力不足，所以也沒有敢再更多地分散兵力，只把十萬人派出守衛在河北岸，十萬軍隊駐守在大營內，一旦發現藍鳥軍渡河，立即發起反衝擊，他想手中要保持一支有戰鬥力的部隊，以備後用。

十萬軍隊守衛河北中段幾十里的防線，另外還有十萬人作爲預備隊使用，只要守衛部隊抵抗住藍鳥軍一陣，增援部隊就可立即發起衝擊。

藍鳥軍在河南練兵已有一月，水軍日夜巡邏，斥候不時地向北部滲透，刺探情報等等事情星神也瞭解，星神將軍命令部隊日夜戒備，一連有月餘，但士兵那能長久保持這樣的狀態，所以，星神也只好讓士兵們抓緊時間休息，近幾天，藍鳥軍在東部地區越過聖靜河，正與北蠻人交戰，中部地區雖調動頻繁，但他認爲只是正常調動，要引起自己注意，消耗士氣，真正大戰至少還需要幾天，不想，今天藍鳥軍突然渡河，守軍沒有抵抗住，一陣就敗了下來，使他暴跳如雷，立即組織人準備反擊。

星神將軍剛剛組織起反擊陣型，藍鳥軍就出現在了眼前。中央前方，藍鳥軍的帥旗高挑，青年兵團越劍的帥字旗居於正中，左側，青年兵團三個軍團的旗幟飛揚，右側，新月主帥兀沙爾的戰旗隨風飄揚，左右兩翼已經迂迴包抄了上來，整個軍隊至少有十五萬人。

越劍次帥沒有讓部隊停下腳步，因爲這會影響士氣，越劍也是高傲的人，他抬頭看見了星神的旗幟，他們兩個人見過面，老對手，十一年前兩人都參加了三大帝國排名比武大賽，瞭解甚深，越劍十年磨劍，久經沙場，如今正鋒利，並沒有輕視星神的意識，但也沒有把他看成多麼厲害的對手。

由於兩翼的敵人已經撲了上來，星神將軍必須分兵抵抗，星神知道今天討不了好處，但他也沒有什麼懼怕，作爲帕爾沙特手下的一員大將，戰死是一個軍人最好的選擇。

左右各分出三萬人抵抗敵人的包抄，星神將軍親率四萬人向越劍中央部發起了反衝擊，他一馬當先，戰馬蹚起一股煙塵，直指主帥越劍。

「好，不愧是西星的名將，越劍領教星神將軍的武藝！」

越劍次帥斷喝一聲，飛馬而出，身後，青年軍團齊聲大喝，蜂擁而上，弩箭、中弩、投石車亂飛，砸向了敵人。

越劍手提寶劍，跨下血紅寶馬，與星神很快就戰在一處，星神一條大槍上下翻飛，槍法純熟，兩個人戰有五六的會合，越劍騰空而起，寶劍灑下一片寒光劍影，直指馬上的星神。

越劍出身中原南越劍館，父親越和為中原一代宗師，南越劍法也是大陸上首屈一指的武藝，越劍從小練劍，二十歲劍法有成，成為年輕一代的佼佼者，後遇見聖王天雷，跟隨在他身邊，多手聖王指點，劍法更上一層樓，多與維戈對練槍法，對槍瞭解很深，特別是在三大軍事學院比武大會後，深入研究槍法，可以說在槍法上的造指越劍絕對不比星神差。

兩個人馬上交戰，越劍畢竟是劍不如槍長，加上戰場混亂，周圍士兵多受波及，越劍很不願意，如今藍鳥軍佔據上風，沒有必要在戀戰，所以越劍也是傾出全力，施展絕招，一招定勝負。

星神將軍的心比越劍亂，戰局越來越不利，藍鳥軍是越聚越多，把星海聯軍圍在了中央，中弩每發射一次，都有大量的士兵倒下，想靠近藍鳥軍也不容易，何況，青年軍團的士兵多為重步兵，對於星海聯盟的士兵來說是最為不利，戰場已經出現了一面倒的情況，星神雙眼欲裂，見越劍騰空下擊，知道決戰的時刻到了。

大槍舞起大片的槍花，把身前覆蓋得風雨不透，在萬朵槍花中，一點寒星如閃電般射出，直指由上而下的越劍，乒乓的聲音不斷傳出，槍與劍碰撞不下百次，兩個人全力以赴，生死一決。

「好！」

兩個人同時一聲暴喝，身影撞在一處，劍光暴漲，槍花亂飛，然後越劍快速後撤飛出，被親衛扶住，肩頭上鮮血橫飛，一個血洞噴著血，越劍臉色慘白，雙眼凝視著星神。

星神大槍拄在地上，單手緊緊握住，他神情猙獰，一雙大眼圓睜，怒視前方，在他的額頭上，拳大的一個血洞正往外冒著鮮血，很快就把他的臉覆蓋上。

越劍掙脫親衛的手，舉劍向星神行了一個騎士禮，然後吩咐旁邊的親衛道：「不要傷及他的屍體，星神將軍是個英雄！」

「是，越帥！」

越劍神情一暗，親衛這才上前爲他裹傷，十幾名親衛士立即在他的周圍佈成一圈，越劍用目光向前觀看，這時候星海聯盟軍已經亂了，千百一堆，幾百人一組，幾十人一圈在拼命抵抗，方圓十里內大戰仍在繼續，但是，沒有了主將星神的指揮，將領們立即失去了聯繫，協調頓時中斷，各自爲戰。

新月兵團和青年兵團在兀沙爾元帥和三個軍團長的指揮下快速穿插，採取分割包圍戰術，千人隊成隊的往前上，士兵互相支援，協同作戰，把敵人分隔成數十塊，整個戰場在藍鳥軍快速移動的隊形中漸漸縮小，而最東面的速度尤其的快速。

越劍心神大安，知道戰局已定，對兀沙爾緊緊抓住戰機採取分割包圍的戰術欽佩不已，俗話說得好：薑是老的辣，一點也不錯，兀沙爾元帥一點也沒有給敵人留下時間和機會。

三個時辰後，大戰基本結束，星海聯盟軍被斬殺八萬餘人，只有一萬餘人也是人人帶傷，被藍鳥軍俘虜，星海聯盟軍在主帥星神戰死的情況下開始瘋狂，拼命抵抗，直到最後也沒有人投降，從中也反映出帕爾沙特和北海明治軍的手段。

兀沙爾元帥來到越劍的面前，吃了一驚道：

「主帥負傷了？」

「沒什麼，小傷，小傷，元帥不用擔心！」越劍臉色不佳，勉強笑道。

兀沙爾元帥皺皺眉頭，對親衛喝道：「怎麼搞的，你們就這樣護衛將軍嗎？」

沒有人敢回答兀沙爾的話，越劍苦笑了一下道：「元帥，不關他們的事，是我和星神較量，陣前帶傷，好在無大礙，星神已被我當場斬殺了！」

「哼！」兀沙爾哼了一聲，臉色這才好轉，緩緩說道：「主帥，如今形勢對我軍十分有利，應該立即向河平城推進，如何？」

越劍抬頭看了看天空，時間已經到了下午，太陽已經偏西，火紅的霞光灑滿天空，如血色一般，他點了下頭道：

「命令前軍休息，第二十四、二十五軍團立即包圍河平城，聽候軍師指揮！」

旁邊一個中軍官答應一聲：「是，越帥！」然後快速離開。

越劍偏過頭來笑道：「元帥，我們暫時休息一下，清點損失，讓士兵們用飯，大戰一天了，都沒有休息吃飯呢，如何？」

「好吧，不過你要先休息，餘下的事情由我來做！」

「謝謝元帥，越劍明白！」

越劍趕緊道謝，他知道兀沙爾的能力，如今自己帶傷，很怕再被兀沙爾訓斥，作為一軍主將，一戰負傷，也說不過去，以後這仗還怎麼打？要不是兀沙爾尊敬他這個主帥，早就向聖王報告了。

「傳令各部就地休息，清點損失！」

「是，元帥！」

在越劍與兀沙爾與星神展開大戰的同時，從西面渡過聖靜河的軍師雅星和元帥凱武、王師凱文三人帶領兩個軍團既第二十四、二十五軍團向北推進。他們這段渡河地點距離星神的大營比較遠一些，河邊駐軍也較少，二十四、二十五軍團登陸後，沒有花費多大的力氣，傷亡只幾千人就解決了戰鬥，守軍被他們擊潰，四下逃跑，凱武元帥沒有讓人追趕，整個聖靜河北岸已經渡過了三十萬大軍，敵人沒有什麼地方可以逃跑，頂多就是向河平城退卻，而他們的目標，正是河北的重城河平城。

河平城距離聖靜河有十五里左右，藍鳥軍大舉渡河守軍自然也聽到了消息，守城主將星洲雖然年紀不大，但爲人比較穩重，加上他肩上責任重大，不敢輕易出城支援，在不明藍鳥軍情況的形勢下，讓他率軍出擊也實在不可能，所以星洲將軍只把部隊集中起來，加強戒備，隨時聽候消息。

星洲將軍站在河平城高大城牆上，遠遠地向南眺望，只見聖靜河上千帆招展，旗幟漫天，喊殺聲四起，無數藍鳥軍士兵飛快地上岸，投石車、弩車發出的石雨和箭雨漫天飛舞，守軍很快就敗退了下來，星洲就知道情況不妙，他趕緊命人向凌川城的主帥帕爾沙特報告，打開南門，派出部分軍隊接應潰退的軍隊，準備防禦。

星神大營在河平城的東南方向，距離十餘里，一溜溜的斥候探馬把消息不斷地送進城來，星神與星洲的私人關係比較好，兩個人從小生活在一起，共同練武藝，無話不談，星神總把他當成自己的親弟弟一般，所以兩個人合作多年，從沒有完不成的事，這次帕爾沙特把他們派到河平城擔當大任，也是基於這樣的考慮。

星神大將軍自然知道藍鳥軍勢大，這次藍鳥軍大舉渡河，第一波攻擊作戰的人也絕對不會手軟，先鋒都是最精銳的部隊，只有你死我活可言，沒有第二條路，星神怕星洲中了藍鳥軍的詭計，丟失河平城，所以連續派人告訴他不可出城支援，只要守住河平城就是勝利，一旦河平城丟失，兩個人只有死路一條，星洲自然知道責任重大，但眼睜睜地看著大哥一人與敵人廝殺，心中難受，但大哥的話也不敢不聽，所以乾著急，不想近午間的時候，藍鳥軍的旗幟就出現在視野裏，星洲暗暗一驚，心想幸虧沒有出城，否則還不知道後果怎麼樣呢。

藍鳥軍的旗幟不是很多，星洲明白這一定是先頭部隊，但這支先頭部隊卻很奇怪，明明只有兩個軍團，五六萬人，可是，帥旗卻是最高的級別，軍師雅星和元帥凱武的旗幟可不是一般軍隊將領可比，只旗桿就比一般軍團長高出一節，旗幟明顯大許多，醒目的「豪溫」兩個大字清楚反映出這是一個什麼樣的人帶領的部隊。

星洲將軍倒吸了口冷氣，心想壞了，豪溫家族的子弟有這樣聲勢的只有一個人，藍鳥軍軍師雅星，豪溫家族的長子。

星洲將軍知道雅星出現在河平城下的意義，先不說藍鳥軍攻取河平城的重要性，單說河平城對於豪溫家族的意義就絕非一般，當年帕爾沙特王子殿下率軍攻破河平城，守將凱旋・豪溫戰死，從而動搖了聖日帝國的基礎，豪溫家族舉族西遷，併入嶺西郡，從此歸入聖王雪無痕的麾下，這些星洲都知道，當年他也參加了河平城戰役，是前軍的將領之一。

星洲將軍雖然不知道雅星爲什麼只帶兩個軍團來到河平城下，但是他明白，藍鳥軍軍師雅星絕非一般人可比，他智謀高遠，手段高明，協助聖王雪無痕平定南部大陸，聲名之高絕對是恐怖的人物，與雅星作戰必須一步一個腳印，穩紮穩打，一不小心就會被他攻破河平城，更何況藍鳥軍大舉渡河，絕非只這一點人馬。

其實，星洲多慮了，軍師雅星確實是只帶兩個軍團來到河平城下，其目的有二，一是牽制河平城守軍支援星神的大營，二是他一路沒有遇到什麼像樣的抵抗，進展順利，速度快些，雅星的心早被河平城所牽動，如今要說這時候雅星的心智，也許還不如一個高級的參謀。

但雅星絕對不是一般的人，他知道自己手中兵力有限，還沒有達到攻擊河平城的實力，所以只好命令部隊在城外駐紮，只要敵人不出城即可，牽制敵人力量，等待後軍增援。

軍師雅星站在平原城外，士兵正忙著紮營，他雙眼靜靜地凝視著這座讓他心痛的城市，心中一陣陣痛，幾年前，自己的父親凱旋就是在這座城市中孤軍奮戰，直至戰自在城上，當時自己正遠征銀月洲，一點也不知道消息，是聖王天雷和眾家兄弟疼愛自己，瞞著自己出兵聖靜河，索要父親凱旋的屍體，又運用智謀把父親帶回嶺西郡，使他入土爲安，等待自己回來後，母親和家族伯伯叔叔兄弟姐妹都已經來到了嶺西郡了，從此自己一心一意輔助聖王天雷，征戰中原，平定南疆和東海，收復聖日的都城不落城，十年時間轉眼即過，父親曾經丟失的城市如今就要回到聖日民族的懷抱，自己要親手替父親報仇血恨，完成他老人家的夙願。

想到此處，雅星的眼淚不由自主地流了下來，微微的清風傾聽著雅星的傾述，奔騰的思緒萬千，士兵們紮營發出的聲響並沒有影響雅星的情緒，他雙眼含淚，心中無數次地想起了父親凱旋的種種。

「星兒，不要難過了，凱旋大哥能有你這樣一個兒子也是他的驕傲，豪溫家族有了你，我們才能有今天的地位，凱旋大哥可以含笑九泉了，等我們收復了河平城，我們再一起告慰他在天之靈！」

「是，叔叔，我只是心中難過而已，想起父親爲國盡忠，聖日家族眼睜睜地看著父親戰死，不爲所動，我真替父親不值！」

「星兒，凱旋大哥要仁得仁，求義得義，像你祖父一樣，爲了報答聖日家族的知遇之恩鞠躬盡瘁，死而後已，這也是他要求得到的結果，畢竟他們兩代人已經替我們家族償還了聖日家族的恩情，從此我們兩不相欠，你可以一心一意輔助聖王，平定四海，立千秋偉業，爲家族爭光，如今，你和雅靈地位尊貴，父親和大哥可以瞑目了！」

「是的，叔叔，如今藍鳥王朝聲威震天，平定天下指日可待，雅星一生能像祖父一樣，遇千古賢王，展胸中所學，安邦定國，統一四海，何其幸矣？如今能有機會替父親雪恥，還有何求？兩位叔叔放心，憑雅星胸中之才學，決不會讓叔叔失望！」

凱武是豪爽之人，聽雅星的豪言壯語，敞聲大笑道：

「好孩子，好，好啊！星兒，我們都爲你驕傲，你要好生協助聖王，奠定統一天下的大業，青史留名，蓋過你的祖父啊！」

「是的，叔叔！」

「星兒，如今藍鳥王朝霸業將成，大陸一統也是早晚的事，我只是擔心你妹妹和中原，不知道以後如何？」

「三叔多慮了！」雅星低聲地對凱文說道：「亂世出霸王，清平出賢王，大陸如在十年間一統，中原的地位必將穩如泰山，這件事就到此爲止，以後不許再提，我們能幫助中原的只有這些！」

「聖王英明！」

「是的，聖王已經和我說起過這件事了，以後豪溫家族絕對不可再牽連進這件事情中，以聖王的才學，我們又何必操這份心，蒼天自有安排！」

「好，凱文雅星，這事以後誰也不許再提，告訴豪溫家族的人，以後凡是涉及到這件事情上，一概回避，聖王還年輕，憑他的雄才大略，如再干涉此事絕沒有好處！」

「是，二哥！」

「是，二叔！」

三人正閒談，雅星見新月兵團副帥雲武過來，忙上前答話。

第十章　聖戰序曲

雲武將軍自從擔任新月兵團副帥以來，跟隨兀沙爾南征北戰，立下赫赫戰功，在新月兵團中早已經有了威望與地位，他協助兀沙爾管理軍隊，平易近人，深受映月士兵的好評和愛戴，兀沙爾年紀已大，凡事都由雲武去做，但雲武決對尊重他，大小事情都向他請示，使兀沙爾很不好意識，所以乾脆把管理兵團的事都讓給他，如今雲武也是大將了。

雅星和雲武早就相識，他們是帝國軍事學院的同學，如今是戰友，雲武對雅星極其地尊重，從沒有在雅星面前有一絲一毫傲慢，雅星也是非常關心照顧雲武，兩個人關係非同一般。

「雅星大哥，兩位叔叔好！」

「哈哈，是雲武啊，你小子不錯，很能幹，以後定有出息！」凱武大笑道。

「謝謝二叔誇獎了！」

「對了，雲武，河邊大營那怎麼樣？」

「雅星大哥，河邊大營戰役已經結束，全殲了敵人十萬人，敵主將星神戰死，我軍傷亡三萬餘人，不過，越劍大哥負傷了，兀沙爾元帥讓我先領軍過來。」

「越劍負傷了，怎麼樣？」雅星吃驚地問。

「沒什麼大礙，只是肩頭上挨了一槍，不過，星神也被越劍大哥殺了！」

「沒事就好，向聖王報告了嗎？」

「沒有，越劍大哥不讓，怕聖王擔心。」

「只要沒什麼大事就算了，不過一旦嚴重，一定要通知我！」

「是，雅星大哥！」

「後續部隊怎麼樣了？」

「所有的步兵已經全部渡過聖靜河了，漁于淳望正在搭建浮橋，估計明天一早就能完成，南彝兵團和藍鳥騎士團能快些，幼字營得晚一天！」

雅星點頭道：「那就好，對平原城可有什麼說法？」

「按照計畫要連夜包圍平原城，整軍休整，明天一早繼續向北推進，三天之內要向前攻擊百里！」

「好，你辛苦了，下去休息吧，兄弟們也都累了！」

「謝謝雅星大哥，那我就告辭了，兩位叔叔再見！」

雲武將軍通報完消息，轉身而去，雅星和凱武、凱文又到各處轉轉，見沒有什麼事情，準備休息，這時候，從南邊源源不斷地湧來大軍，在兀沙爾元帥的指揮下開始包圍平原城，一直忙到了天黑。

漁于淳望水軍連夜在聖靜河上搭建浮橋，燈火把聖靜河照得通明，士兵沒有休息時間，一船船的作戰物資開始運抵北岸，又回去轉運，往復不斷，而六座浮橋更是快速地搭建起來，船隻在鐵鎖鏈的固定下搭上了木板，再用鐵條綁緊，從南岸直通北岸。

快馬飛鴿不斷地把河北的消息傳入京城藍鳥城，聖王天雷在王宮裏聽著一個又一個消息，風揚在軍事地圖上標記著藍鳥軍所在的位置、兵力配置及後勤物資情況，二十幾個參謀分成三部分不停地忙碌，收消息，發佈命令。如今，由於雅星不在，額部也統一歸入聖王的直接管轄之下，側室內上百個參謀也是都在忙碌，藍鳥軍大舉渡河，聖王要時刻瞭解每一個方面軍的進展情況。

「風揚，河北西方面軍的情況如何？」

「聖王，按照預定的計畫，維戈次帥已經向前推進了十公里，騎兵目前還沒有參戰！」

「告訴維戈穩紮穩打，等待與中央方面軍兩面夾擊帕爾沙特！我們有的是時間，越劍中央方面軍攻擊得十分順利，讓維戈密切注意帕爾沙特和北海明的動向，我估計他們要分兵了！」

「是，聖王！」

三隻飛鴿迅速騰空而起，向西北方而去。

「聖王，根據黑爪的報告，越劍次帥在與河北聯盟軍主將星神作戰中負傷，不過傷勢不太重！」卡奧低聲報告。

「這個……」聖王天雷沉吟了一下，接著說道：「越劍負傷情由可原，傷勢不重就不用管他，密切注意敵人的動向，有特殊情況立即向各部主帥報告！對了，星神怎麼樣？」

「已被越帥當場搏殺。」

「這還差不多，卡奧，告訴黑爪，我們當前的主要任務是斥探敵人軍情，對自己人就不用管那麼多了！」

「是，聖王，我馬上辦。」

「去吧！」

黑爪頭子卡奧快步離去，不一會兒，腳步聲響，香妃彝凝香走進作戰室，她左右看看，見聖王天雷正在喝茶，緊走幾步笑道：

「聖王，河北情況怎麼樣？」

「很好，各部都完成了預定計劃，傷亡也不太重，一切順利。」

「夢雷過河了嗎？」彝凝香關心地問。

「還沒呢，幼字營是最後一批渡河部隊，估計得後天一早吧！」

「你也真是，孩子還這麼小，讓他跟去做什麼，萬一有個差錯，我看你怎麼向明月姐姐交代！」

「孩子就需要鍛鍊，放在身邊能有什麼出息？藍鳥軍百餘萬將士就他有父母心痛？那一個不是一樣嗎，想統率千軍萬馬，就要有真本事，不上戰場怎麼行！」

「是，就你說得有理，有事的時候後悔都來不及，對了，看你現在也沒什麼事，陪我和雅靈姐姐吃頓飯吧！」

「好吧！」

聖王天雷放下手中的茶碗，起身和香妃向後院走去。

香妃彝凝香是一個有心計的人，兩年多來，在藍鳥軍中漸漸地樹立起了威望，她明事理，不多管閒事，整天陪在聖王天雷的身邊，不像雅靈那樣心事重，深受王朝內文武官員的喜愛。

「父王，你來啦，抱抱！」

長公主雪蓮從小院內跑了出來，張開小手喊著父王，讓聖王抱，她是香妃生的女兒，也是聖王天雷如今最小的一個孩子，也是唯一的一個女兒，孩子長得非常美麗，像她母親彝凝香，粉紅的小臉上展露出笑容，聖王天雷是特別的喜歡。

「啊，好女兒啊！」聖王天雷伏身抱起了孩子，雙手把她高舉過頭頂，臉上的慈愛顯示出聖王的心喜，他舉了又舉，孩子咯咯地笑著，灑下歡樂聲。

「父王萬安！」

少主中原從後面閃了出來，向父親行禮，他人有五歲，一副大人模樣，白淨的臉上嵌著一雙大眼睛，氣質恬靜典雅，彬彬有禮。

「中原啊，幹什麼呢？」

「和妹妹玩呢！」

「好，中原知道帶妹妹玩了，好孩子。」

彝凝香在旁笑問道：「你母后準備好了嗎？」

「準備好了，香娘娘！」

「好，我們走吧！」

剛才，彝凝香和王妃雅靈在後屋裏說話，談到河北大戰的事情，這幾日，聖王天雷日夜操勞，也沒時間地和她們吃頓飯，所以，雅靈讓彝凝香到前面去請聖王過來，她自己準備飯菜，兩個孩子在屋外玩，等待聖王天雷過來。

王宮內，惟獨這處院落內沒有警衛人員，雅靈把親衛都攆在外面，只留下幾名侍女。

幾個人走進雅靈的房間，屋內妝點典雅，清香醉人，正中央一張圓桌，上面擺放著幾個菜，三支酒杯，幾雙筷子。

雅靈一身便裝，銀白色衣裙上繡著藍色飛鳥的圖案，臉上掛著笑，氣質雍容華貴，落落大方，聖王天雷喜歡雅靈的地方，就是她的氣質度量，當然，王妃雅靈的才學也是不可小覷。

「回來了，快坐下，一家人難得吃頓飯。」

「靈妹，妳也知道河北正在大戰，戰局瞬息萬變，一個不注意就容易出事情，那可是上萬條命啊，我那能放心。」

不一會兒，一家五口人坐在一起，雅靈把孩子放在旁邊，緊挨著彝凝香，然後在聖王的酒杯裏倒了一杯酒，放在天雷的面前。

聖王天雷挾起一塊雪雞肉，放在右邊雪蓮的嘴裏，哄著她道：「乖女兒，好吃嗎？」

「好吃，父王！」

「來，中原也來一塊，嚐嚐！」

「謝謝父王！」

「吃吧！」

聖王天雷看著兩個孩子，一邊拿起酒杯，淺淺地喝了一口。

「雅靈姐，看你把中原教的，都像一個小大人了！」

「香妹說得對，靈妹，中原還小，多讓他玩會兒，小孩子嘛，那像妳整天把他關在屋裏，再怎麼也不能這樣吧！」

「孩子的事你少管，也沒看你何時關心過孩子，這會兒倒說起來了，不管，以後怎麼辦？」

「是，是我錯了，吃飯，吃飯。」

幾個人熱熱鬧鬧吃了一頓飯，然後，聖王又回到了軍事作戰室內，旁邊，一張大床早已經擺好，聖王晚間就住在這，隨時聽候消息，掌握情況變化。

次帥維戈從京城藍鳥城告別聖王天雷，直接回轉嶺西郡，一路上快馬加鞭，不敢休息。藍鳥王朝聖戰軍事會議已經決定，八月一日出兵聖靜河北，還有一個月多一點的時間。

嶺西郡如今是藍鳥王朝的重要物資基地，特別是軍工企業絕大多數都在嶺西郡，每一天生產出來的軍需品運往全國各地，來往的商隊也是不斷，東海洲、南彝、大草原、短人族都到嶺西郡來交易貿易，繁華的程度絕對不下於京城藍鳥城和平原城地區。

凌原城是嶺西郡的東門戶，聖王起家的根據地之一，無論是從感情上講，還是從軍事基地這一點上講，凌原城都是重要城市，維戈跟隨聖王天雷第一次出征就是在凌原城，所以，藍鳥軍將領對凌原城的感情都非常深厚，維戈也不例外，每一次到凌原城，他都下馬休息一會兒。

晚風輕拂著維戈的臉，揚起他的長髮，凌原城朦朧的夜色越加美麗，維戈站在城牆之上，向西眺望，回想起跟隨聖王大哥轉戰中原的種種事情，不由得癡了。

從凌原城向正西，一條大路直通路定城，這條大路如今已經加寬，形成了一條重要商道，每隔幾里路，就有一處重要的軍事哨卡，傳遞著軍情等事情，爲王朝服務，向西北，也有一條大路，一直通向赤河城方向，越河直通河北堰門關，如今藍鳥軍西方面軍就駐紮在此。

維戈的目光在兩條大路上來回巡視，大路越看越加親切，彎曲的路像一條銀色的彩帶，在夜色中向前延伸，維戈回想起自己不知道多少次走過這兩條路，並在它的身旁立下無數的戰功。

「翎帥，夜深了，早點休息，明天一早還要趕路呢！」

參軍提醒著主帥，他是西南郡出身，也是維戈家族的子弟，與維戈很近，如今在維戈身邊聽使喚，自然也就關心著維戈的生活。

「好吧！」維戈長歎一聲道：「凌原城的夜色真美，越看越不夠，越看越感覺親切，回想起當初我跟隨聖王大哥血戰嶺西郡，如今還是歷歷在目，凌原城就好似家一般啊！」

「翎帥念及舊情，小人深受感動，不過，如今藍鳥王朝佔據大陸半邊天下，凌原城也只是王朝中滄海一粟，藍鳥王朝將更加的闊大，翎帥轉戰南北東西，如感念舊情的話，將越來越多啊。」

「嘿嘿，就你小子會說話，不過你說得也對，想我維戈轉戰的地方實在太多了，將來想都想不過來，嘿嘿！」

「翎帥，請吧！」

維戈一路感慨萬千，不覺已經渡過了聖靜河，來到了河北地區，藍鳥軍各部高級將領大都前來迎接他，維戈也不客氣。

一行人回到了堰關城，文謹老元帥也在，他如今已經六十多歲了，得知自己的女婿從京城回來，特意過來看看，同時也想聽聽維戈述說聖王蒼祭和關於聖戰的事情，他年紀雖老，但只要是關於打仗的事，精神立即就高漲起來。

「岳父，您老怎麼來了？」

「過來看看你啊，也聽你說說京城裏的事！」

「哈哈，不對吧，是想聽聽關於聖戰的事情吧！」

「你小子也跟我來這套，去，痛快地說說！」

「是，是，岳父大人，你也得讓我歇歇，喝口水吧！」

「好，快一點！」

「是！」

維戈稍加休息，趁吃飯前的一點時間，和大家說起了關於蒼祭和聖戰的事情，說得雖簡單，卻把藍鳥城的熱鬧一一道盡。最後，維戈說道：

「聖戰再起，大戰在即，河北西方面軍為這次征戰的主要部分，大家要同心協力，打好北平原最後一仗，關於作戰計畫，明天我們再具體佈署！」

眾將興奮起來，個個議論紛紛，邊走邊說，離開了維戈的住處。

休息一天，維戈稍微準備，第二天，河北西方面軍各部將領召開了軍事會議，次帥維戈主持了會議。

「各位，這次藍鳥王朝蒼祭意義重大，聖王秉承蒼天之意，聖拉瑪大神的旨意，順應民意，帶領各族展開聖戰，統一大陸，平定四海八荒，開創藍鳥王朝的千秋大業！整個戰役發起的時間為八月一日！」

「本次即將拉開的聖戰共分三個部分，由藍羽主帥雷格次帥率領藍羽兵團、東海兵團和平原兵團一部組成東方面軍，出雲中關谷，從東部越過聖靜河，向西北攻擊前進，其主要的作戰目的有二，第一是全面牽制北蠻軍隊，為中部和西部方面軍創造條件；第二，在戰役發展到第二階段作爲主力，負責殲滅北蠻軍隊，由東方秀將軍任副帥、前軍先鋒。」

「中央方面軍由越劍次帥任主帥，雅星軍師任總參謀長，兀沙爾元帥、凱武元帥和彝雲松王爺任副帥，大將軍溫嘉擔任前部先鋒，青年兵團、新月兵團、南彝兵團、藍鳥騎士團、幼字營共五十五萬人組成中央方面軍，水軍擔任協助任務，出京城藍鳥城以北地區，越過聖靜河作戰，第一階段全力配合我部夾擊星海聯盟軍隊，然後在第二階段配合東方面軍攻擊北蠻人。

我部西方面軍由在座的各位組成，所轄兵力全部歸本次帥指揮，由商秀大將軍任副帥，統領全部的騎兵部隊，由大將軍威爾任前軍先鋒，尼可大將軍爲副，率領獨立第一、二、三軍團二十萬人首先發起攻擊，藍翎第五、八、九、十軍團和獨立第四軍團爲後部，隨後跟進，騎兵主要負責衝擊敵人大營，一旦發現敵人有崩潰的跡象，立即全力攻擊，儘量斬殺敵人，在戰役發展到第二階段後，騎兵主要任務是要抗擊住星海聯軍的反撲，配合步兵夾擊北蠻軍隊，這時候，整個戰役全部進入第二階段，由東方面軍、中央方面軍、西方面軍分三面撲向北蠻人，徹底把北蠻人殲滅在河北大平原上，然後，合三個方面軍之力，圍殲星海聯盟軍帕爾沙特和北海明部，平定北平原，再揮師北上或西進，至此，整個北平原戰役全部結束。」

「另外，由文謹元帥率領二十萬預備隊駐守堰門關，保護我部後翼安全！」

「各位，整個北平原戰役恢宏龐大，藍鳥軍精銳盡出，作戰計畫十分複雜，特別是中路軍作戰十分微妙，其主要目的先是配合我部夾擊星海聯軍，然後再配合左右兩翼夾擊北鑾，任務之重各位可想而知，而我們作爲協同中路作戰的部分，必須全力以赴，爲中央方面軍減輕壓力，死死壓住帕爾沙特和北海明部，任務是重了一點，但是，整個藍鳥軍的精銳部隊幾乎都集中在我們北方面軍了，必須無條件地完成聖王交給我們的任務，今天召集大家來的目的，就是讓大家有思想準備，完不成任務，誰也別想回歸河南，河北就是我們的葬身之地！」

「人說藍翎是藍鳥軍的一支翅膀，獨立軍團是聖王的近衛軍，整個西方面軍的榮譽是至高無上的，聖王的信任也是毋庸質疑，各位幾乎都出身藍鳥谷和西南郡，爲聖王丟臉的事我維戈不幹，相信各位也不會同意，河北方面軍的光榮是用鐵血染成的，那一個人是孬種就請提出來，我維戈立即送你回藍鳥城，留下的人必須要有死戰的覺悟，帕爾沙特是很厲害，但他並不可怕，藍鳥軍怕過誰來？」

維戈越說越激動，他知道北平原戰役意義重大，西方面軍擔子重，壓力也大，如果在這個時候不把大家的勁鼓起來，以後的仗就不好打了，他環視眾將一眼，接著說道：

「我的話是重了一點，但是，醜話要先說在前頭，各位都跟隨我多年，沒有誰遠誰近，任務面前一律平等，軍法無情，維戈絕對能含淚揮刀，各位，怎麼說？」

「誓死跟隨聖王，展開聖戰，一切聽從次帥的調遣，血灑疆場，死而後已！」

眾將領一齊站起，臉現嚴肅表情，用最宏亮的聲音發誓，他們全部是征戰沙場多年的驍將，死對他們來說不算什麼，而榮譽卻高於一切，維戈的話說得如此之重，他們也感覺到了河北戰役關係重大，聖王的決心是不可動搖，一切貽誤戰機者死。

「坐，坐！」

維戈雙手連點，讓大家坐下，他見眾將被自己的話激起了鬥志，很滿意，他微微一笑說道：「各位，河北戰役要確保全勝，聖王和腦部、額部已經作出了萬全的計畫，聖戰的勝利不用懷疑，但是，維戈從不輸於人，如今東部有雷格，中部有越劍、軍師雅星，我們西方面軍要是落於後人，臉面何在？西方面軍的榮譽何在？在聖王面前我們怎樣交代？各位，敵人是很強大，但是我們藍翎是無敵的，揮舞起你手中的藍鳥戰旗，高唱藍鳥軍歌，用前進的步伐邁過北平原的每一寸土地，用榮譽書寫西方面軍最美的戰歌，這就是我維戈想看到的，想要的結果！」

維戈雙目圓睜，神光暴射，雙手一拍桌面，騰地站起，眾將一齊起身，用響亮的聲音重複著維戈的話：

「揮舞起手中的藍鳥戰旗，高唱藍鳥軍歌，用前進的步伐邁過北平原每一寸土地，用榮譽書寫西方面軍最美的戰歌！」

「各位，以下時間就是我們要好好計畫怎麼打好這一仗了，群策群力，每一個細節都要有一個完美的計畫，不得有一絲一毫遺漏，各部要明確自己的任務，每一個統領、大隊長、中隊長、小隊長，甚至每一個士兵都要知道自己的任務，每邁出一步，都要付出士兵的生命，儘量減少傷亡是最重要的，每一個人不得有一點怠慢，否則，軍法從是！」

「是！」

「文謹元帥，從此刻起，堰門關就交給你了！」

「主帥放心，文謹在，堰門關在，文謹決不讓敵人踏上堰門關一步！」

「好，我信得過元帥！」

隨後，整個河北方面軍將領開始了討論，就如何出兵、首先攻擊的地點、配備的部隊、支援的部隊、後勤補給等等事情進行協調，參謀處、後勤處也積極地行動起來，駐紮在郡北的水軍加強了水上運輸，大量的軍用物資開始運抵河北。

藍鳥軍河北西方面軍積極準備，引起了凌川城方向星海聯盟軍兩位主帥帕爾沙特和北海明的高度重視，帕爾沙特急忙派出探馬斥候，偵察堰門關方向的動靜，同時命令暗探收集藍鳥城方向的消息，密切注意藍鳥軍的動向。

經過一段時間的偵察，帕爾沙特確定了藍鳥王朝即將北伐的消息，河南地區聖戰的呼聲不用特意打探就能得知，遍地的百姓、軍人，時刻把聖戰的口號掛在嘴上，軍民群情激昂，紛紛為聖戰做準備，大戰氣氛如火如荼，一觸即發。

星海聯盟軍經過兩年調整訓練，已經完成了兩國軍隊間的磨合及征戰的準備，原西星軍隊和北海的軍隊混編在一起，由聯盟軍部統一訓練，統一裝備，統一管理，大軍一共分為三個兵團，即星輝兵團、星海兵團及星光兵團，每一個兵團有六個軍團，三十萬人。

另外，星海聯盟軍還有特種部隊、預備隊、地方武裝等。

星輝兵團為原西星的中央兵團，幾經中原作戰，部隊基本上已經打殘，帕爾沙特把各部軍隊勉強湊在一起，維持星輝兵團編制的局面，但原有老兵也只有幾萬人，西星和北海聯盟後，星輝兵團得到了保留，並贏得了休整的時間，兩年內，兵團進一步得到了整合、補充，並把原來的四個軍團擴大到六個，人員由二十萬人擴大到三十萬人，武器裝備得到了進一步的補充，士兵都得到了良好的訓練，實力大增。

星輝兵團中有騎兵十萬人，兩個整編軍團，重步兵一個軍團，五萬人，其餘三個步兵軍團也得到了加強，戰車、弩車、中弩也配備較好，步騎配合，是星海聯盟的主力部隊。

星海兵團是聯盟後新成立的兵團，編制六個軍團，三十萬人，其主要部分是北海的軍隊，在原北海明部基礎上擴編為現在的規模，補充的士兵大部為西星人，訓練也是在北海國內完成，建制完整，人員整裝待發。

星海兵團中有一個重步兵軍團，其餘各步兵軍團與星輝的步兵軍團沒什麼兩樣，裝備精良，很有戰鬥力了。

星光兵團也是聯盟後創立的兵團，不過星光兵團與星輝、星海兵團不同的是，它只有四個軍團，滿員二十萬人，沒有重步兵，全部四個軍團都是正規軍團，武器配備比較好，但士兵多為新兵，由軍官及老兵組成的中、下級指揮層，經過兩年的訓練，是比較有戰鬥力的部隊。

目前，星輝、星海、星光兵團都駐紮在淩川城一帶，由帕爾沙特、北海明、星智、星慧指揮，其餘各部由駐紮在周邊地區，由星碧、星神、星洲等人指揮，鎮守各處。

兩年來，帕爾沙特和北海明臥薪嚐膽，時刻不忘雪恥，以擊敗藍鳥軍為目標，打敗聖王雪無痕為目的，對部隊嚴加訓練，並要求聯盟傾盡全力發展軍事裝備，伺機奪取堰門關地區，打通與西星國內通道。

但是，如今藍鳥王朝已經穩定了南大陸的局勢，還沒等星海聯盟軍發起攻擊，就已經準備展開聖戰了，帕爾沙特和北海明也就是剛剛準備好，就要面臨藍鳥軍的渡河作戰，帕爾沙特又是興奮，又是傷心。

聖王雪無痕實力發展迅速，藍鳥軍不斷發展壯大，如今羽翼豐滿，南大陸各族齊心協力擁護聖王，一派歌舞昇平，蒸蒸日上的景象，相比之下，北方大陸不僅地理條件趕不上南方大陸，就是各國各族如今仍然各懷心事，不能團結一致，共同對抗藍鳥王朝，失敗是早晚的事情。

帕爾沙特和北海明是認清大陸未來走向的有限幾個人之一，他們要爲自己的祖國爭取喘息的時間，爲民族贏得最寶貴的生存時機，他們已經盡了全力了，星海聯盟就是在他們共同努力下的成果，但是，他們知道這還遠遠不夠，與藍鳥王朝對抗戰中，必須集中全北方大陸的全部實力，否則就是空談。

但他們如今一點辦法也沒有，儘管帕爾沙特是一顆最閃亮的星，也不能左右整個西、北方大陸三國，映月和北蠻人不聽他的指揮，空有滿腹才華、一腔熱血沒有用，大陸爭霸需要的是實力，映月、北蠻還沒有看出未來的危機，難道大陸一統的時代已經到來了嗎？

第十一章 鏖戰星海

帕爾沙特和北海明茫然，蒼天所指，命運使然，一切就看天意了，他們能做的就是等待著藍鳥軍的攻殺。

以藍翎爲首的河北西方面軍經過一個多月的準備，作戰安排已經就緒，單等八月一日發起攻擊。

七月二十七日，藍鳥城轉來東方面軍的消息，雷格次帥率軍已經開始了渡河，前鋒東方秀部進展順利。

二十八日，藍鳥城再次轉來東方面軍的消息，前鋒東方秀、嘉萊部擊潰北蠻三王蠻彪的反擊，大軍向前推進，沿河浮橋搭建順利，藍羽騎兵正準備渡河。

二十九日，藍鳥城再次轉來消息，藍羽騎兵順利渡過聖靜河，大軍向前推進百里，已經抵達北平原邊緣地帶，目前沒有遭到北蠻軍隊的反擊。

三十日，藍鳥城再次轉來軍情通報，東方面軍已經提前完成預定計劃，大軍正在休息，明日發起攻擊；中央方面軍已經集結完畢，明早按時發起攻擊。

晚間，次帥維戈再次召開了西方面軍軍事會議，對明日展開的進攻做最後的部署。

「各位，經過一個月時間，我們基本上完成了攻擊前的一切準備，各部作戰計畫都已經下達到了每一個軍官士兵手中，明日一早，我們河北西方面軍將按時發起北平原戰役，誰有什麼未完成的事情，請馬上提出來。」

「沒有！」

維戈環視眾人一眼，接著說道：「各位，我們面前的敵人有三個整編兵團，共計八十萬人，而我部只有五十五萬人，仗是不怎麼好打，但是，從全局來看，中央方面軍將配合我部夾擊星海聯軍，這樣算起來，我們的軍隊總兵力將達到一百一十萬人，與敵人相等，而在裝備、士兵素質等方面，我們全部比敵人強，勝利是有保證的！」

「但是，先期作戰畢竟對我軍十分不利，中央方面軍距離我部至少需要七、八天的時間，而我們必須牽制住敵人對河平城方面的增援，保證中央方面軍順利渡河，並奪取河平城。我軍的任務是很艱巨，擔子很重，全面鋪開是不可能，我們必須防備敵人對我軍的全力反擊，在確保堰門地區安全的條件下作戰，我知道很難！」

維戈嚴肅地看了看大家，接著說道：「但是，不管多麼難，西方面軍沒有完不成的任務，克服不了的困難，戰勝不了的敵人，榮譽與大家同在！」

「同時，從全局上講，河北西方面軍的任務也不是消滅敵人，而是牽制敵人，請大家注意，是牽制而不是消滅！既然是牽制敵人，我們的仗就好打多了，參謀部計畫了一下，相信各位已經很清楚了，下面就要看在座的各位了，現在我命令：商秀、忽突！」

「在！翎帥。」

「商秀大將軍負責率領整個騎兵軍團，忽突將軍為副，分左右兩翼保護中軍攻擊，記住：在右翼要時刻監視敵人的動向，一旦敵人有向南增援的跡象，要立即展開攔截，要纏住敵人爭取時間，在左翼要保持穩定，監視敵人騎兵的動向，確保側翼安全。」

「是，翎帥！」

「威爾、尼可！」

「在，翎帥！」

「命令威爾大將軍為前軍先鋒，尼可大將軍為副，率領獨立第一、三軍團發起第一次衝擊，獨立第二、四軍團跟進，要保持持續攻擊，狠擊一點，使敵人陸續投入兵力！」

「是，翎帥！」

「其餘各部作為預備隊留用，但要時刻準備投入戰鬥，在中央兵團達到時要立即展開攻擊，不得有誤！」

「是，翎帥！」

「好了，各位，以點帶面，狠狠打擊敵人一點，直到把敵人打痛為止，這是帕爾沙特在以前攻擊酈陽城時用過的戰術，不想如今我們以其人之道，還治其人之身，就看看能把帕爾沙特捲進多少兵力了，哈哈！」

在維戈爽朗的大笑聲中，河北西方面軍眾將領也開懷大笑起來，整個會議室一時間充滿了自信、歡快的氣氛，大大減少了大戰前的緊張氣息。

「威爾、尼可，有什麼困難沒有？」維戈笑著問兩人。

大將軍威爾、尼可與維戈早年相識，比維戈大兩歲，如今三十掛零，他們與維戈是帝國軍事學院的同學，一同參加過早期路定城會戰，後來兩個人離開嶺西郡回到不落城，跟隨凱旋將軍轉戰河北，凱旋戰死後，兩個人才跟隨聖王天雷來到嶺西郡，參加了藍鳥軍，十餘年來，兩個人血戰沙場，出生入死，立下赫赫戰功，是藍鳥軍中有名的鐵血大將，而他們與維戈的關係也一直很好。

「翎帥，沒有！」

「兩位大哥，你們可別像他們一樣這麼叫，我們是同學，翎帥、大將軍的叫法也太生疏了，叫我維戈就行了，明天就看兩位大哥表演了，我把攻城營也調給你們，先轟他媽的一頓，殺殺帕爾沙特的氣焰，然後互相配合，不斷進攻，各部輪番上陣，不要把面積鋪得太大，把帕爾沙特困住即可，然後以不變應萬變，看看派爾沙特和北海明有什麼高招法！」

威爾笑道：「謝謝維戈兄弟了，有攻城營在，士兵就少了許多傷亡，只要在帕爾沙特身上鑽一個洞，並不斷地讓他流血，早晚他會感到痛的，那時候，中央方面軍估計也差不多快到了，帕爾沙特和北海明就是有翻雲覆雨的手段，也頂不住我兩面夾擊！」

「威爾大哥說得極是，維戈兄弟，不全面鋪開，以點帶面，持續不斷地攻擊，只要堅持三天帕爾沙特就一定受不住，陣腳必亂，這時候，雙方拼的就不是人多人少，而是裝備、士兵的素質，這樣一來，我們就化弱勢兵力爲有利條件，既消耗了敵人又疲憊了敵人，中央方面軍就成了生力軍了。」

「尼可大哥，仗是越讓你打越精明，有你和威爾大哥在中軍，我就放心多了，明天就看你們了。」

伴隨著東方漸漸地泛白，整個藍鳥軍河西方面軍已經列好了陣勢，獨立第一軍團重步兵營首先出列，向敵人星光兵團發起了衝擊。

目前，藍鳥軍和星海聯軍對峙，雙方各以堰關城、凌川城爲中心，相距三百里。在靠近堰關城東五十里的地方，是藍鳥軍和星海聯軍的分界線，河北西方面軍經過兩年來多次反擊，擴大了一些地盤，但也僅限於五十里範圍內，在雙方分界線上，兩軍各挖掘了三道戰壕，以防禦之用，在戰壕的西面，藍鳥軍第一、二、三、四軍團駐守，東面，由星海聯軍的三個兵團駐守，大軍由星光、星海兵團左右排開，星輝兵團爲總預備隊。

如今，藍鳥軍發起了北平原之戰，西方面軍的部署也是十分壯觀，參戰不參戰且不說，但陣勢必須壯大，以消耗敵人的士氣、體力、精力爲第一要務，維戈和參謀等人把什麼因素都考慮在內了。

首先，在中央方向，是以藍鳥獨立第一、三軍團爲前軍，稍後部是攻城營，三百二十輛中小型投石車列成四個陣型，獨立第二、四軍團隨後，左右各一個步兵軍團保護，左側，忽突將軍親率二個騎兵軍團列開陣勢，右側，商秀大將軍同樣也率領二個騎兵軍團列陣，兩翼騎兵各六萬人，短人族戰斧團保持在後部，作爲騎兵預備隊使用。

其次，在大軍的稍後方向，主帥維戈親率兩個步兵軍團和短人族戰斧團壓陣，高高的塔樓遠遠地就能看見維戈的旗號，藍鳥軍精銳盡出。

伴隨著轟鳴的鼓聲，藍鳥獨立第一軍團重步兵營五萬人開始向前移動，後面，投石車在士兵的推動下緩緩向前，兩翼的步兵、騎兵也開始向前運動，在距離敵人陣地三百米處大軍停止了腳步。

攻城營立即開始固定投石車輛，重新調試設備，填充手把巨大的石塊裝在皮兜內，弩車就緒，弓上弦，等待發射。

大將軍威爾全身重甲，手提混鐵大棍，站在重步兵行列的最前面，他左右環視一眼，見各部都已經準備完畢，斷喝一聲道：「第一軍團，前進！」

後部投石車立即開始了轟擊。

第一軍團攻擊的面不大，寬只有三百米，連帶的投石車部的攻擊面也不大，四個攻城大隊分成四個方陣，前後各兩個，輪番轟擊，石雨漫天，聲勢駭人聽聞，是藍鳥軍成立以來最強大的一次投石車配合步兵攻擊作戰。

近衛獨立第一軍團重步兵營的戰旗高高地飄揚，旗手緊緊地跟隨在主將威爾的身後，一百名近衛兼護旗手左右保護，五萬名重步兵成五十路縱隊，每人之間間隔三米，排成正規的攻擊陣型前進。在整個重步兵方陣的前方，五十輛小型弩車被三名士兵推著前進，中間的弩手不斷地把弩箭裝填到弦上，然後放出。

在投石車的有效配合下，敵人陣地上守軍死傷慘重，弩箭和弓箭的反擊顯得軟弱無力，在第一軍團進攻的範圍內，幾乎成爲一片空白。

大將軍威爾率軍很快就接近了第一道戰壕，他長棍一揮，第一個跳進戰壕內，殘餘的守軍拼死抵抗，很快就被消滅。

威爾並不繼續向前攻擊，士兵在戰壕內展開正面防禦，兩側開始延伸攻擊，順敵人的戰壕向左右展開，一時間，戰壕內的戰鬥比前階段更加的激烈，守軍瘋狂地反撲，妄圖重新奪回陣地。

這時候，緊隨重步兵營後的長槍營、弩機營和獨立第三軍團開始向前補充，擴大敵人防禦線上的缺口，敵我兩軍開始了真正的搏殺，而投石車開始延伸轟擊，減輕攻擊部隊的壓力。

次帥維戈站在後方的樓車上，遠遠地望著第一軍團重步兵營的攻擊，非常的滿意，對大將軍威爾的指揮深表贊同。維戈還是第一次見到威爾和尼可率軍作戰，對他們的表現由衷地欽佩，聖王知人善任，維戈一時感慨起來。

看了一陣，維戈對兩翼敵人的反應感到有機可趁，於是傳令道：

「命令騎兵保持壓力，一旦發現戰機立即發起衝擊，不讓兩翼支援中部！」

「是，翎帥！」中軍官立即打出了旗語。

伴隨著嘹亮的號角聲，藍鳥軍的戰鼓開始轟鳴，一陣緊似一陣的鼓聲把戰場喧嚷的更加激烈，扣人心弦，左右騎兵開始移動，緩慢地向前推進，保持對兩翼的壓力，商秀、忽突喝著口令，讓騎兵保持隊形，戰馬蹄聲達達作響，騎槍和騎刀閃著陰森的寒光，讓人心神為之顫慄。

騎兵的聲勢雖大，但並沒有真正地發起攻擊，只對兩翼的敵人保持持續性的威脅，而整個戰場的中間戰鬥仍然如火如荼，就如同一架絞肉機一般，把一個又一個的生命填入機器，絞碎，它如一個無底的黑洞，永遠也沒有見底的時候。

大戰從日出到日落，藍鳥軍獨立第二、四軍團早已經頂了上起，獨立第一、三軍團退下休息，兩翼的騎兵進進停停，輪番休息，而後勤兵把大批大批的羽箭、石塊被運往前線，中部的戰鬥沒有一絲一毫的減弱。

敵我雙方死傷都很大，如今就看持續性和耐力了。

星海聯盟軍主帥帕爾沙特心情格外的沉重，今天天一亮，他就有一種不好的預感，好似藍鳥軍計畫好了一般，一定會發起攻擊，果然，不久之後，斥候就報告他說藍鳥軍有行動的跡象。

帕爾沙特得到藍鳥軍攻擊的消息後，立即調整了部署，把星輝兩個騎兵軍團的十萬騎兵調往星光兵團的左翼，保持對藍鳥軍騎兵的支撐對抗，而在右翼有星海兵團的全力防禦支撐，抵抗住商秀騎兵的攻擊不是問題，所以他也把目光放在了星光兵團的身上。

帕爾沙特對星光兵團不是很放心，由於星光是新成立的兵團，士兵多爲新兵，雖經過兩年的訓練磨練，戰鬥力大有增加，但對抗藍鳥軍身經百戰的獨立第一、三軍團，他還是不敢說有把握，這是整個藍鳥軍中最精銳的兩支部隊，人數也接近二十萬人，以同等的兵力對抗，星光是抗不住的，帕爾沙特深明此理，忙命令星輝的兩個重步兵軍團準備。

藍翎維格的攻擊沒有什麼新招，重點攻擊，兩翼威脅，以點帶面，全面突破，只是把帕爾沙特攻擊酈陽城時的花樣翻新，老招加新點子，配合投石車、弩車攻擊，協同作戰。

帕爾沙特很生氣，原因是維戈利用他想出的辦法反過來對付他，以其人之道還治其人之身，而且發揮得淋漓盡致，衝擊步兵在投石車、弩車的協同下發起攻擊，把戰壕前的陷阱及戰壕內的士兵消滅幾盡，衝擊步兵沒有什麼重大的損失就突破了第一道防線，並大有向兩翼伸展的勢頭，好在藍翎維戈兵力有限，不能全面展開，敵我兩軍進入交織狀態。

既然是絞在了中部，就看誰的力量大，兵力足，帕爾沙特不怕這個，他瞭解維戈藍翎部，北方面軍連預備隊加在一起大約是七十萬人左右，還要防禦堰門關，投入攻擊的兵力也就是五十萬人，而帕爾沙特手中的兵力有八十萬，消耗得起，所以他立即下令軍隊死守，同時命令預備隊準備投入。

星光的兵團長星智元帥是一個經過多年大戰的人，指揮軍隊很有一套，作戰經驗豐富，臨陣反應極快，一看維戈的進攻架勢，就明白了自己目前的處境，右翼沒有兵力保護，非常的危險，好在帕爾沙特反應快，立即調來了騎兵部隊，右翼安全得到了保障，他可以一心一意對抗中路的進攻。

星智也揣摩出了主帥帕爾沙特的心意，對消耗，拼實力，就是把星光兵團拼光了，也要把藍鳥軍的精銳第一、三軍團消耗掉，這樣一來，維戈河北方面軍就實力大損，步兵幾乎消耗盡了，後續的作戰就好打多了。

近中午的時候，帕爾沙特過來，星智立即迎接了主帥，並把目前的戰局向帕爾沙特做了進一步的彙報。

「星智元帥，目前戰局如何？」

「殿下，藍鳥軍第一、第三軍團的進攻已經被遏制住，目前應在第一道防線上交戰，星光的兩個軍團已經消耗得差不多了，我剛想派第一重步兵軍團上去。」

帕爾沙特一身白衣，沒有配戴盔甲，清瘦而俊美的臉上多了分威嚴，更成熟了許多。中原爭霸戰雖不能說失敗，但聖王雪無痕的崛起也使他遜色不少，政治、軍事上的操勞使他身心交瘁，身上的擔子十分沉重。

微風輕拂著他的臉，高大的瞭望樓車可以使人縱目很遠，整個戰場盡收眼底。

帕爾沙特縱目光向西眺望，遠方一座樓車欲隱欲現，高挑的帥旗標誌著主帥維戈的身分，帕爾沙特眉毛一挑，臉上浮現出一絲笑意，他心中豪情頓生，長笑起來。

「哈哈！」

帕爾沙特的笑聲感染了周圍的將士，使他們精神頓時一振，眼中也浮起了亮光，整個軍隊士氣大振，彷彿一下子都活躍了起來。

帕爾沙特的豪情被維戈的戰旗激起，他與聖王雪無痕、次帥維戈是老冤家。多年前，三大帝國軍事學院比武大賽，維戈與帕爾沙特戰成平手，使他飲恨不落城，平原城作戰時，維戈不在，只聖王天雷一人就率軍擊敗了他，後來血戰酈陽城時，維戈親自率領藍鳥騎士團殲滅射星營一部，聲威大振，使帕爾沙特無功而返回河北，他時刻記著。

今日，河北平原再見維戈，勾起帕爾沙特的一腔怒火，同時與維戈一爭長短的雄心豪情大漲。單就局部而論，維戈以弱勢首先發起攻擊，很沒有把帕爾沙特八十萬人馬放在眼裏的意思，目前戰局交織，帕爾沙特倒想要看看維戈能如何。

「傳令第一重步兵軍團立即發起反衝擊，第二重步兵軍團隨後，保持持續性，一定要把藍鳥第一軍團給我打回去！」

「是，主帥！」第一、二軍團長立即轉身下去。

長號聲起，鼓點也漸漸地跟著響了起來，帕爾沙特的帥旗激起了整個聯盟軍的士氣，而重裝第一、二軍團更是帕爾沙特的嫡系部隊，在殿下眼皮底下作戰，讓殿下親自看到他們的勇敢精神是多麼幸福的事情，所以，重裝第一軍團的士兵個個殺氣騰騰，鬥志昂揚。

「爲了榮譽，重裝第一軍團，前進！」

「爲了榮譽，前進！」

喊聲驚天動地，重裝第一軍團排著整齊的攻擊隊形，邁著堅定的步伐，向藍鳥軍第一軍團迎了過去。

帕爾沙特對重裝第一軍團的表現非常滿意，臉上笑意更濃。眼前，無論是藍鳥軍還是聯盟軍，左右兩翼都沒有動，真正的戰鬥只在中部展開，幾十萬軍隊在兩翼對峙，看似氣勢洶洶，實則雷聲大，雨點小。

而在中間五百米左右的狹小空間內，雙方二十萬軍隊正展開殊死搏鬥，沒有憐憫、沒有退卻，捨死忘生，一步一個血痕，士兵每揮舞一下武器，每發出一支弩箭，都將有一人倒下，永遠地留在此地。

藍鳥第一重步兵營已經血戰一個上午，大將軍威爾沒有率領部隊繼續向前攻擊，只保持在敵人的第一道防線上，這是預先的計畫，有效消滅敵人，牽制敵人的力量，把敵軍全部投入到第一軍團的絞肉機裏，這就是威爾的任務。

一個上午的時間，威爾估計了一下，敵人至少投入了十萬兵力，如今幾乎全部躺在了陣地上，藍鳥軍第一軍團弩機營的實力可不是白說的，五百輛弩車和兩萬名中弩手在長槍營的保護下，對兩翼反擊的敵人實施重大的打擊，而後部投石車的支援配合則減輕了重步兵營的負擔，威爾重步兵營和長槍營雖然損失了近三萬人，但仍然屹立如山。

聽見遠處傳來的鼓號聲和喊聲，威爾向遠處望了一眼，猛然間瞥見到了帕爾沙特的帥旗，威爾心神一振，知道帕爾沙特來了，敵人馬上就要展開新一輪的進攻。

在威爾的心中，時刻有著一個心病，那就是對帕爾沙特的仇恨，河平城血戰，凱旋將軍戰死，威爾敗回河南，從此後跟隨聖王直到今天，如今，威爾屹立在河北的土地上，重新面對帕爾沙特，仇恨的火焰立即在他心中燃燒起來。

看著遠處滾滾而來的敵人重裝步兵，威爾大喜地說著話，鼓勵士兵的士氣。

「近衛重步兵營的兄弟們，敵人的重步兵出現了，同樣是第一軍團，同樣是重步兵，我們面對的敵人將成爲我們一生中最大的榮耀，爲了聖王，爲了第一軍團的榮譽，讓我們前進，讓他們知道大陸上誰才配稱第一重步兵軍團！」

「前進，前進，我們才是第一重步兵軍團！」

「好，兄弟們，保持好隊形，聽我號令，我是一隻小小的藍鳥，我要展翅飛翔，唱！」

「我是一隻小小的藍鳥，我要展翅飛翔……」

嘹亮的藍鳥軍歌立即響遍了整個戰場，藍鳥軍第一軍團的士氣立即被威爾帶動了起來，緊隨其後的是整個戰場上響起了嘹亮的藍鳥軍歌聲，它匯成一股巨大的洪流，流遍大地。

次帥維戈被威爾所作所爲感動，被藍鳥軍勇氣感動，爲將士們的獻身精神感動，他激動的擦了把眼淚，傳令道：

「命令第三軍團，上，告訴格爾軍團長聽威爾大將軍指揮！」

「是，翎帥！」

「傳令第二、四軍團做好準備！」

「是，翎帥！」

獨立第三軍團在第一軍團的後部，作爲第一攻擊的梯隊使用，協助第一軍團進攻，軍團長格爾接到命令後，立即率軍向前移動，格爾很快就與大將軍威爾會合。

「獨立第三軍團長格爾向大將軍報導，並聽從大將軍命令！」

「很好，格爾，把部隊展開，命令中弩手列在最前面，作爲前鋒反攻擊的先頭部隊，給敵人一個打擊，搓搓敵人先鋒的銳氣，然後迅速退回，餘下的就是重步兵的事情了，你部在後負責支援！」

「是，大將軍！」

格爾迅速退回，不一會兒，一百輛弩車及一萬名中弩手被調了上來，佈在重步兵的前面，隱藏在前部盾牌手後，三萬餘重步兵展開攻擊隊形，等待著與敵人決戰。

星海聯盟軍重裝第一軍團在軍團長星射的指揮下，排成五十列縱隊向前撲來，前部三排盾牌手，其後五千名中弩手弩弓上弦，平舉在胸前，腰間懸掛著兵器，再後面緊跟著五萬名重步兵，而第二梯隊的第二重裝步兵軍團已經整裝待發，隨時準備出擊。

星射爲人性情粗豪、莽撞，沒什麼心計，是猛將型將領，他武藝精湛，槍法出眾，在帕爾沙特手下是一員能打仗的大將，帕爾沙特很喜歡他，但由於星射沒有什麼計謀，很少能獨當一面。

星射站在重步兵行列的最前面，高大的身軀異常的威武，手中混鐵大槍沉重，閃著寒光，百名近衛拱衛左右，而高高的軍旗迎風飄揚，徐徐前進，很快就接近了第一道防線陣地。

雙方距離有三百米左右時，藍鳥軍中一聲口令，弩車開始放箭，巨大的弩箭把敵人射成串，但是沒有阻擋住星射前進的步伐，他一邊喝著口令，一面注視前方，用手中大槍撥打著弩箭，距離有兩百米的時候，格爾開始傳令中弩手放箭，這時，星射的弩手也開始了放箭，雙方展開了弩箭的對射。

伴隨著弩箭的呼嘯聲，藍鳥軍投石車部開始了轟鳴，三百二十輛投石車把陣地前一百米至二百米內幾乎覆蓋，巨大的石塊從天而降，把星射的隊形頓時砸亂，衝擊的士兵死傷無數，但是星射連眉頭也沒有皺一下，繼續督軍前進，士兵很快地就把空缺的位置堵上，顯示出士兵的訓練有素，他們很快就衝擊了幾十米內，藍鳥軍的投石車部仍然不停地轟擊，弩車、中弩連續暴射，人成片地倒下。

星輝的戰旗在飛揚，星射的身影不斷地向前移動，高大的身軀威猛彪悍，神色淒厲、猙獰，他每跨出一步，地面上就彷彿有一聲的震動，大槍在胸前左右搖擺，速度極其地快。

「重步兵，衝擊！」

「藍鳥軍，前進！」

星射和威爾幾乎同時開口，幾十米的距離是重步兵衝擊的最佳位置，藍鳥獨立第一軍團重步兵營以逸待勞，在敵人付出巨大的傷亡後，展開了對決。

他們幾乎就是由鋼鐵組成，輕兵器對他們不管什麼用，每一個人都是大力士、勇士，鋼鐵撞擊發出的鏗鏘聲響震耳欲聾，每一下撞擊都是死亡，雙方由鋼鐵組成的洪流勇不可擋。

但是，藍鳥軍畢竟有投石車的部隊配合支援，在敵人還沒有完全投入戰鬥時，又已經連續三次齊射，造成敵人重大的傷亡，更主要的是使敵人的隊形出現了混亂，在被巨石砸的中間，出現了空缺，兵力也在減弱，傷亡上升得極其地快。

第十二章　智謀力敵

帕爾沙特站在車樓上，眼看著雙方的戰鬥全過程，眉頭一挑，對藍鳥軍投石車部十分的不滿，但是，如果讓他重新選擇的話，帕爾沙特仍然還是要進攻的，這就是他的個性，狠勁所在。

「傳令第二軍團也上去，一定要把藍鳥軍的重步兵給我消滅！」

重裝步兵第二軍團立即吹響了進攻號角，列好的隊形緩緩開始啓動。

藍鳥軍投石車不斷地轟擊，兩翼的弩車、中弩手不斷地進行支援，長槍兵在保護，同時參加戰鬥。星射早就對藍鳥軍的弩車部看不順眼，兩翼有專門對付他們的大隊，在大軍混戰前分工明確，各找各的目標。

威爾當然也知道敵人的企圖，但威爾手中的重步兵有限，所以保護弩車的重擔只好落在長槍營尼可的身上，同時，藍鳥軍的中弩對付重步兵很有殺傷力，中弩箭在近距離內幾乎可以把重裝敵人射穿，是重步兵的天敵，但長槍營也付出了很大的代價。

威爾和星射早就互相看對方不順眼了，所有星射和威爾的人幾乎同時想到了向敵人主將攻擊的意思，並都付諸了行動。

主將對主將，親衛當然就是各自的對手，雙方在陣前展開了絞殺，槍棍並舉，叮噹作響，威爾和星射都是力量型的將領，槍棍的撞擊把二人彈出幾米遠，撞倒一溜的士兵，兩個人重新繼續再上，沒有一絲一毫的留情面，你死我活，簡單明瞭。

在投石車和弩車、中弩手的配合下，藍鳥軍獨立第一軍團重步兵營很快就佔據了上風，士兵也是越殺越起勁，兇悍的戰鬥使週邊的士兵看得兩腿發顫，新兵的精神幾乎都崩潰了，但是身在其中的人沒有什麼好想，只有狠殺。

不到半個時辰，敵人第二重裝步兵又上來支援了，威爾的壓力一下子增大了許多，陣腳漸亂，在與敵人第一重裝步兵軍團對戰中，士兵都使出了全力，再與第二重裝步兵對決就顯得比較吃力了，要不是有投石車和中弩手的支援，早就被擊潰了。

次帥維戈站在樓車上，對戰場上的每一個細節都觀察入微，洞察全局，見獨立第一軍團重步兵營損失很大，壓力也很大，忙傳令獨立第二軍團上去支援，這才穩住陣腳，雙方展開了絞戰。

藍鳥軍獨立第二軍團軍團長衣特，曾經是聖王手下很受重用的一員大將，衣特很有才幹，領導第二軍團屢立戰功，聖王天雷很重視他，藍鳥軍整編後，獨立第二軍團也得到了改造，原本第二軍團是輕步兵軍團，但是，由於藍鳥軍裝備的大大提高，而本身重步兵就比較少，所以第二軍團在裝備時就傾向於重步兵行列，部隊士兵裝備比較好，幾乎接近於重步兵的裝備，是介於重步兵與輕步兵之間的一支特殊的部隊，作戰力強，速度比重步兵快，比輕步兵慢，地位超然，作戰頑強。

有獨立第二軍團的加入，威爾很快就掌握了主動，雖不能擊潰敵人，但敵人也占不到絲毫的便宜，兩軍攻擊速度漸漸地緩和了下來，進入陣型的對殺。

威爾、尼可、格爾、衣特四員大將在最前線參戰，發揮了穩定戰局和軍心的作用，四個人成一條線，威爾、格爾居中，衣特在左，尼可在右，五百米的距離，可以互相支援，減輕壓力。

維戈見獨立第一軍團激戰一天，命令獨立第四軍團上前替換，卡斯應命出擊，很快就把威爾替換下來，有第四軍團的加入，第一軍團慢慢地退出了戰場。

這時候，帕爾沙特也萌生了退意，不敢再把部隊投入進去，原因主要是他接到了河平城守將星洲的報告，藍鳥軍中央方面軍越劍部已經越過聖靜河，正在包圍河平城，河北大營主將星神戰死，河平城情況不妙，希望火速支援。

一天的戰鬥，帕爾沙特損失星光兵團一半的兵力，兩個主力重步兵軍團幾乎全部填了進去，軍隊損失近二十萬人，目前仍然在絞戰，沒有盡頭，帕爾沙特這時候才知道維戈不惜以消耗戰的方法與他對耗，其目的就是牽制於他，甚至不惜犧牲藍鳥第一、二、三、四軍團為代價，妄圖形成兩面夾擊的有利態勢，為中央方面軍爭取時間。

「好你個雪無痕，好你個維戈，好，好，帕爾沙特領教了，傳令軍隊在天黑後收縮，退入第三道防線，並密切注意敵人的動靜！」

「是，殿下！」

星智見帕爾沙特傳令收縮部隊，心中發痛，他對帕爾沙特說道：「殿下，目前維戈雖然攻勢很猛，但也沒有占到絲毫的便宜，我們退守三道防線，不是太虧了嗎？」

「哎，星智，你只看到了眼前，沒有看到全局。星神星洲鎮守河平城防線，一天的時間就被藍鳥軍越劍部突破，星神生死不明，河平城被圍，以藍鳥軍的騎兵的攻擊速度，藍鳥騎士團兩天的時間就能達到我們的側翼，側背夾擊，以如今我軍的態勢，如何應付？」

星智大吃一驚道：「星神難道戰死了？」

「這也不一定！即使藍鳥騎士團不上來，十天左右的時間，青年兵團越劍部也能殺到我軍的側翼位置，那時候我軍位置十分不利，如何是好？況且，河平城不能丟失，要給予支援，一定要擊潰越劍的攻擊，守住聖靜河防線！」

「那眼前維戈怎麼辦？」

「今天的攻擊，我們也不是沒有收穫，最起碼，維戈四個精銳軍團困在了此處，他也沒有什麼力量再發起全面的攻擊，只要我軍抗擊住維戈的攻擊勢頭，並擊潰越劍，雪無痕組織的這次進攻就無功而返了。」

星智考慮一會兒，接著對帕爾說道：「越劍和維戈兩面夾擊我部，無論是從兵力還是態勢上看，我軍都將處於被動地位，如想扭轉戰局，必須要北蠻人出兵牽制越劍部，和我們兩方的力量才能擊退越劍兵團，否則是不可能的！」

帕爾沙特沉重地點了點頭，語氣十分凝重地說道：「你既然看出問題的關鍵所在，就由你去走一趟吧，告訴蠻龍生死共存，沒有什麼利益可講，不擊潰越劍兵團，我們的日子都不好過，我想蠻龍是會明白的！」

「去吧，星智，全靠你了！」

「殿下，是我應該做的，我立即動身！你保重！」

星智下去後，帕爾沙特又凝視戰場片刻，然後叫過中軍官道：「你過去一趟，告訴星海部的北海明元帥今晚半夜開始撤軍至第三道防線，我已經命令星輝兵團接替他的左翼，讓他做好增援河平城的準備！」

「通知各部今晚的行動，要做好撤至第三道防線防禦的準備，命令把投石車、弩車、戰車都運過來，做好反擊的一切準備，那一個出事情，軍法處置！」

「告訴星射今晚撤回的事，要小心，各部要做好掩護的準備！」

「是，殿下，您還有什麼吩咐？」

「暫時就這麼多，你也辛苦了，等會休息一下！」

中軍官激動地看著帕爾沙特，滿臉關切地說道：「殿下，你也一天沒有休息了，連飯也沒吃一口，如今大戰已經穩定，殿下要注意休息，保重身體啊！」

「謝謝，你去吧！」

「是，殿下！」

中軍官又看了帕爾沙特一眼，轉身下去。

帕爾沙特滿心的焦慮，心中充滿著無奈，北蠻人不知輕重，到如今還在觀望、等待，雖說東部戰區也有大戰，但北平原中部的決戰關係到今後整個大陸的走向，如果星海聯軍抵抗不住雪無痕的攻擊，北蠻人豈能抗拒住藍鳥軍的全力攻擊，到時候，就連死也許都沒有一個葬身之地了。

如今，北平原戰區形勢已經明瞭，藍鳥王朝分三路出兵，左有藍翎維戈，右有藍羽雷格，中部青年兵團越劍，其餘各兵團爲配屬部分，東海聯盟和南彝忘恩負義，依附聖王雪無痕，跟隨出兵河北，尤其是東海六公子，東方秀爲前軍的先鋒走狗，漁于淳望爲水軍總領，全力支援藍鳥軍北上，南彝彝雲松雖暫時沒有動，但也許明天就會出現在北平原上。

藍鳥軍三路大軍中最危險的是中路軍，而最容易被擊潰的同樣也是中路軍越劍部，越劍從河東城以西渡河，明顯地可以看出是配合藍翎維戈作戰，夾擊星海聯軍，而藍羽雷格的牽制作用不問自明，用藍羽雷格牽制北蠻軍隊，雪無痕顯然是掌握了北蠻和星海聯盟的心裏去了，抓住北蠻人防範星海聯盟的心意，從東部爲北蠻人找一藉口，在中部不動北蠻人分毫，使北蠻減輕防範的心思，全力謀圖星海聯盟，然後再圖北蠻，戰略意圖不言而喻，可笑北蠻主蠻龍被雪無痕玩弄於股掌之上而不自知。

中路軍越劍部頂多出兵五十萬人，憑藉北蠻和星海聯盟軍的聯手，擊潰越劍部不是什麼大問題，關鍵是北蠻人沒有意識到雪無痕的險惡用心而不之知，如果被藍鳥軍各個擊破，大陸上那還有北蠻人的安身之地，也許北極的寒冷仍然沒有讓他們瞭解痛苦，星智這次的出使，不知道能不能說服北蠻主蠻龍。

在帕爾沙特胡思亂想的同時，星海聯盟的元帥星智已經踏上了去往北蠻的征程。

北蠻主蠻龍目前駐紮在河東城以北部的長白城。

長白城南距離河東城三百餘里，北距離北冥府城五百餘里，是整個北平原的中部，偏東，向西與凌川城較近，也只有三百餘里。

長白城是一個中等城市，人口只有三十餘萬人，城本也不是很大，但是，由於長白城地理位置十分突出，所以北蠻主蠻龍選擇長白城作爲北蠻人入主中原的都城。

北蠻人歷來不講究吃住，北蠻寒冷的極地雪窩使他們感到中原的任何一個城市都是天堂，只要有房子住，實在比雪窩強上百倍。蠻龍從戰略的角度考慮，定都於長白城，也顯示出他的深謀遠慮，至於其他問題，蠻龍則還沒有考慮那麼多。

前不久，蠻龍剛從河東城回到長白城，召集本部族的長老開會，討論北平原大戰的事情，在蠻龍的心裏，藍鳥軍是敵人，但星海聯盟更是強大的敵人，蠻龍對藍鳥軍瞭解得不多，對聖王雪無痕瞭解得就更少，但他對帕爾沙特和北海明瞭解甚深，知道他們倆是狼子野心，對北蠻一點也沒安好心，加上他們詭計多端，蠻龍也不得不防上一手。

如今，藍鳥軍出兵北平原東部地區，蠻龍正有藉口，不願意管河北的事情，藍鳥軍是從星海聯盟的地盤上渡河的，攻擊的也是河平城，要作戰也只有星海聯軍擊潰藍鳥軍，與北蠻的勇士沒有關係，他在等著看熱鬧呢。

蠻龍居心不良，坐看藍鳥軍與星海聯軍交戰，等待著兩敗俱傷，坐收漁翁之利，如意算盤正打得叮噹響時，星海聯盟軍元帥星智到訪。

對於星智，蠻龍還是比較喜歡的，一方面因爲星智年紀較大，爲人穩重、厚道，不藏奸詐，另一方面也是因爲星智與蠻龍談得比較來，兩個人有共同語言，蠻龍在星智的身上能感覺到強大北蠻帝國國主的感覺，其實是星智尊重蠻龍，自己謙虛而已。

既然是星智到訪，無論是國事私事，蠻龍都必須見見，不能失去禮數，蠻龍吩咐一聲：「請！」

星智昨天旁晚時分離開前軍大營，一夜奔馳數百里，拂曉時分到達長白城，略微休息，前來拜見北蠻主蠻龍，聽見蠻龍說了個「請」字，星智這才鬆了口氣，他還真怕蠻龍不見，那麼事情就不好辦了，既然蠻龍有請，事情自然就沒有想像中那麼嚴重。

星智邁大步前行，不一會兒來到宮內，說是王宮，其實就是城主府，略加修正一番，加上一些獸皮，鳥毛等裝飾品，再添上幾張大座椅，就算完事。

蠻龍在門前相迎，星智見了非常的感動，忙上前拜見道：「國主尊貴之軀，星智那敢屈就，真是罪過了，星智謝謝國主恩情，祝國主萬壽無疆！」

「哈哈，老朋友，你的到來使我很高興，請吧！」

「謝國主，國主先請！」

蠻龍也不再客氣，當先向屋內走去，星智緊隨其後。宮廳內沒有什麼外人，兩個人落座，有人獻茶，星智又客氣一番，兩個人這才轉入正題。

「老朋友如今事情正多，我想是無事不來，說吧！」

北蠻人性格直爽，直來直去，說話從不繞圈子，蠻龍雖然是一國之主，性格倒是一點也不比其他人差，一語切中。

「國主對星智的恩義，我暫且記下，以後必有所報，我今日來是有關我們兩國的大事情，這裏沒有外人，作爲老朋友我就直說，不到之處請國主一一指出，我們再討論，如何？」

「好，與老朋友說話就是痛快，說吧！」

「目前，藍鳥王朝坐用南方大陸，實力雄厚，藍鳥軍經過兩年的休養生息，戰力大漲，聖王雪無痕狼子野心，一心想吞併北方大陸，統一四海，如讓其完成這樣的事情，無論是北蠻還是星海聯盟，必將無存身之地，對否？」

「老朋友說得對極了！」

「如果一旦雪無痕統一北方，北蠻人就必須退回極北之地，再受風雪嚴寒之苦，星海聯盟最不濟也就是安於現狀，退回帝國，總比國主強吧！」

蠻龍沒有說話，只點了下頭。

「目前，聖王雪無痕發動聖戰，說白了就是侵略我們兩國，什麼聖戰，簡直就是胡說八道，但是，藍鳥軍的將士並不清楚這些，藍鳥軍的作戰能力可是有目共睹的事，如今，在東部地區，藍羽雷格發動了越河攻擊，其目的就是要把北蠻牽制在聖戰之內，三王蠻彪托天之幸，沒有損傷，但藍鳥軍也是殺人無數，國主的子民沒少犧牲，國主平亂之心，星智極爲理解，爲族人的幸福而戰的決心，我也從不懷疑！」

「老朋友說得好，我正是這麼想的！」

「但是，國主你想過沒有，藍鳥軍出兵北平原是三路大軍，西部維戈暫且不說，就說中央的越劍部吧，很明顯，越劍渡河是從河東城以西開始，繞開北蠻的勇士，直指河平城，妄圖一路北上，與西部的藍翎夾擊我軍，一旦越劍和維戈取得成功，星海聯盟軍就必須退回國內，這樣一來，北平原就只剩下北蠻與藍鳥軍了，國主你想：一旦星海聯軍戰敗，藍鳥軍勢必會配合東部的藍羽發起兩面的夾擊，全力圖謀北蠻，而北蠻的人口加在一起也不過百萬，而藍鳥軍就有幾百萬人，國主能勝利嗎？如果失敗了就必須退回極北受苦，對否？」

「老朋友接著說！」

「藍鳥軍的目的再明顯不過，東路牽制，全力西圖，擊敗我軍後再夾擊貴國，目的之險惡昭然若揭。如今，我們兩國各東西抗擊一路藍鳥軍，對於中路的越劍部就必須兩國共同承擔，各自抽調兵力把他們擊潰回河南，然後再對東西兩軍圖謀，否則，大禍將至啊！」

蠻龍這時候也是表情嚴肅，站起身來，在大廳上來回轉圈，仔細思考星智的話。星智說得句句在理，句句擊中要害，雖然沒有說出北蠻的用心，但是從分析藍鳥軍的情況把話說得很明白，合則利，共存，分則敗，共亡，星海聯盟敗，北蠻將獨立抗拒藍鳥軍，星海聯盟也不會幫助北蠻，反之合作，兩國共存於北平原之上，各取所需，互不干涉。

蠻龍雖然是個粗人，但粗中有細，大局觀念還是有的，藍鳥軍的戰略目標正如星智所說，一點也不會錯，如讓任何一家獨立抗擊藍鳥軍的進攻都將失敗，而兩國合作勢必可以擊退藍鳥軍，保持現狀。

經過一番思考，蠻龍對星智說道：「老朋友的話我聽明白了，不過關於出兵的事情也不是我一個人說了就算的，這樣吧，老朋友既然來了，就休息兩天，我召集長老們開個會議，討論一下，後天給你答覆，我想沒有什麼問題，如何？」

星智滿懷感激之情說道：「國主深明大義，星智佩服，不過動作要快，否則一旦藍鳥軍在河北站穩腳跟就來不急了！」

「我明白，老朋友放心就是！」

北蠻人的長老雖都在中原，但召集起來也不是很容易，因爲北蠻人分許多部落，每一個部落的長老多在部族，要來到長白城至少也需要一天的時間，這還是最快的速度。

八月二日，上午，太陽剛升起不久，藍鳥騎士團河過聖靜河，到達河平城外，並開始向北方地區搜索，清出殘餘星海聯盟軍。

午後，南彝兵團全部渡過聖靜河，在平原城外與青年兵團會合。

八月三日，上午，藍鳥幼字營越過聖靜河，與大軍會合。

藍鳥騎士團在大將軍溫嘉的率領下首先向北發起了進攻。

青年兵團四個軍團八萬餘人在越劍的率領下隨後起身北上。

新月兵團九萬餘人跟進，並加強對東側翼的保護。

南彝兵團十萬人在河平城以東方向展開防禦。

與此同時，星海聯盟軍星海兵團三十萬人馬在大元帥北海明的率領下，南下支援河平城，聯盟軍主帥帕爾沙特率領其餘人馬退後十里，全力防禦藍翎維戈部東進。

堰門關外，星沙兵團展開了牽制性攻擊。

午後，藍鳥軍四個攻城大隊抵達河平城外，分四個方向安置攻擊陣地，等待攻擊。

聖靜河再一次喧鬧起來，而在河北岸，大軍雲集，斥候穿梭，信鴿亂飛。

在連續兩天時間裏，堰門關東西部地區的戰鬥仍然在激烈地進行，北方面軍主帥維戈繼續保持中路的重點進攻，不過，在其右翼騎兵軍團裔秀部也展開了持續的攻擊，牽制星海兵團的南進速度，星海聯軍拼死抵抗，雙方絞殺十分慘烈，短人族戰斧團已經準備側翼增援。

而在北蠻帝國的長白城，星海聯盟和北蠻帝國也終於達成了聯合出兵的協定，北蠻主蠻龍承諾出兵十萬策應北海明的攻擊。

在東部戰區，藍羽騎兵在雷格次帥的率領下西出北平原，四下游走攻擊，然後迅速轉移，尋找戰機，他們以殺傷敵人的有生力量爲目的，吸引了北蠻帝國的大部分兵力，而步兵在東方秀的率領下一面防禦，一面休整。

八月四日，河平城攻防戰正式打響。

凌晨，雅星身披天藍色的斗蓬，手提寶劍站早河平城南門外，旁邊站著少主夢雷、元帥凱武、王師凱文等人，身後，兩個方陣八十輛投石車早已經做好了準備，一萬五千名青年軍團的士兵和兩萬五千名幼字營的戰士列成攻擊陣型，而無數的攻城車、雲梯手整裝待發。

雅星眼裏精光暴漲，臉上煞氣上湧，他用低沉的聲音說道：

「命令四門開始攻擊！」

號炮聲響，震天動地，從河平城東西南北四個方向同時響起了號炮聲、戰鼓聲，投石車開始了轟鳴，無以計數的石頭、弩箭向城頭上飛去，血光在轟鳴聲中閃現，城頭上無數的士兵被砸成肉餅，飛石不斷，持續不絕。

城下，一萬名盾牌手、填裝手士兵手提盾牌、肩扛麻袋向護城河湧去，把護城河填出一段路，後方，攻城車在百名士兵的推動下緩慢地向前靠去，雲梯手穩而不動。

河平城守將星洲在親衛的保護下大聲地喊叫，指揮軍官命令士兵重新排好防禦隊形，傳信的士兵不斷地向三個城門方向跑去跑回，傳遞著各式各樣的消息，而城上的士兵拼命地向城下放箭，以阻擋藍鳥軍填充護城河。

投石車的轟擊使河平城的守軍損失慘重，一批批死傷的士兵被抬了下去，新的補充士兵又填補到空缺的位置上，星洲知道這樣一來，士兵損失必大，但他也沒有更好的辦法，城下，藍鳥軍正在填充護城河，總不能眼睜睜地看著敵人把護城河填滿吧，所以，城上無數的滾木、雷石、弩箭、弓箭像雨點般灑下，士兵是一批批地換。

河平城原有守軍十萬人，加上從河邊敗退回的士兵二萬餘人，守護兵力近十三萬，用這些的兵力防守河平城說多不多，說少不少，因爲藍鳥軍攻城部隊也不多，總兵力也僅僅十五萬多些，其中新兵幼字營就整整十萬人。

投石車持續轟擊大約有兩個多時辰，造成守軍三萬餘人傷亡，經過這一陣的轟擊，星洲也有了一些經驗，把士兵拉大距離，兵力持續投入防禦，藍鳥軍畢竟只有填充部隊，真正的攻城還沒有開始，加上損失大，他也不敢再多投入兵力。

但雅星是不會給予星洲這樣的機會，見城上的士兵減少，投石車轟擊也有一個時辰的時間了，立即命令雲梯手移動，後方，五千名首批攻城部隊立即跟上，守將星洲見大事不好，立即把預備隊補充到城頭，準備反擊。

攻城部隊前進有一段距離後放慢了速度，這時候，投石車又開始了新一輪的轟擊，守城士兵在巨石中紛紛倒下，損失再一次達到了高潮，如此反覆，連續三次，天已經過午間了。

雅星見部隊攻擊一個上午了，忙命令士兵休息，後勤部隊立即把飯菜送到前線，士兵抓緊時間開飯，就在城下休息起來。

守軍見雅星公然在城下命令士兵休息，偏將統領立即要求星洲出兵城外，殺敵人個措手不及，但星洲搖了搖頭，然後說道：

「兄弟們，你們認為像雅星這樣的人物，會犯這樣低級的錯誤嗎？」

眾將不敢言語，誰也不敢相信像雅星這樣赫赫有名的軍師會想不到這樣的事情，一旦敵人另有埋伏，後果不堪設想。

星洲見大家不再說話，這才語重心長地說道：「藍鳥軍大軍壓境，騎兵多不勝數，藍鳥騎士團如剛似鐵，速度之快、攻擊力之強無人可擋，一旦我們冒然出兵，城門有失，你們想想後果會怎麼樣？」

眾將一齊搖頭，星洲繼續說道：「我們的任務是固守待援，等待後軍，不求有功，但求無過，敵人休息，我們也抓緊吃飯，一會兒，我相信敵人會重新開始，眾位抓緊時間吧！」

「是，將軍！」

第十三章　勢不可擋

守軍諸將剛剛下去休息，飯才吃上兩口，藍鳥軍的號角聲又起，腳步聲傳出很遠，眾人不敢怠慢，忙來到城上，就見藍鳥軍已經休息完畢，重新排好隊形向城門方向推進。

這次藍鳥軍的攻勢浩大，攻城車、雲梯手、攻城兵一起推進，而明顯突出的是在攻城部隊中夾雜著巨大的戰象，不下幾十頭，戰象高二米多，士兵座在上面高達到四米以上，騎槍弩箭緊緊握在士兵手中，在四隻戰象的中間，用鐵鎖鏈鎖著一根巨大的滾木，頭部包鐵，隨著攻城部隊向城門湧來，顯然這是撞城門的部隊。

守將星洲倒吸了口冷氣，心想：雅星果然另有準備，冒然出城，後果不堪設想，幸好自己小心謹慎，沒有聽大家的話，於是他大聲喊道：

「士兵各就各位，加強城門方向的防禦，快，把預備隊調上一個中隊給城門位置！」

「是，將軍！」

星洲話音剛落，藍鳥軍的投石車部隊就開始了轟擊，但是，星洲也是第一次見識到戰象參戰，不敢怠慢，把兵力加強到極限，全力防禦，以防不測。

藍鳥軍攻城大隊顯然把轟擊力集中到了城門的方向，成噸的石塊向城樓一帶轟擊，把城樓砸倒半邊，在巨大的轟鳴聲中不斷倒下，守城士兵被砸死砸傷無數，但守軍繼續補充，冒著石雨開始反擊。

藍鳥軍士兵推進的速度極慢，戰象搖搖晃晃，懶散般地前進，攻城部隊僅僅向前推進了十多米距離後就慢了下來，整個攻城部隊和投石車大隊配合的天衣無縫，停停走走，如此反覆，守軍又損失將近四萬人，天已經漸漸地黑了下來。

雅星繼續命令士兵開飯，這次休息的時間比較長，天完全黑下來後，城下，點起了無數的燈籠火把，把河平城的四周圍照得一片通紅，圍城一個圈形，士兵休息約一個多時辰，藍鳥軍又開始了攻擊。

這次，元帥凱武一身盔甲，手提大刀，臉上也浮現出殺氣，百名豪溫家族的好手緊緊地跟隨在他的身邊，雅星、凱文一臉嚴肅，靜靜地等待著。

投石車轟擊了一個多時辰，雅星看著凱武說道：「二叔，還是我上去吧，我要爲父親報仇，親手拿下河平城，以慰他老人家在天之靈！」

「星兒，你的心意二叔明白，但是，你是豪溫家族的家主，肩上責任重大，擔負著整個家族的命運，一旦有失，我怎樣向列祖列宗交代，怎樣向父親交代，又怎樣向哥哥交代？二叔年紀已大，一生戎馬生涯，死不足惜，由我親自上去也是一樣，只要我們拿下了河平城，豪溫家族就對聖王有了個交代了！」

雅星眼含熱淚，輕輕地點著頭，然後，雅星大聲傳令道：

「點炮，擊鼓，命令投石大隊給我狠狠轟擊！」

「是，軍師！」

號炮聲、鼓聲漸漸響起，隨後，其餘三個方向也是號聲鼓聲大作，投石車、弩箭車加緊了轟擊，整個河平城地區震天動地，聲音傳出了很遠。

凱武看了雅星一眼，嘴裏緩緩說道：「星兒，可以開始了！」

雅星用力點頭，然後大聲吩咐道：「各部準備，攻城立即展開！」

「是！」

藍鳥軍如潮水般向河平城湧去。

凱武手提大刀，大踏步向前走去，挺拔的身軀高大威武，周圍，百名好手緊緊地保護著他，一個個年輕的臉上帶著興奮、肅殺。

投石車使勁地把巨石投上城牆，雲梯手把雲梯靠在牆上，士兵往城上爬，攻城樓車從護城河上越過，幾乎與城牆一般高的樓車把踏板伸出，搭在牆垛上，弓箭手從兩側箭孔中放箭，攻城兵從踏板上一擁而上。

守軍拼命地反擊，石塊、滾木、弩箭、弓箭亂飛，向樓車、攻城車和雲梯上士兵砸，青年軍團的士兵冒著死亡威脅的箭雨，拼命向上攻擊。

一天的激戰，守軍備受打擊，無論是精神、體力都已經下降，面對藍鳥軍投石車的無情轟擊，士氣幾乎消耗殆盡，兵力損失早已經在三分之二以上，如今藍鳥軍展開全面攻擊，在優勢攻城裝備和士兵雙重打擊下，已經耗盡了最後的力量。

軍師雅星沒有讓幼字營上，青年軍團一萬五千士兵足夠應付，他們都是多年作戰的老兵，經驗豐富，作戰兇悍，在主帥下達攻擊命令後，前鋒五千人已經衝了上去。

凱武是跟隨第二批攻擊部隊上去的，在親衛的保護下，凱武登了雲梯，前鋒已經和守城的軍兵戰在了一起，城頭上到處都是喊殺聲，刀光閃爍，在夜空中劃過一道道美麗的弧線。

當凱武登上城牆的時候，守城的軍兵已經被攻城部隊逼到了城牆的馬道上，拼死抵抗。

守將星洲胸口插著三支弩箭，鮮血染紅了衣襟盔甲，他臉色蒼白，面無血色，在幾名親衛的攙扶下向後撤退，他掙了掙士兵扶著的雙手，用柔弱的聲音說道：

「幾位兄弟，放我下來吧，我已經不行了，星洲能有你們這樣的幾個兄弟一生足矣，大丈夫血灑疆場是最好的歸宿，我早已經無憾了！」

「將軍！」親衛們雙眼落淚，泣不成聲。

「好了，星洲奉殿下之命固守河平城，如今城已破，星洲只有殺身成仁，這是我最好的結局，難道你們不知道我回去的後果嗎？快放下我！」

「將軍！」親衛一陣辛酸，把他放在了地上。

星洲掙扎著站了起來，用目光向南門方向打量，如今南門地區混戰城一團，城門剛剛被藍鳥軍打開，城外轟響的馬蹄聲清晰可聞，城內血光沖天。

星洲遠遠地望去，只見門前一員老將軍銀鬚黑甲，手提大刀，不停地揮舞斬殺，每前進一步必有一人倒下，十步之內無一合之人，他那威武不屈的英姿越加顯得高大。星洲精神一振，掙脫親衛攙扶的手，向前撲去。

雅星在城門打開的一剎間就命令幼字營投入了戰鬥。

幼字營的孩子們從小就受過戰爭的創傷，他們是戰爭中的孤兒，接受的教育也是忠於聖王，忠於藍鳥王朝，忠於藍鳥軍隊，殺擊侵略者，拯救民族，還我家園，並不斷地在接受武藝鍛鍊，戰爭早就在他們的思想中存在，只是還沒有身臨其境而已，如今他們置身於戰場之中，血的洗禮使他們變得興奮、渴望、麻木，對敵人的憎恨和對榮譽的追求使他們成熟起來，殺性大發，比老兵更加的兇狠、頑強。

少公子夢雷年紀比較小一點，但是，聖王天雷仍然把他置身於戰場之中，他就站在軍師雅星的身側。

夢雷從小生長在藍鳥谷，父親的事蹟成爲他童年時候的夢想，身心的追求，從接受武藝的那一刻起，他就知道自己要做一個像父親一樣的人，他不停地鞭策自己，苦練武技，來到中原後，從各個方面鍛鍊使他懂得：只有在軍隊中才能獲得榮譽，才能得到與自己相匹配的身分、榮耀，他渴望參加戰鬥，讓父親知道他也是一個戰士，一個藍鳥軍真正的戰士，所以在凱武元帥出發的時候，他就想跟著上去，但是雅星不准許，陣前他不敢不聽軍令，如今聽見雅星攻擊的命令，當先催馬而出，直指城門方向。

軍師雅星苦笑了一下，搖了搖頭，對身邊的叔叔凱文說道：「叔叔，交給你了！」

「星兒放心，我知道該怎麼做！」凱文不敢怠慢，急忙跟著衝了出去。

「保護好公子！」

「是！」

一萬名藍鳥勇士齊聲應諾，急忙催馬而出。他們是少公子夢雷從藍鳥谷帶出來的人，兩年多的鍛鍊使他們都已經成爲了合格的勇士，保護公子就是他們的責任，看少公子衝出，幾十個親衛早就跟了上去，而餘下的人一聽雅星的話，那敢怠慢，急急忙忙殺了上去。

幼字營的瘋狂使青年軍團的老兵都爲之害怕，他們在幼字營士兵狂殺的時候就退出了戰鬥，只在一旁保護，監視敵人逃跑的動向，面對幼字營孩子們的武藝、殺法、殺性，他們沉默了，他們都是從年輕時候走過來的人，知道年輕人瘋狂的可怕與無敵。

在整個幼字營開始瘋狂的時候，凱文就把少公子夢雷拉下了馬，並緊緊地拉在了身邊，然後帶著他走出了城外，雅星默默地看著夢雷，他那幼稚的小臉上已經帶著一絲的殺氣，雙眼中暴射的寒光表示著他心中的渴望，不願意離開的腳步代表著他熾熱的心，但是，雅星凱文不敢放夢雷出去，一旦夢雷沉迷於殺伐中，絕非王朝之福，百姓之福，他自己之福，所以乾脆把他帶離了戰場，夢雷儘管不願意，但是，王師凱文的地位、軍師雅星的威嚴使他屈服了，他不敢違背這兩個人的任何決定，因爲是父王交代過。

天亮後，雅星不用看就知道河平城內是一個什麼樣的結果，他在城外祭奠了父親，然後傳令幼字營收兵，巨大的號炮聲震醒了年輕的士兵，他們從殺伐中走了出來，走出了城外，然後就直接倒在了地上，青年軍團的士兵立即打掃戰場，清理一切。

中午時分，聖王天雷得知軍師雅星收復河平城的消息，心中大喜，忙傳令雅星休息一天，然後把軍權交給凱武元帥，回轉藍鳥城。

雅星在晚間時接到聖王的命令，不敢違背，休息一夜，第二天把軍權交給凱武指揮，自己完成心願，回轉京城藍鳥城。

中央方面軍前軍先鋒大將軍溫嘉率領藍鳥騎士團八月二日越過聖靜河，三日領兵北上，一路上沒有遇到什麼大的阻礙，進展順利，一天行走兩百四十里，駐軍休息，等待後續部隊。

中央方面軍沒有別的騎兵，只有藍鳥騎士團一支，而且是整個藍鳥軍中最精銳的部隊，所以當之無愧成爲了先鋒，大將軍溫嘉是抵擋一方的人物，領軍作戰沒有問題。

河平城距離凌川城四百里，騎兵只需要一天半的時間，步兵就需要七八天左右，如今，藍鳥軍向西北進攻，而星海聯盟軍由西北向南，兩軍對進，碰頭自然就在中間的某一地點了。

藍爪斥候不斷地把前方的消息報告給溫嘉，加上北方面軍維戈傳來的消息，溫嘉估計再有一兩天的時間，敵人北海明率領的星海兵團就能與自己碰面，目前，藍鳥騎士團獨自先行北上，步兵還遠在後方一百多里外，想來也不一定能趕上了，溫嘉考慮再三，決定先休息等待敵人與自己的後軍。

星海聯盟軍主帥帕爾沙特八月一日趁夜撤軍，一陣後撤十里，轉入第三道防線，大軍重新部署，按照星光和星輝兵團現有的兵力的安排防禦，星海兵團轉入二線，立即休息，準備天亮後增援河平城。

凌晨，帕爾沙特和北海明開了個碰頭會，根據星智傳回來的消息，北蠻人大有可能出兵協助，一旦聯盟成功，從河平城方向北上的藍鳥軍中央方面軍，就有可能受到正面和東側翼敵人的夾擊，而河平城就成為中間牽制中央方面軍的重點，藍鳥軍中路將轉入被動的態勢，一旦中央方面軍被擊退，星海聯盟和北蠻將分西、東各擊藍鳥軍一路，藍翎、藍羽將不能形成決定性的攻擊，北平原將再次進入戰爭的僵持階段，藍鳥王朝聖王主持的第一次北平原聖戰將徹底流產。

從戰略角度上考慮，星海聯盟支援河平城將勢在必行，而且越快越好，另外，就是河平城的十幾萬兵力也不能不救。

帕爾沙特和北海明商量過後，決定由北海明率軍南下支援，全部兵力為星海兵團，三十萬人，與河平城方向的十餘萬軍隊構成一線，如果北蠻人出兵，則形成三角形的態勢，藍鳥軍中央方面軍越劍部將沒有成功的可能。

臨出發前，帕爾沙特拉著北海明的手說道：

「北海明大哥，河平城之戰，關係全局，擊潰越劍部，全局將活，藍鳥軍從此後將在北平原無大作為；一旦失敗，凌川城將受到兩面夾擊，然後，合東、西兩面之力，藍鳥軍將橫掃北平原，雪無痕統一大陸之勢將再無阻擋！」

「殿下，我明白！」

「我瞭解北海明大哥的才幹，並從內心深處信任大哥，雪無痕胸懷天下，野心勃勃，北方能夠阻擋雪無痕腳步的也只有我們兩個人，只要我們聯手，打敗雪無痕也不是不可能的，但是，也將十分艱難。這次大哥南下，作戰將非常艱苦，敵人中路軍實力雄厚，名將眾多，而軍師雅星也親自隨軍出征，一個疏忽將造成不可估量的後果，所以，大哥一定要小心！」

「是！殿下，我有句話不知道當講不當講？」

「大哥不用客氣，請說！」

「殿下，無論我們怎樣看待雪無痕，但是有一點卻是事實，那就是雪無痕很有才華，手下能人眾多，藍鳥軍取得如今的榮譽與地位不是白得來的，是從千軍萬馬中殺伐而來的。這次北平原作戰，雪無痕經過了兩年的精心準備，計畫我想必然十分周詳，加上藍鳥軍作戰能力極其強大，我們不得不往最壞的方面考慮！」

帕爾沙特沒有說話，輕輕地點了下頭。

北海明接著說道：「北蠻人目光短淺，必然誤事，如今藍鳥軍已經踏上河北，可他們仍然在爭論不休，聯合出兵的事情還沒有最後敲定下來，時間就剩下不多了，一旦星神、星洲頂不住越劍和雅星的攻擊，河平城丟失，我率軍南下也必然危險重重。凌川城不大，不利於戰略攻防，地理位置不是十分理想，況且，它西有藍翎維戈，南有越劍，兩面夾擊後果不堪設想，所以我建議殿下在我走後，要立即組織百姓撤退，不要做固守凌川城的準備，如果我們戰敗，也好有一退路，不可把所有力量都丟盡在此！」

帕爾沙特沉吟了一下道：「大哥說得有理，我會準備的，萬事都要從最壞的方向去想，不可有絲毫大意。星神和星洲是頂不住越劍和雅星兩個人的，如果我們不支援，失敗是早晚的事情，如果他們連十天都抵抗不住，我們就危險了。」

「我也是這麼想的，藍鳥軍這次渡河，首先將面臨的就是河平城，他們必然要在河北找一處落腳處，而攻克河平城將是最好的選擇，如果星神和星洲合兵在一起，固守河平城是可以堅持一段時間的，但問題是，事情並非如此，所以事情就必須多做一些準備。」

「大哥，你認爲他們能堅持多久？」

「最多十幾天，少則五七天。」

「好吧，我們就賭他七天時間，大哥，我相信如果有七天的時間，北蠻也必然出兵了，大哥一路急行，到達河平地區後穩紮穩打，不求有功但求無過，再配合北蠻人兩面夾擊，越劍是挺不住多久的！」

「好，殿下保重！」

「大哥您也保重啊！」

天亮後，北海明率領星海兵團拔營起寨，趕赴河平城方向。軍情緊急，時間就是勝利，他督促軍隊快速上路，一日行走六十里，這也比正常行軍速度快了許多，北海明怕士兵體力消耗太大，所以提前休息，沒有繼續趕路。

第二日又行走了六十里，斥候來報，發現藍鳥軍騎兵部隊駐紮在前方不遠處，沒有採取任何行動，整個大營估計只有一個軍團的規模，北海明考慮了一下，心想：這一定是藍鳥軍的阻截部隊，河平城還沒有丟失。

「傳令各部抓緊時間休息，明天一早出發，晚間要加強戒備！」

「是，元帥！」

「另外，再派個人去聯絡北蠻人，看看他們的部隊到達什麼位置，確認一下什麼時間可以配合我軍作戰！」

「是，元帥！」

北海明走出大營，眼望著南方灰濛濛的天空，心中一片茫然。

夜晚好像變得非常的暫短，不久天色已經大亮，北海明知道要面對藍鳥騎士團的阻截，所以也早早做好準備，把戰車排在了最前面，後部配合重步兵，兩翼長槍兵保護，整個大軍以戰鬥隊形攻擊前進，打算一舉衝破藍鳥騎兵的防線。

「出發！」

北海明沒有任何懼色，下令出擊，大軍浩浩蕩蕩，成一字長蛇形向前挺進。

走出十餘里，大軍速度漸慢，士兵情緒有所下降，也有所鬆懈。這時，突然從前面傳來的呼叫聲把士兵的心重新振奮了起來，心弦頓時繃得緊緊的。北海明急忙向前走去，用目光向前打量，一看之下，頓時倒吸了口冷氣。

藍鳥騎士團成十個方陣列立在半里開外，黑色的盔甲在剛剛升起的陽光照射下泛著陰森的光，整個大軍鴉雀無聲，靜靜地等待在原地。士兵一身重甲，個個手提長大的騎槍，保持著攻擊隊形。

一桿天藍色的大旗呼啦啦地飄擺，在晨風中格外的醒目，旗幟之下，一員大將跨下一匹黑馬，高大的身軀如一座山一樣的穩重，他臉色黝黑，目光陰森，手提一對重劍，在黑色的方陣中格外的突出。

「騎士團，前進！」

伴隨著震天的沉喝聲，藍鳥騎士團如一股黑色的鋼鐵洪流，滾滾而來。

沉悶的馬蹄聲敲響大地，藍鳥騎士團士兵整齊的喝聲響徹雲霄，而他們那一往無前的氣勢讓所有的敵人爲之卻步，心膽皆顫，五萬對三十萬，藍鳥騎士團沒有一絲一毫的退卻，勇敢地殺了上來。

「準備戰鬥，準備防禦陣型，兩翼戒備，弩箭手、長槍兵快上前，快，快！」

北海明拼命地喊著，急忙傳令準備，三十萬大軍迅速移動，士兵在恐懼中有序地排列，全部展開防禦，長槍兵把長槍斜豎在地上，士兵蹲下身子，後面，弩弓手、弓箭手開弓放箭，使用一切方法阻擋敵人靠近。

「戰車出擊，立即出擊，衝散敵人的隊形，快！」

北海明抓緊時間調度，動用一切力量反擊，他知道藍鳥士團是重騎兵部隊，況且攻擊力十分巨大，如果讓重騎兵靠近，即使能消滅敵人，自己的損失也是不小的，南下支援河平城就將因爲溫嘉的衝擊而流產。

藍鳥軍不缺少弩弓弩箭，騎士團每一個人都配備一個，所以一見敵人戰車出擊，前排的士兵就放下了長槍，換上了弩箭，首先開始了遠距離的攻擊。

十個戰陣橫向達四五里寬，中間凸凹的陣型像張開的血口，兩翼迅速加快，成弧線形裹了上來，沒有什麼猶豫，馬蹄震響聲中，兩軍撞在了一起。

藍鳥騎士團每一個縱隊間隔有五米距離，兩隊之間的士兵可以用長槍相連，覆蓋整個隊列之間的距離，士兵前後也保持五米的距離，每十二個人爲一小隊，兩隊之間可以互相配合保護，每三個人一小組，交叉掩護攻擊，十二個人一大組，設一小隊長，各組之間也強調配合，這是騎兵作戰的陣法，能增強攻擊力，減少傷亡。

每五千人爲一個大陣，由一名統領或副統領負責，兩陣之間距離稍微大一些，由軍旗指揮，中間由大隊長、中隊長等軍官負責作戰。三個大陣組成一個三角陣，一前兩後，配合攻殺，陣法之嚴密相當的厲害。

第十四章　利斧逞兇

溫嘉一路向前殺，一邊指揮戰鬥，在快要殺到敵人陣尾的時候，各部騎兵開始減慢速度，成弧線形轉頭，有的分成單獨的陣形轉移方向，向兩翼殺去，反正那裏敵人多就向那裏殺，這時候，沒有戰車的威脅，重騎兵如魚得水，所向披靡。

星海兵團三十萬人亂作一團，許多建制被騎兵衝散，軍官重新開始召集士兵，組織防禦，這時候也不管誰是誰的軍隊，只要是軍官的指揮，士兵就很快地靠過去，再組織防禦，面對藍鳥騎士團的衝擊。

北海明這時候也沒有什麼好辦法了，藍鳥騎士團已經衝擊了大隊中間，想擺脫騎兵談何容易，只有一面命令各個軍團長開始反擊，一面招回戰車從側翼圍堵，爭取把騎兵趕出去。

兩軍殺聲震天，血流成河，藍鳥騎士團在星海聯盟軍中開始肆虐。

太陽近午間的時候，從兩軍交戰的西方又傳來轟鳴的馬蹄聲，戰馬蹚起的塵土飛揚，瀰漫整個天空，蹄聲漸漸接近，北海明心中大驚大事不好。

騎兵漸漸接近，飛揚的藍色旗幟標著「短人族戰斧軍團」，少族長卡萊端座在戰馬上，雙眼流露出煞光，他手舉一柄巨大的戰斧，大手一揮，傳令道：

「兩翼攻擊，分散攻殺，不要讓騎士團的人小看了短人族勇士！」

「是，少族長！」

幾萬把小斧飛滿天空，落在敵人的陣型裏，緊接著巨大的戰斧連閃，許多敵人士兵倒在了地上，短人族騎兵專找重騎兵蹚過的空隙斬殺，一小隊士兵把被重騎兵趕散的小股敵人再包圍斬殺，他們的速度比重騎兵還快。

溫嘉遠遠地看見短人族戰斧團趕來支援，心下大喜過望，他抖擻精神率領藍鳥騎士團的兄弟專門往敵人多的陣線衝殺，很快就把敵人殺散，然後就是短人族騎兵的事情了，輕重騎兵相互配合，半個多時辰就摧毀了敵人的意志，星海兵團開始潰退，四下奔逃，不久就煙消雲散。

北海明見事已至此，再努力也沒有什麼用處，只好帶領部分軍隊邊打邊撤，好在無論是藍鳥騎士團還是短人族戰斧團都沒有發現北海明的位置，倒讓北海明撤了出去。

溫嘉狠殺一陣，與卡萊碰面，他倆的私人交情不淺，當初溫嘉任聖寧河南兵團統帥，率軍對抗南彝軍隊時，與卡萊結下了深厚的友誼。如今在聖靜河北平原相見，愉快之情不言於表。

溫嘉大笑說道：「卡萊，好樣的，來得好！」

「大將軍虎威仍在，藍鳥騎士團不愧爲聖王最看重的部隊，今日我們兩軍配合，一定要把北海明殺怕了爲止！」

「好，卡萊少族長有如此豪氣，溫嘉無不奉陪到底，再殺！」

「痛快，短人族兄弟們，給我殺！」

「是，少族長放心，不會給族人丟臉的！」

「哈哈！」

「好，騎士團的兄弟們，我們可不能丟了聖王的臉，給我狠狠地殺，哈哈！」

戰鬥殺到晚上時，戰場向北挪動了有五十里，遍地是星海聯軍士兵的屍體，星海兵團三十萬人馬被藍鳥騎士團和短人族戰斧團斬殺二十餘萬，其餘散入四野，他們分成十幾個千人分隊在方圓五十里內繼續搜索敵人的殘兵敗將。

大將軍溫嘉一面派人把作戰情況向方面軍主帥越劍彙報，一面命令各部清點損失，與星海兵團一戰，藍鳥騎士團陣亡八千零三百一十六人，傷者無數；短人族戰斧團戰死三千六百三十八人，多人負傷，士兵個個疲憊不堪，倒在大營內休息。

第二天一早，次帥越劍率領先頭部隊趕到大營，與騎士團和戰斧團會合。

越劍早就得到了消息，知道北海明率領星海兵團南下，大將軍溫嘉獨自率領騎士團迎敵，困難、壓力很大，越劍雖然心急如焚，但所轄兵力都爲步兵，想快也快不起來，只有先帶領一部分精銳部隊起程，緊急趕赴支援，不想晚間就接到消息，溫嘉在短人族少族長卡萊的配合下，已經殺退了星海兵團，北海明率領殘餘部隊撤退回凌川城，他這才放下心來。

越劍站在大營的北門前，溫嘉、卡萊等將領都在兩旁相陪。他縱目北望，前方入目一片狼藉，到處都是死亡士兵的屍體、戰車的殘骸和戰馬的死屍，星海兵團丟掉的物資散落在各處，軍旗扔在地上，一具具屍體旁的血跡已經變成了紫色，大戰後淒慘的情景可以反映出戰鬥的激烈，越劍難以想像溫嘉只憑藉五萬藍鳥騎士團的騎兵，就敢衝擊星海兵團的三十萬大軍，並取得了如此輝煌的勝利。

他看了身邊的溫嘉一眼，只見溫嘉高大的身軀充滿了力量，威猛的氣勢讓人感到無法撼動，他黝黑的臉上嚴肅，雙眼大如鐵鈴，精光閃爍。越劍笑了笑，心想：難怪聖王天雷喜歡溫嘉，藍鳥谷出身的人都是怪物，讓人無法理解。

「溫嘉兄弟，卡萊兄弟，多謝你們了！」

「次帥說遠了，自家兄弟，何必這樣客氣！」

「可不是，為聖王作戰，這是我們短人族的榮耀，次帥不用客氣！」

「那我就不多說了，那你們看，如今我們該如何？」越劍問道，其目的是看藍鳥騎士團和短人族戰斧團什麼時候可以出發。

「次帥，北海明部已經被擊潰，我們距離凌川城只有兩百里左右，夾擊帕爾沙特已成當前之首要，時間緊急，我想藍鳥騎士團和短人族兄弟先出發，向北攻擊前進，主帥可以督軍在後，快速向凌川城靠近，儘早形成夾擊的態勢！」

「很好！」越劍一面回答，一邊向卡萊望去。

「次帥放心，短人族勇士沒有問題，立即就可以出發！」

越劍點頭回答道：「辛苦你們了，我也知道你們激戰了一天多，沒有休息好，但是，目前時間就是勝利，我們剩餘的時間不多了，北蠻軍隊已經有向西運動的跡象，如我們不能儘早擊潰帕爾沙特，將影響整個戰略部署，所以只好再辛苦你們，這樣吧，你們再休息半天，午後出發，要保持與維戈次帥的聯繫，做好夾擊的準備。」

「是！」

「剛剛得到了消息，軍師雅星大哥昨晚已經拿下了河平城，有河平城作為依託，南彝兵團、青年軍團一部和幼字營作為東側翼掩護，我們可以放心北進，擊潰帕爾沙特刻不容緩！」

「太好了！」

「說得是，我已經把消息彙報給了聖王，估計午後就能得到聖王的指示，中央方面軍首戰告捷，多虧了各位兄弟的鼎力相助。」

越劍和溫嘉、卡萊等說說笑笑，決定了今後行動的方向，然後，幾個人又到各處轉轉，慰問士兵，鼓舞士氣，處理傷患等事情。

聖王天雷坐鎮京師，一夜之間得到了兩次好消息，軍師雅星夜克河平城，大將軍溫嘉擊潰星海兵團北海明部，兩軍幾乎同時取得了勝利，河北中路軍局勢趨於穩定，戰略佈局已經初步形成，目前最需要的是抓緊時間擊潰帕爾沙特部，完成第一階段的作戰計畫。

聖王天雷詳細地聽取了關於幼字營作戰情況的彙報，心中大慰，藍衣眾五年的心血沒有白費，他們總算把幼字營訓練成出色的戰士，武藝精湛不說，只這份膽量、適應能力，就不是一般士兵可比，小藍鳥終於展開了幼嫩的翅膀飛翔了。

「楠天，幼字營的事也辛苦你們了，告訴兄弟們，爲他們每一個人記大功一次！」

楠天單膝點地，感激地說道：「楠天代藍衣眾的兄弟謝聖王了！」

「這是他們應該得到的榮譽，傳我的命令，把有經驗的訓練人員調入藍鳥軍事學院，擔任教官，享受中隊長級的待遇！」

「是，聖王！」

聖王天雷心中高興，難免話就多一些，他興奮地對楠天、奧卡和風揚說道：

「河平城戰役的勝利我固然高興，但是我最高興的還是幼字營的成長，他們是藍鳥軍下一代的中堅力量，只有他們才能擎起藍鳥軍的未來，藍鳥王朝要永保穩定，沒有小鳥是不行的，你們倆要記住，有時間就多關心一下藍鳥軍事學院的孩子們，他們才是藍鳥王朝的砥柱。」

「聖王，我們記住了！」

「你們三人從小就開始跟隨於我，在我身邊的時間不短了，打仗固然重要，但是沒有了戰爭還打什麼仗，要多長些心眼，要把握住未來的力量。楠天，你要記住，你永遠是我身邊的衛士，要永遠把培養近衛放在第一位，我給你權力，可以從藍鳥軍事學院任意挑選人員，但是首先要注重品德，武藝為次，要保證藍衣眾和藍鳥騎士團的忠誠度，要控制著他們，為我所用；奧卡，黑爪也可以從藍鳥軍事學院挑選人員，但也要保證品行，絕對不允許他們借助手中的權力謀取私利，一旦發現立即處決；風揚，你也一樣，只是與他們不同，你所需要的是有智慧的人才，要為額部培養出一大批參謀人員，要時刻有人手用。」

「你們三人跟隨在我身邊，我很放心，但要學會隱藏自己，保存力量，處事要低調，辦事要儘量求隱蔽，不為人所覺，藍鳥王朝統一大陸為期不遠，事情會很多，而你們就是我的眼睛，手中的武器，是看不見的一支絕對的力量！」

三人立即雙膝跪倒，叩首說道：「聖王大恩，楠天永世不忘，以後楠天的子子孫孫就是聖王家族的衛士，永遠保衛聖王家族的安寧，如違背今日誓言，楠天的子孫將斷子絕孫！」

「奧卡向聖王宣誓，奧卡家族的子孫永遠是聖王的眼睛，爲聖王家族服務，不求名利，但求爲聖王家族服務，如違背今日的誓言，奧卡家族將斷子絕孫，永不輪迴！」

「風揚向聖拉瑪大神宣誓，風揚的子孫後代將永遠爲聖王家族服務，是聖王家族的僕人，爲聖王家族培養人才，永爲聖王家族所用，如違背今日誓言，將受到大神的詛咒，永淪爲奴隸！」

「好，好，你們起來吧，我明白你們的忠誠，好好幹，我不會虧待你們，但也不會給你們很高的榮譽。」

「謝聖王！」

聖王天雷一番肺腑之言，收服了三個心腹死士，爲家族的千秋大業打下了基礎，在後世的年代裏，楠天家族、風揚家族、奧卡家族默默無聞地爲聖王雪姓家族在做事情，他們不求功名，不求地位，默默奉獻，成爲雪姓家族的三支黑暗力量，牢牢地控制著大陸的各個方面，爲雪姓家族的安全提供保障。而雪姓家族也沒有虧待他們，他們的家族是王朝唯一的最受重用和信任的家族，世代相傳，地位之穩固舉世罕見。

聖王天雷沒有想到今日的一番感慨，會收到什麼樣的效果，他只是有感而發，但是，對於三人來說，聖王的話就是對他們的交代，是最信任的交代，他們感激之情無以倫比，他們的家族緊緊守住今日的誓言，幾千年不落，這是聖王沒有想到的。當下，聖王天雷說道：

「風揚，立即草擬命令，告訴軍師把部隊交給凱武元帥，然後立即回來，命令越劍部迅速北進，配合維戈部殲滅帕爾沙特，各部要注意協調配合，打好這一仗！」

「是，聖王！」

「把幼宇營剩餘的人都集合起來，準備到河北看看，看見血的士兵才能打仗，沒有見過血的人成不了大事，另外，向王朝內宣布河平城大捷的消息，鼓舞士氣，把預備隊整頓好，我估計大仗還在後頭呢！」

「是，聖王！」

「通知雷格，加強進攻力度，全面牽制北蠻軍隊，協助越劍和維戈打好這一仗！」

「是，聖王！」

三天後，軍師雅星回到藍鳥城，聖王天雷和王妃雅靈率領文武官員出北門迎接雅星，兩個人見面，雅星哭拜於地道：「雅星拜謝聖王大恩，使雅星得雪家仇國恨，告慰父親在天之靈，雅星一生已無遺憾！」

王妃雅靈上前扶起雅星，她眼含熱淚說道：「哥哥，你有今日成就，父親已經感到欣慰，他老人家在天之靈一定感到很高興，哥哥，雅靈謝謝你了！」

「妹妹！」

「雅星大哥，河北之行一路辛苦，攻破河平城首功一件，即可告慰盟父，又為藍鳥軍立下大功，悲傷就不必了，以後，我們同心協力，共同擊敗一切敵人，把聖戰進行到底！」

「是，聖王！」

「走吧，大家都進城，不要在外站著！」

聖王天雷說完，帶領眾人進城，藍鳥王朝內又是一陣歡慶，整個王朝之內，無不充滿著對聖戰首戰告捷的慶賀。

而西方最明亮的星帕爾沙特這時候卻黯然失色，北海明被擊潰的消息使他大驚失色，不相信會失敗得這麼快。

帕爾沙特雙眼流露出煞氣，語氣兇狠地說道：「立即命令凌川城開始撤退，告訴他們，走則生，留則亡，讓他們看著辦，必須立即撤退，我只給他們一天的時間！」

「殿下，軍隊怎麼辦？什麼時間撤退？」

「立即派人在海寧城一帶構築防線，接應部隊轉移，同時把情況彙報給聯盟總部，就說我們頂不住藍鳥軍的進攻了，讓聯盟立即派出預備隊，迅速趕赴海寧城，協助構築防線，要想拒敵於外，他們就看著辦好了！」

「殿下！」

「不要再說了，聯盟也好，北蠻人也好，他們不是都想看我的笑話嗎？都在扯我的後腿嗎？這次我就讓他們試試，看他們誰有辦法能阻擋雪無痕前進的腳步，不讓他們痛，永遠也不知道厲害之所在，不團結的後果是什麼，就用事實來說話吧！」

「殿下，你不要傷心，聯盟內沒有你，也沒有其他人可以阻擋雪無痕的前進！」

「星慧，你不要多說了，我知道你的苦心，這麼多年來，你我同舟共濟，血戰沙場，一同出生入死，我就是你們，你們可說是我，我們是一條心，但是，別人和我們一條心嗎？我們在前方征戰，爲的是誰？爲的是什麼？他們在享受的同時，還在扯我們的後腿，我們的努力白費了，我們再也沒有必要爲他們而戰了，他們說自己行，就讓他們試試，以後，除非我說了算，否則一切免談！」

「是，殿下，我知道你很難很苦，請你不要動怒，保重身體要緊啊！」

「星智、星慧，命令士兵開始集結，明天一早開始撤退，先到淩川城，然後向北轉進，直到海寧城時爲止，我先走一步，事情就交給你們了！」

「殿下，北海明怎麼辦？」

帕爾沙特大聲吼道：「既然他連三天都抵抗不住敵人，我們還管他幹什麼，沒用的東西，嘴裏說得多麼動聽，可是實際上一點用處都沒有！」

「是，殿下，你放心，我們會處理好的。」

帕爾沙特臉色慘白，深深地吸了口氣，穩了穩心神，然後對著兩個人說道：「儘量收集部隊，保存實力，動作要快，迅速向北撤退，否則，你們知道後果！」

「是，殿下！」

帕爾沙特再次看了他們一眼，大步走了出去，大顆大顆眼淚隨著他的腳步滾落下來，兩位老元帥心痛地看著他，也是傷心不已。

星智、星慧研究了一下，分頭行事，整個聯盟軍部立即行動起來，各級將官、參謀沒有一個人閒著，收拾行裝、物資，非作戰人員一個時辰後立即開始撤退，隨後，大軍在晚間忽然撤離陣地，迅速向凌川城方向收縮，步兵在前，戰車、騎兵在後保護，連夜轉移。

星海聯盟軍連夜撤退，天色大亮時，西方面軍主帥維戈才得到報告，他急忙來到前線，只見在敵人陣地上晃動著少量士兵，其餘大隊人馬早已經不見，一夜之間，敵人全線撤退。

維戈呆了一呆，然後大笑道：「不錯，軍師一定是攻克了河平城，越劍擊潰了帕爾沙特增援部隊，南線洞開，否則，帕爾沙特不會這麼急著離開！」

然後，他對身邊中軍官說道：「立即派人核實消息，一有消息立即回報給我！」

「傳令給商秀，讓他立即出擊，截斷河平城方向敵人的退路，我不要什麼地盤之類，只要消滅敵人，記住，動作要快，然後向凌川城攻擊前進！」

「立即命令忽突起程，向凌川城方向攻擊前進，能殺多少是多少！」

「傳令各步兵軍團，立即開始休整，清點人數，補充給養，兩天後開始向凌川城出發！」

「是，翎帥！」

維戈下達完所有的命令，心情很愉快，抬頭看了眼東方天空，剛剛升起的太陽掛在頭上，彩霞滿天，是個好天氣。

十天時間內，河北平原上形勢大變，藍鳥軍節節勝利，穩步推進，取得了河北戰役開展以來第一階段勝利，擊潰星海聯盟軍近七十萬部隊，自身損失三十六萬餘人馬，整個大軍士氣高昂，但是也已經疲憊不堪。

帕爾特撤退的消息傳到藍鳥城，整個戰略果然不出聖王所料，完全按照腦部計畫展開，並順利完成任務。

第十五章　全線壓逼

軍師雅星和聖王站在作戰室內，互相之間會心一笑，雅星對聖王天雷說道：

「無痕，河北戰役打得不錯，維戈部雖然損失較大，但完成了預定任務，越劍這次更有上佳表現，目前我軍態勢良好，帕爾沙特暫時沒有還手之力，整個大軍已經累了，是否讓他們休息幾天？」

「當然，雅星大哥，你看幾日爲好？」

「就七天好了，但也不能完全停下了，各部都要到達計畫預定位置！」

「好吧，」

「風揚！草擬命令：命令維戈按時到達淩川城地區，命令騎兵前移，向北攻擊星海聯盟軍，由商秀、忽突全面負責，擊住北方帕爾沙特的反撲，第二階段戰役七天後展開！」

「告訴維戈和越劍休整七日，然後展開第二階段戰役！」

「立即傳令東方面軍雷格停止活動，七天後準時發起第二階段的戰役，讓雷格和東方秀做好準備，這次就看他們了。」

「通知額部立即調查有功人員，及時表獎，告訴後勤部，七天時間內一定要把所有作戰物資運達到位！」

「從京城和嶺西郡地區調集預備隊補充中央方面軍和西方面軍，七天之內必須完成！」

「是，聖王！」

「雅星大哥，你看這樣如何？」

「行，沒問題！」

「哈哈，帕爾沙特這次可要吐血了，我想他從凌川城撤退的兵力絕對不足五十萬人，商秀第六、七、十五、十七騎兵軍團和短人族戰斧團足夠應付，餘下的事就是徹底把北蠻人抹去！」

雅星笑道：「看你高興的，幼字營也表現不錯嘛！不過，你把夢雷交給我，可把我嚇一跳，一旦有個差錯，你讓我怎麼向藍鳥谷交代？」

「嘿嘿，不是沒事嗎！雅星大哥，你看對付北蠻人，我們可有把握？」

聖王天雷淡然一笑，然後擔心地問軍師雅星，對於與北蠻人一戰，他好似信心不足，多少有些擔心。軍師雅星非一般人可比，這時候見聖王天雷信心忽然不足，知道不是好事情。

「無痕，要說大陸上還有誰是我們的對手，無疑就只有帕爾沙特和北海明，這次帕爾沙特壯士斷腕，毅然放棄凌川城，大步撤退，顯示出再次崛起的雄心壯志，這個人真不可小視，不過如今他新敗，需要一段時間休整補充，我們當然也知道這時是擊敗他的最好機會，但北蠻人畢竟也是大陸上最強橫的民族，有必要先解決他們，一旦讓北蠻人保持了實力，絕非大陸之福，不過，要說我們對付北蠻人有幾成把握嘛，我可以告訴你百分之百！如果你懶得動的話，就交給我好了，對付他們那愚笨的頭腦，我們一個人就足可以了！」

「哈哈，雅星大哥，既然你有興趣，就交給你好了，我可是要清閒一陣了，哈哈！」

「又想偷懶，那可不行，既然把北蠻事情交給我了，額部你就擔著吧，不許反悔啊，可說好了，北蠻人的事情由我處理，額部的事情由你處理，我們是各負其責嘛！」

雅星得意地說著話，難得他能指揮一次大戰役，如果真的戰勝了北蠻人，他不僅可以過過癮，又可以立下大功，名利雙收，而且還可以躲避額部的事情，將聖王天雷一次軍。

聖王天雷最不願意做的事情就是管理額部，整個額部可以說是王朝的管理中心，各個部門都有，主管就是大總管、丞相，事情繁多，處理困難，整天也閒不著，聖王天雷把額部交給雅星來管，也是發揮個人所長，如今，他見雅星心情不好，只有把額部擔在手裏，讓雅星指揮對北蠻人作戰，使他從悲傷中解放出來。

雅星雖然不知道聖王天雷的心思，但能指揮北平原對北蠻人作戰，可不是一件容易混到手的事情，他心中當即大喜，興趣大增，把不愉快都拋到了腦後，投入到對北蠻作戰計畫中了。

北平原戰役共分爲兩個階段，作戰計畫早已經制定好了，但是，各個作戰的細節還沒有最後敲定，這需要根據戰場的實際情況來制定，如今北平原西部星海聯盟軍已經被擊退，第二階段戰役馬上就要展開，大軍都在積極準備，雅星從聖王天雷手中接過指揮權，當然得盡心盡力，把事情辦好，所以整天都待在作戰室內，聖王天雷乾脆把作戰室的床都讓給了他，自己回後宮休息。

雅靈見聖王天雷主動回來，感到奇怪，她對著天雷笑道：「怎麼沒事情了，這麼早就回來了？」

聖王天雷神秘一笑道：「抓了個大頭鬼，正高高興興地在幹著呢，怎麼樣，有辦法吧！」

雅靈眼珠一轉，立即知道他說的是誰，忙瞥了他一眼道：「就你心眼多，讓人家幹活還有理，那有這樣對待臣下的！」

聖王天雷忙說道：「靈妹，這回妳可冤枉我了，我看這幾天雅星大哥心情不佳，主動把對北蠻人作戰的指揮權讓給了他，我自己可是接管了額部呢！」

「真的？」

「真的，一點也不說謊，不信，一會兒妳自己去看看！」

「這還差不多，好吧，晚上就在這吧！」

「嘿嘿，我就知道靈妹對我最好了！」

「去，那邊還有香妹妹呢，不是更好嗎？」

「嘿嘿！」

星海聯盟軍被藍鳥軍擊敗，帕爾沙特撤出淩川城，大軍一路北撤，一直後退六百里，在海寧城才停止住腳步，把半個北平原西部讓給了藍鳥軍，消息傳到北蠻人都城長白城，北蠻主蠻龍當時就大驚失色，緊急召集各部長老商議對策。

目前，北蠻人形勢非常不妙，帕爾沙特痛恨北蠻人坐望聯軍與藍鳥軍交戰，致使聯軍損失慘重，發狠之下，大軍後撤速度、距離十分快和遠，把一千里平原讓出，形成了北蠻獨立抗擊藍鳥軍的局面，藍鳥軍從東、西兩翼撲了上來，蠻龍知道藍鳥軍是絕對不會放棄這麼好的機會，北蠻和藍鳥軍一戰勢在必行。

北蠻人東側翼對抗藍羽雷格部，軍隊已占一半，南河東城地區兵力只有十餘萬人，向西側翼只有剛剛動員起來的十萬部隊，目前還沒有走出多遠，長白城一帶也只有十萬兵力，面對藍鳥軍東、西合圍，兵力明顯分散和不足。苦酒是自己釀成的，只有自己喝，北蠻人這時想不獨立對抗藍鳥軍也不行了。

蠻龍立即命令向西部地區推進的軍隊回撤，同時放棄河東城，東側翼部隊也緩步後撤，三個方向軍隊近四十萬人向長白城方向收縮，在長白城附近布成防禦圈，抵抗藍鳥軍進攻，爭取時間。

同時，蠻龍立即在全族發出了總動員令，命令族人立即武裝起來，隨時準備參加戰鬥。

在當前的形勢下，蠻龍也顧不得臉面上的事情，令人聯繫星海聯盟軍，好在蠻龍與星智私人關係不錯，先派人溝通，然後再與主帥帕爾沙特聯繫結盟共抗藍鳥軍的事。

八月的北平原風和日麗，草木蔥蔥，地裏莊稼已經有半人高，如果不是戰爭，肯定是一個豐收年。

從八月下旬開始，藍鳥軍騎兵四出，一路向北猛殺，他們大的以軍團爲單位，小的以大隊爲單位，向北尋找戰機，消滅還在路上的敵人，只要是敵人，無論是軍隊還是百姓，將士們只要是看見了奴役聖瑪百姓的人一律斬殺，他們解放了大批奴隸，把他們向南送，在整個北平原上，出現了成群的騎兵向北趕路，而衣衫襤褸的百姓成群結隊地向南走，他們淚流滿面向東南方祈禱，祝願聖王的藍鳥軍大獲全勝，解放被奴役的同胞，收復曾經失去的家園，而那真誠的場面又是感人，又是讓人心酸。

藍鳥軍經過七天休整補充，整個大軍分東、西兩路開始向前推進，首先是駐紮在河平城以東地區的南彝兵團彝雲松部收復了河東城，從正面開始向北挺進，南彝十萬大軍在二千戰象配合下，一路雄壯地向北殺去，彝雲松自豪地端座在高大戰象上，指揮部隊不停地趕路。

其次，駐紮在河平城的幼字營、青年兵團二個軍團共十二萬餘人在元帥凱武率領下，開始向前攻擊前進，緊緊配合右翼南彝兵團彝雲松部。

新月兵團兀沙爾部隨後從右側翼撲上，準備截斷從河東城撤退的北蠻人部隊。

次帥越劍、大將軍溫嘉率領青年兵團兩個軍團和藍鳥騎士團開始向東北方向攻擊前進，目標直指長白城。

在淩川城方向，次帥維戈率領西方面軍步兵近三十萬人出發，向東攻擊長白城，準備與從南側翼而來的次帥越劍會合，包圍長白城，完成戰略合圍。

在淩川城以北地區，大將軍喬秀、將軍忽突、短人族少族長卡萊率領騎兵第六、七、十五、十七軍團、短人族戰斧團，共計二十萬騎兵向正北方向攻擊前進，跟隨在星海聯盟軍後，一方面不停地消耗敵人的力量，一方面保護左側翼的安全，擎住星海聯盟軍的反撲。

在堰門關地區，元帥文謹率領二十萬預備兵團駐守，保證堰門關側翼安全。藍鳥軍西側翼成半個「U」字形向東北方向圍了上去，而東部地區的形勢卻比西部複雜和嚴重得多。

次帥雷格率領東方面軍越河作戰，整個戰爭已經歷時二十一天時間，大小戰鬥經歷了無數，部隊損失還不算大，但是，由於北蠻人在戰爭初期側重於東部戰區，所以兵力部署比較多，雷格和東方秀所受的壓力自然就比較大些。

東方面軍投入的兵力不是很多，全軍只有三十八萬人馬，其中騎兵就達二十萬人，步兵只有十八萬，六個軍團，在戰爭初期渡河作戰中有所損失，目前步兵保持在十四萬左右。

副將東方秀率領步兵既要保證側翼的安全，爲騎兵提供保護，同時在第二階段又要向前攻擊前進，壓力自然就大許多，由於步兵兵力不足，整個作戰速度就比較緩慢，而主要作戰任務就落在藍羽騎兵兵團身上。

次帥雷格是員猛將，作戰風格兇悍，速度快，攻擊力強，從沒有考慮後翼的想法，從渡過聖靜河開始，雷格在聖王天雷的嚴令下有所克制，整個藍羽兵團抵達北平原邊緣地區後，沒有展開大規模進攻，考慮到要爲整個戰略創造條件，雷格只派出幾個萬人隊牽制敵人，實行騷擾戰法，既不過激地激怒敵人，也不讓北蠻人閒著，進進退退，也著實殺了一些小規模的敵軍，解救了不少奴隸兵，暫充實步兵，使步兵軍團兵力有所增加。

軍師雅星發出第二階段藍鳥軍全線攻擊的命令後，雷格就再也克制不住自己了，大草原騎兵本就是馬上勇士，從沒有什麼後勤觀念，走到那裏那裏就是家，就是住地，雷格多年來早就習慣了這種生活，所以部隊一出發，他就選擇了這種方式，全軍直插敵人後方，盡全力消滅敵人，爲大軍攻擊創造條件。

藍羽一走，東方秀的壓力就大了許多，好在敵人已經開始收縮，東側翼的壓力有所減弱，只要他不過激地攻擊，北蠻人也沒有時間管他，東方秀前進的速度慢則慢，但也並沒有停止。

七天後，東方秀部與南彝兵團會合，兩部成半圓形開始向北兜了上去。

雷格從藍鳥城回歸雲中關的時候，聖王天雷曾經私下裏告訴他要盡全力插入敵人後部，截斷北蠻人退路，即使不能成功也要盡全力截殺北蠻人，使其退回極北地區的人越少越好，這話當時不能明說，主要原因是當時東方面軍的兵力有限，既要造成兩面夾擊的態勢，又要保證東側翼安全，所以藍羽還不能放開手腳，當然，額部作戰計畫中也沒有安排藍羽這樣做，當時的條件也確實不允許這樣。

但是，如今藍鳥軍整個態勢就大不一樣了，東側翼的攻擊力、安全性固然重要，但比起藍羽直接插入敵後攻擊的威力卻是大不相同，雷格之所以敢率軍出發，也是考慮到了這一點，只要東方秀穩紮穩打，不冒進，不貪功，即使速度慢也值得。

雷格攻擊路線早就經過了計算，自從他有這個想法後，就與參謀長亞文研究了很長時間。亞文將軍經過東海戰役後成熟了許多，思想已經不像從前那麼保守，他跟隨藍羽的作風、特點在改變自己，當然他也知道聖王之所以安排他進入藍羽，主要是看中了他的穩重，與雷格互相補充，取長補短，但受雷格影響，無論是戰略眼光還是戰略戰術思想都在拓寬，對雷格的一些想法也不再那麼固執。

這次遠程攻擊，亞文經過了認真的考慮，既然聖王天雷先前有話，而且，目前藍鳥軍也確實有了優勢，形勢已經轉變了，所以藍羽出擊就有了可能，當然，藍羽按照常規戰法而不做長途奔襲，聖王也不會怪罪於他們，但戰機稍縱即逝的道理，亞文還是懂得，所以就同意了雷格的主張。

藍羽沿白雲山與大平原的邊緣地帶一路北行，快馬加鞭，七天時間奔馳八百餘里，早已經把長白城甩在了後頭。

一路上，藍羽分出十個大隊先行，清除行軍路線上的敵人，擴大搜索面，遇見敵人小股部隊立即殲滅，封鎖消息，倒也沒有遇到敵人的大股部隊，藍羽安全地到達了北部地方北冥府城前六十里地區，天已經漸晚，主帥雷格傳令休息，派出斥候打探消息。

北冥府城目前是北蠻人北方重城，真正意義上的大後方。由於北冥府城距離北蠻人生活的北極地區距離較近，一共也就距離三百多里，又是中原通往北極的要道，所以引起北蠻人的高度重視，有一個正規軍團的軍隊駐紮在此，另外北蠻人可以自行參加戰鬥。

其次，北冥府城也是北蠻人掠奪中原地區物資的囤積、轉運基地，族人進入中原的第一個城市，十年來，北蠻人在中原節節勝利，掠奪了大量的物資、財物等，都運送到此，起先，北蠻人還把物資向北轉運，運送回國內囤積，以備後用，後來，隨著聖日帝國滅亡，北蠻族人在北平原逐漸安定了下來，已經沒有必要再把物資向極北地區轉運，所以就囤積在此，另外，只要北蠻人從北極地出來，就必須經過北冥府城，在此處登記，分發必備的物資武器，然後被送到自己部族作戰或生產勞動，監管奴隸等。

北冥府城成為了北蠻人在中原的命脈，城市也漸漸地繁榮了起來，北蠻人雖然不會做什麼事情，但是，北冥府城有許許多多從中原各處抓來的奴隸，幫助北蠻人生產勞動，以換取必須的生活用品及食物，所以手工做坊特別的多，是北蠻人的軍事生產基地。

北冥府城既然如此重要，雷格奔襲擊的目標也就在此，它既可以打擊北蠻軍隊的士氣，又可以從軍事生產上切斷北蠻軍隊的補給，動搖其國本，使北蠻人幾年來囤積的物資化為烏有，同時，在戰略上，也對整個北蠻軍隊構成了一個比較鬆散的包圍圈。

藍羽大規模行動，北蠻人也得到了消息，當初，北蠻人就知道藍羽在東部地區有所活動，後來漸漸地向北方擴展，距離越來越遠，北蠻主蠻龍就派出部隊重點監視藍羽，其中最重要一支部隊，就是四王蠻豹麾下的狼騎兵部隊，整個部隊雖然只有八千餘人，但作戰力是整個北蠻軍隊中最強悍，也是唯一一支騎兵部隊。

藍羽幾個萬人隊分路攻擊，成功地迷惑了北蠻人，也使狼騎兵部隊無暇兼顧，後來，藍羽以大隊為單位分十路出擊，徹底地打亂了北蠻人的監視，使其對藍羽的動向疑惑不解，摸不清具體方向，但藍羽向北移動，也使北蠻人漸漸地揣摩出了藍羽的意圖。

藍羽的目的既然不在長白城，那麼，其目的就只有兩個，第一，截斷後路，第二，偷襲北冥府城，兩者實而為一。北蠻主蠻龍揣摩著藍羽的意圖，趕緊命令蠻豹加強對北部地方的監視，狼騎兵立即向北移動，保證北冥府城的絕對安全。

九月初，藍鳥軍從三面包圍了長白城。

東面，東方秀率領六個軍團十四萬人圍上。

南面，南彝兵團十萬之眾在彝雲松率領下包圍了上來，新月兵團九萬人在兀沙爾率領下，配合彝雲松作戰。

西面，由青年兵團十三萬人堵上。

而整個西方面軍步兵軍團、幼字營、藍鳥騎士團作為戰略預備隊。

藍鳥軍步兵總兵力達到七十五萬餘人。

隨著河北平原局勢的日益變化和長白城會戰漸漸地展開，藍鳥軍有必要建立一個完善的指揮系統，協調指揮北方會戰，而主帥人選卻難住了聖王天雷。

京城藍鳥城內，聖王天雷在作戰室內已經轉了三圈，自從八月下旬開始，北平原戰役指揮權交給了軍師雅星，聖王就不再干涉指揮的問題，整天忙著政務，但是，有些問題仍然不是軍師雅星能解決的了的，隨著長白城會戰的即將展開，前線總指揮人選問題又提了出來。

軍師雅星見聖王轉來轉去，也沒有說出個所以然，忙在旁說道：「無痕，你倒說個話啊，這樣轉來轉去也不是辦法啊！」

聖王天雷見軍師追問，雙手一攤道：

「雅星大哥，這個問題你可真難住了我，按說，事情還真沒有這麼嚴重，但是，你說得也有道理，北平原雄兵百萬，任命一個總指揮也確實是有必要，協同各部作戰，否則，就會浪費兵力，可是，你看！」

他無奈地望了一眼軍師雅星，接著說道：「西、中、東三個方面軍本來是齊頭並進，互不干涉，但是一到了長白城，問題就出來了，維戈、越劍、雷格都有擔任總指揮的資格，可卻都不合適，雷格就不說了，維戈和越劍都很年輕，指揮這麼大會戰還沒有經驗，而在他們之上，還有兩位元帥和一個王爺，你叫我怎麼辦，交給誰？」

軍師雅星見聖王爲難，這才擠出一絲笑容道：「所以我才問你啊，你以爲我不知道？」

聖王天雷見雅星的怪笑，忽然明白了他的意思，故意沉吟了一下才說道：

「雅星大哥，這樣吧，要不……」

「要不什麼，快點說出來！」

「要不我過去一趟，嘿嘿，還可以吧？」

「不行，什麼餿主意，你以爲我不知道啊，你就是想撇下政務偷懶，然後又交給我，自己跑到北邊去打仗啊，別想！」

「雅星大哥，要不，這樣好了，我把風揚留給你，如何？」

「我說不行就是不行，至少現在不行，北平原會戰，目前藍鳥軍佔據優勢，沒有必要由你這個聖王出面，這樣會動搖民心的，大家會認爲又出了什麼事情，你只要待在京城裏就行了，北平原的事，你絕對不合適！」

聖王天雷無奈地攤攤手。

「無痕，長白城會戰關係全局，凱武元帥不適合擔任總指揮一職，他性格暴躁，容易衝動；兀沙爾元帥倒是合適，但也有困難，他畢竟是個外族，藍鳥軍眾將怕會不服，出現意外反而不好，彝王爺也是如此；維戈、越劍年輕，沒有組織這麼大的會戰經驗，要說合適人選，我倒是正合適！」

聖王天雷點了下頭後說道：「那倒也是，不過，雅星大哥，不是我不讓你去，你看我處理政務實在困難，這裏離不開你，我過去好一些，明的不行，我暗中過去好了！」

「無痕，你真的想過去？」

「是，雅星大哥，我想過了。」聖王天雷點頭接著說道：「北平原戰略是你我佈的局，這裏面牽扯太廣，它不僅僅是軍事戰略問題，更主要是政治問題，第一階段勝利與其說是軍事勝利，倒不如說是政治上勝利更確切一些，正是政治上這些東西，使星海聯盟和北蠻人不合，為我們創造了機會，而以後，這樣的機會將要消失，建立一個統一指揮系統勢在必行，而這個人選不僅僅要解決軍事上的問題，而且要繼續擴大政治上的問題，達到各個擊破的目的，這很難，這些悍將做不到這些，誰也不行！」

「這我能理解，不過無痕，你想過去還真得等一等，至少你得再多露幾次面，安排一下再走！」

「我知道，這事倒不急，這樣吧，雅星大哥，長白城會戰由維戈、越劍一同指揮，兀沙爾、凱武元帥和彝王從旁協助，共同完成，如何？」

「也好！」

「雅星大哥，帕爾沙特一路北撤，我想一定是有什麼原因，要說他頂不住藍鳥軍的進攻我也信，但這絕對不是唯一原因！」

「我想也是，到底是什麼原因使帕爾沙特下了這麼大決心呢？」

「北蠻是原因之一，其二，我想是聯盟內部原因，帕爾沙特一定是受不了，所以才不幹了，以退爲進！」

雅星點頭：「這倒是，我也想不出其他原因，總之，對我們是好事就是！」

「帕爾沙特這麼一撤，星海聯盟必然會找人接替他，另外，長白城一失守，蠻龍必然會考慮與星海聯盟合作，北方還有一戰之力，以後作戰必然會更加的激烈、兇狠！」

「是！」

就在藍鳥王朝君臣商議北平原戰略的時候，在星海聯盟內部卻掀起了軒然大波，聯盟軍主帥帕爾沙特擅自撤兵，北平原一戰失利使聯盟北海即將面臨藍鳥軍直接打擊之下，北海君臣自然不滿，在聯盟內，西星人也是大感不滿，要求帕爾沙特下臺的呼聲越來越大，最終導致西星國主親自過問，並認真分析了北平原的形勢，他決定有必要親自到北海、北平原一行，徹底解決對付藍鳥軍的問題。

既然國主遠行，西星內必然會作出一些準備，首先是出兵的問題，由於帕爾沙特在北平原一再失利，不少貴族自然希望帕爾沙特下臺，轉而支持大殿下星宇，所以年輕的貴族自然會利用這次機會一顯身手，期盼著接替帕爾沙特的位置，在這種條件下，西星這次出兵得到了所有貴族的支持，而且熱情之高比往年更甚，組建新的兵團如火如荼，順利展開。

在年輕貴族大顯身手的時候，國主星晨也體現出了雄心勃勃，多年來，中原爭霸戰使他沒有機會一展手腳，兒子帕爾沙特的才華不用他親自出馬，使他的光輝減弱了許多，但是，爭霸中原的夢想在他心中沒有一刻幻滅，反而更加的炙熱，親眼看看中原、親手收復中原書寫不朽的歷史篇章的願望更加強烈，在貴族們的支持下，星晨終於找到了這樣的一次機會，接替自己的兒子，到中原一展所長。

第十六章　狼騎絕唱

目前，大陸上爭霸戰爭還僅僅局限於中原地區，風火還沒有在西星本土燃起，這是西星最大的優勢，把戰火熄滅在中原是所有西星人的願望，國主出兵中原自然會得到所有人民的支持，誰也不願意把戰火引到自己家園，所以，年輕人積極從軍，跟隨國主轉戰天下的高潮又一次再西星國內燃起。

星晨很高興，把決定派人通知給了北海國主，讓北海人也積極行動起來，擊敗藍鳥軍是當前的首要任務，稱霸中原是聯盟內所有人的夢想，北海人當然願意看見星晨率軍征戰中原，把敵人拒在千里之外。

星海聯盟內積極行動起來，準備再次增兵征戰中原。

在星海聯盟大肆準備的時候，北蠻帝國都城長白城卻面臨著生死的考驗。

九月七日，藍鳥軍腦部下達了人事任命：任命次帥維戈、越劍爲長白城會戰總指揮，兀沙爾元帥、凱武元帥、彝雲松王爺爲副，從旁協助；騎兵劃歸次帥雷格總指揮，商秀爲副，目前暫如雷格、商秀各負其責，藍鳥騎士團、幼字營暫作爲戰略總預備隊留用。

次帥越劍和維戈接到命令，立即與兀沙爾、凱武、彝雲鬆開了一次碰頭會，五個人坐在一起，就目前怎樣打好長白城一仗做專門研究。

越劍首先發言道：「兩位老帥、王爺，聖王剛傳來旨意，就長白城會戰一事做出了專門的人事安排，想各位都已經知道，我就不多說了。如今，擺在我們面前的長白城無論如何也要儘快拿下，否則局勢怕有所變動，當然了，眼前形勢對我們非常有利，雷格次帥已經率領藍羽截斷了敵人的退路，目前在什麼位置我們雖然不是很清楚，但是，估計已經到達了攻擊位置，而我們也要儘快展開攻擊，各位以爲如何？」

凱武接話說道：「越劍的話很有道理，越拖對我們越不利，眼前我軍已經做好了攻擊前的一切準備，我想應該展開攻擊了，具體作戰計畫我們今天最好能夠敲定下來，明後天就開始爲好！」

維戈看了彝雲松一眼說道：「彝王以爲如何？」

「南彝兵團早已經做好了準備，只等攻擊命令了，我認爲我們後天就從東、南、西三路同時發起，先清除長白城的周邊防線，迫使敵人退軍北方或死守城市，但不論那一種對我們都是有利的事情。」

越劍對著兀沙爾說道：「兀沙爾元帥以爲如何呢？」

兀沙爾淡淡一笑說道：「長白城已經被我大軍三路包圍，清除周邊勢在必行，但要以消耗敵人爲主，盡可能地把敵人消耗在周邊上，至於北部方向，我想我們最好能出一路精兵，既可策應藍羽兵團，又可以攪亂敵人的佈局，從包圍態勢上震懾敵人，迫使敵人決戰或退卻！」

「兀沙爾元帥真是越來越厲害，攪亂敵人的視野，策應藍羽突擊作爲我們進攻的又一手，真是太兇狠了，維戈深感佩服。這樣吧，我看就由我率領藍翎從西側翼向北攻擊，藍鳥騎士團、幼字營爲戰略預備隊，其餘三路保持現狀攻擊，如何？」

越劍笑道：「可以，不過，還是把騎士團交給你吧，攻城騎士團沒用，決不能讓它閒著，各位老帥以爲如何？」

三人同時點頭道：「當然可以！」

「那麼我看事不宜遲，後天一早我們同時發起攻擊，怎麼樣？」越劍對著維戈問。

「好吧，城北由我負責，其餘方向由越劍兄和幾位老帥負責，後天一早發起攻擊，先解決敵人周邊防線，如有可能就從四面包圍長白城！」

「好！」

九月九日藍鳥軍分三路向前推進，整個大軍列開整齊的陣型，四十五萬攻擊部隊鋪天蓋地，旌旗蔽日，戰鼓和號角聲響徹雲霄，步兵前進的腳步聲催人心弦。

在東部，東方秀將軍組成四個步兵方陣，總兵力十萬人，四萬人作為預備隊押陣在後，整個軍陣排開十餘里，在各種旗幟、號角的指揮下緩緩前進。

在大軍方陣的最前方，由戰車、弩車、中小型投石車組成的前鋒攻擊部隊，中部為中弩手保護部隊，後方為長槍兵和刀兵，預備隊押後跟進，氣勢之雄壯震人心弦。

在南部，由南彝兵團組成先頭攻擊部隊另具特色，別具一格，五百頭戰象一字排開，縱向四頭戰象，依此跟進，稍後方，由新月兵團戰車、弩車、中小型投石車、中弩手組成第二梯隊，後部南彝軍隊和新月部隊組成的槍兵、彎刀兵跟隨衝鋒，整個大軍近二十萬人，把南部地區排得滿滿的，彝雲松和兀沙爾左右指揮，他們是全力以赴，毫無保留。

而在西方，由青年兵團重步兵營組成的先頭部隊在戰車、投石車的掩護下首先發起了衝擊，中弩手隨後跟上，四個軍團約九萬人組成第一梯隊幾乎沒有停止腳步地衝了上去，兩個軍團在越劍的親自指揮下隨後跟進。

藍翎主帥維戈立馬提槍，高高的帥旗下，幾個獨立軍團戰旗格外地醒目，身後，三十五萬步兵組成十幾個方陣，靜靜地等待在原地，次帥維戈縱目向遠處觀望，等待著機會。

長白城周邊四十里內集結了北蠻人四十六萬部隊，奴隸兵三十餘萬人，二王蠻虎負責東部地區防禦，手中現有兵力十四萬人；南部地區由三王蠻彪負責，兵力十一萬人，奴隸兵十八萬；西部和北部地方由國主蠻龍帶領四個長老負責，總兵力二十一萬人，奴隸兵將近二十萬人，全部兵力主要集中在西部地區。

藍鳥軍進攻號角聲早已經打破了長白城地區的沉靜，北蠻人在第一聲號角響起時就跑出了簡陋的軍帳，他們隨手拿起身邊的武器，很快就在陣地前排好了隊形，軍官喝著各種各樣的口令，指揮奴隸兵的軍官揮舞著皮鞭、戰刀吆喝著奴隸兵排好隊伍，等待著出擊的命令，沒有人敢在這個時候怠慢，北蠻人從小養成的習慣使他們知道危險之所在，求生的欲望早把他們鍛鍊成為第一流勇士。

軍陣前高大的勇士舉起了巨大的狼牙棒，身高棒長幾近三米，猙獰的面目更加兇惡，長大的獠牙不時地向外支，口水長流，他們吆喝著怪異的口令，後面，高短不齊的士兵跺著腳步，揮舞著武器，振奮著士氣，一陣陣喝聲回應著皮鼓聲，人人都繃足了勁。

兩軍相距五百米，藍鳥軍幾百輛戰車齊出，轟然向前奔去，戰象好似也加快了步伐，後面，士兵加快了腳步，刀槍並舉，弩車弩弓上弦，投石車已經裝好了雷石，年輕的士兵臉上淌著汗水，滴噠落在地上。

與此同時，北蠻軍隊傳出了一陣怪異的長嘯，皮鼓聲轟然作響，士兵們如受驚的野獸，嚎叫著向前衝了上去。

藍鳥軍弩箭破空，投石如雨，幾輛戰車在撞倒一趟敵人後轟然倒下，戰馬臨死前的哀嗚格外響亮，車上勇士長大的騎槍上穿著幾個敵人的屍體，迅速被敵人淹沒。

幾乎在北蠻軍隊衝鋒的同時，藍鳥軍忽然停了下來，前排的弩車在放出弩箭的同時迅速穩定下來，幾萬名中弩手迅速放箭，交叉掩護，投石車、弩車在幾分鐘內迅速裝填完畢，然後立即開始發射，士兵開始調整隊形，由攻擊陣形改成防禦陣形，士兵們守好各自的位置，時刻準備著再次衝擊，百數息的時間內，藍鳥軍由攻擊完成了陣前的防禦。

但藍鳥戰車仍然沒有絲毫的停留，鐵馬戰車本身就是重型攻擊裝備，著重於直線攻擊，攪亂敵人的陣勢，他們在北蠻士兵陣內橫衝直撞，長槍手把一個個敵人刺穿，中弩手用最快的速度放箭，射殺敵人，不久，戰馬就被北蠻的勇士抱住雙腿，然後折斷，戰車轟然倒下，車手很快就被敵人斬殺，有的戰車被北蠻勇士爬了上去，巨大的狼牙棒把長槍手的頭部砸成粉碎，弩箭手很快就被殺死。

轉眼之間，北蠻士兵已經衝近藍鳥軍二百米內，前面的高大勇士被弩車巨型弩箭射穿，粗大的傷口噴著血水，立即死去；有的被中弩射成刺形，但他們仍然衝近四五十米的距離，然後才轟然倒下，士兵被中弩和投石成片地擊倒，但仍然擋不住北蠻士兵衝擊的欲望，他們嚎叫著迅速地衝了上來，無懼於死亡，和藍鳥軍撞在了一起。

藍鳥軍三個人為一組，利用陣形的變化迅速展開廝殺，往往一個北蠻士兵剛擊倒一個藍鳥士兵，立即就被左右的中弩手射死或被其他兩人斬殺在地，藍鳥士兵交叉掩護，互相支援，利用中弩手和士兵間的配合，迅速把北蠻士兵斬殺在陣型內。

南彝軍隊戰象在北蠻軍隊內橫衝直撞，戰象長大的鼻子左右捲動，抽打著靠近的人，戰象上長槍手迅速地吞吐著長槍，每吞吐一次就有一人被殺，他們在最短時間內殺死想靠近的任何人，保持戰象的安全。

而北蠻人極少見識過戰象，士兵們被牠那雄壯的身體嚇得害怕，不想靠近牠，極力地回避，戰象軍更加地肆無忌憚了。

藍鳥軍和北蠻軍隊在長白城外，展開了有史以來最兇殘的一次搏殺。

次帥維戈遠遠地觀望著藍鳥軍和北蠻軍隊搏殺，雙眼泛出陣陣殺氣，有半個多時辰時間，維戈見南部和西部藍鳥軍和北蠻軍殺做一團，已經無暇他顧，忙大槍一擺道：

「出擊！」

西方面軍從西側翼殺上，直指北方，三十五萬人以藍鳥騎士團爲前鋒，獨立第一軍團近衛重步兵營隨後，在溫嘉和威爾的率領下當先殺出，後部，二十萬步兵分成多路縱隊跟上。

起先，北蠻軍隊還沒有注意到維戈的動向，但是隨後不久，北蠻軍隊在北部開始出現混亂，西方面軍的全部壓上使北蠻人措手不及，北部迅速被撕開一個口子，藍鳥騎士團快速攻擊和巨大的衝擊力撕毀了北蠻人組織起來的防線，重步兵營隨後攻擊擴大了口子的距離，而源源不斷跟進的藍鳥軍很快就站穩腳跟，並迅速向前推進。

北蠻主蠻龍站在長白城西門高大的城牆上，放眼前望，近處，藍鳥軍和北蠻軍隊戰作一團，雙方死傷都比較大，而遠方，藍鳥軍如一隻長龍迅速向北移動，所過之處，北蠻軍隊被迅速擊潰，一支黑色的騎兵如離弦之箭，所向披靡，後部，一支同樣黑色的重裝步兵快速跟進，把阻擋的軍隊迅速衝散或消滅，兩支軍隊相輔相成，速度之快前所未見。

蠻龍知道不好，北蠻軍主力多集中在東、南、西三方，北方因爲有東、西方向爲依托，所以兵力部署較少，主要是作爲戰略預備隊，時刻準備支援三方向用，如今，藍鳥軍突出一支精銳部隊迅速向北攻擊前進，明顯地可以看出是想抄北方後路，阻斷三方軍隊退路，藍鳥軍想全殲長白城守軍，一戰解決北蠻人的問題，看來胃口不小，蠻龍這時候才體會到帕爾沙特忌憚藍鳥軍的真實意思，看來雪無痕果然不好對付。

他立即命令北部地方的兵力進行攔截，不惜一切代價阻擋住這支藍鳥軍的推進，同時，蠻龍開始命令東、南、西三個方向兵力收縮，全力拱衛長白城，同時做好最壞的打算了。

北蠻軍隊炮聲、皮鼓聲、長號聲齊響，四個方向軍隊發生了不同的變化，北方預備隊開始列陣，並迅速向西南方向迎了上去，同時，東、南、西方開始收縮，部隊緩緩後撤，然後再重新組織防禦。

藍鳥軍西方面軍與北蠻軍隊預備隊開始了絞殺，在西部戰場側後翼另外開闢出了一個新的戰場，戰鬥激烈程度漸漸地超過了其他三個方向，大戰如火如荼，士兵前仆後繼，爲了民族的生死存亡，沒有一個人後退，血染沙場。

大戰已經整整地進行了一天了，但是，雙方仍然沒有停下來的意思，在夜幕下，到處是廝殺場面，士兵輪番稍微休息、吃飯，然後繼續作戰，長白城被鮮血染紅。

在長白城外大戰的同時，遠在八百里外的藍羽也拉開了進攻北冥府城的序幕。

次帥雷格與將士們休息一夜，第二天一早，雷格與亞文稍微商議一下，命令部隊開始進攻北冥府城。

雷格以參謀長亞文爲首，率領三個騎兵軍團負責攻擊城內，將軍里騰率領兩個軍團負責城外，自己率領藍羽衛和一個軍團監視南方狼騎兵軍團的動靜，並協調指揮各部，各部接到命令後立即出發。

里騰將軍率領兩個騎兵軍團分爲左右兩翼，從南、北兩個方向向西攻殺，然後在西門會合；亞文參謀長率領三個軍團直指東門。軍騎隱蔽向前移動四十餘里，然後巨大的蹄聲敲響大地，騎兵如閃電一般從三個方向向北冥府城衝去。

整個騎兵隊伍清一色的藍色披風，黑色的戰甲，高高挑起的戰旗雖呈現各種顏色，但旗幟上的標誌無一例外地全部是天藍色的飛鳥圖案，他們眼中泛著殺氣，揮舞著手中的戰刀，但沒有一個人對奴隸們下手，偶爾流露出的憐憫，讓奴隸們感到他們的友善。

北冥府城外的奴隸們被突然而來的變化嚇得呆了一呆，渾濁的目光突然明亮起來，有人開始喃喃自語地說著話：「藍色的飛鳥，藍色的飛鳥」，然後，他們忽然大叫起來：

「是藍鳥軍，是藍鳥軍啊，聖王的藍鳥軍來了，我們有救了，是聖王來救我們了，感謝聖拉瑪大神，感謝聖王！」

人群漸漸地活躍起來，他們喊著藍鳥軍的名字，淚水灑滿衣襟，許多人跪倒在地，雙手合十，向天祈禱。

聲浪慢慢地擴大，漸漸擴及整個北冥府城地區。

次帥雷格駐馬在南門外，整個隊伍面向南方，巨大的騎兵方陣整齊、威嚴，一派煞氣。不久前，斥候來報：敵人狼騎兵在四王蠻豹的率領下，已經接近了北冥府城，正在向前趕過來，總兵力八千餘人，雷格二話沒說，立即傳令部隊準備戰鬥，北蠻狼騎兵並非浪得虛名，實力之強在聖拉瑪大陸首屈一指，雷格沒有輕視的意思，但他也絕對不會怕。

遠處騎兵漸漸露面，整個隊伍並不龐大，但沖天的殺氣與狂野遠遠地就讓人感覺到，黑色的旗幟上一隻銀狼仰天狂吼，旗下座騎全部是高大的北極雪狼，渾身白毛，紅色眼睛，狼背上勇士全部手提巨大的狼牙棒，個個兇惡、猙獰。

「藍羽衛，準備！」

雷格抬手摘下馬鞍上的天罡刀，這柄刀是聖王天雷的兵刃，雷格、維戈自從東海歸來，聖王心頭大喜，疼愛兄弟之情無以言表，高興之餘，把自己的兵刃讓給了雷格、維戈，他自己倒已經用不著了。

雷格用目光仔細打量，見敵人狼騎只有萬人左右，心下稍安，他右手一舉，大聲喝道：

「弩箭準備！」

後面，一萬名藍羽士兵舉起了弩弓，雙眼緊緊地盯著越來越近的敵人。

北蠻四王蠻豹多日來搜索藍羽蹤跡，一路向北延伸，漸漸地接近了北冥府城地界，他心中惶恐，北冥府城萬萬不能有失，否則後果不堪設想，這時候，他也不想再做什麼搜索了，立即帶人趕赴北冥府城，不想距離二十里的時候就聽見了藍鳥軍的歌聲及北蠻人的嚎叫聲，立即提兵趕了過來。

遠遠地見敵人駐馬在城外，人數約五萬人左右，正在等待著自己，而城內早已經殺聲四起，蠻豹雙眼發紅，自己的族人正在遭受敵人殺戮，他們那能無動於衷，蠻豹厲嚎一聲，狼騎兵隊伍一緩，逐漸組成隊形，然後，他大叫一聲，八千狼騎如閃電般向前殺去。

雙方距離約二百米左右，雷格一聲大喝：「放箭！」

弩箭如雨，交叉覆蓋，雪狼濺血，狼騎倒地。但北蠻人天生的兇殘這時候表露無遺，他們冒著箭雨，一點也不停留，如電般衝了上來。

雷格一催坐騎，天罡刀一擺：「殺！」

黑色的戰馬如一條烏龍，閃電射出，天罡刀劃出一條刀芒，劃破天空，滾滾的刀浪帶著嘯聲，把人狼劈成兩半，雷格單騎撞破狼騎兵的陣型。

藍羽衛隨著雷格的喝聲而出，巨大的馬蹄聲震響，刀光閃閃，殺聲震天，藍羽和狼騎兵這兩隻大陸上最強大的騎兵碰撞在一起。

巨大的狼牙棒揮舞，與天罡刀交錯，北蠻勇士力大棒沉，雪狼速度快，但藍羽衛士武藝高強，刀法出眾，他們並不與狼牙棒相撞，順著棒的走勢空隙切入，同時他們伏在馬上，躲避著巨大的狼牙棒，幾乎在瞬間，刀已割入敵人的咽喉。

但無論你速度多快，馬的速度還是不如雪狼，並且馬長不易躲閃，巨大的狼牙棒把戰馬砸成肉泥，許多士兵與北蠻勇士同時倒在馬下。

雷格刀馬蹚起一條血光，雙眼死死地盯住了蠻豹，而蠻豹也早已經盯住了雷格，兩個人的目光幾乎同時撞在一起，殺氣暴漲，瀰漫天空，瞬間馬狼相撞，刀棒相交，巨大的響聲轟鳴，雷格騰身而起，灑下一片的刀浪，把蠻豹圈在刀罡內。

蠻豹狼牙棒高舉，灑下一路棒影，層層疊疊，奮力把刀影阻擋在外，雪狼急向前竄，剎時間交錯而過，而巨大的響聲接連響起，鋼鐵交並所碰撞的火花閃起一串，狼牙棒上的牙釘被削下一大片，雷格再次騰空而起，在刀罡中閃出一溜黑芒，直指蠻豹的後心。

蠻豹身往下伏，手中狼牙棒急背身後，一聲轟響，人狼竄出五、六米遠，蠻豹臉色鐵青，圈狼而回，駐狼而立，手中狼牙棒擎在胸前。

雷格從空中落下，急喘兩口氣，天罡刀斜指前方，雙眼緊緊地盯著蠻豹，兩個人一個照面，雷格稍微占了點上風。

雷格依仗自身武藝高強，身法靈活，從戰馬上飛身而起，攻擊取先手，秋水神罡乃是絕學，天罡刀法更是遠古的刀法，兩項絕跡並用，才佔據上風。

而蠻豹依仗北極武學及多年的鍛鍊加上力大無窮，皮肉厚而稍微吃點虧，但這並不影響他的戰鬥力，兩個人在互相凝視的瞬間又同時攻上，刀棒並舉，又殺在了一起。

兩人在交戰有三十餘個回合後，被雷格天罡刀斜肩帶背劈於雪狼之下，巨大的雪狼頭也跟隨落地，雷格一番苦戰，稍微身負輕傷，沒什麼大事，而八千狼騎兵全部被藍羽殲滅在北冥府城前，大陸上最強大的騎兵從此消失。

相對於城外的慘烈搏殺而言，城內的戰鬥激烈程度就顯得弱了許多，由於北蠻人事先沒有什麼像樣的防備，加上藍羽騎兵人多勢眾，被殺了個措手不及，所以有組織的大型防禦就比較少，而零星的戰鬥在騎兵衝擊之下就顯得無力了，藍羽騎兵在參謀長亞文的調度下分成多個萬人隊，從四面街區開始衝擊，趕殺北蠻人。

北冥府城戰鬥至太陽正午結束，藍鳥軍藍羽騎兵軍團斬殺北蠻軍民十餘萬人，鮮血染紅了城內外，街道上到處都是死屍和鮮血，藍羽在付出四萬餘人傷亡代價後佔領了北冥府城。

里騰將軍率領兩個軍團在北冥府城周邊斬殺，在奴隸們的支援下，順利把北蠻人消滅乾淨，全面佔領了城外地區，至中午戰鬥結束時止，部隊傷亡幾千人，損失最輕。

第十七章　窮途末路

北冥府城一戰，藍羽騎兵兵團傷亡五萬左右，解放聖拉瑪族奴隸四十多萬人，繳獲戰略物資無數，藍羽在北平原深處找到了一處立足之處，同時解決了後勤補給的問題。

次帥雷格立即下令軍民打掃戰場，清理戰略物資，清點奴隸人數，安排他們的住處，他知道北冥府城對於北蠻人的重要性和戰略意義，北蠻人絕對不會輕易放棄北冥府城，一定會出兵爭奪，而百姓在城外極其不安全，所以全部安排在城內，同時發放糧食，安排能幹的人打造兵器、防禦設備，部署人員守城。

爲了儘快與長白城一帶藍鳥軍取得聯繫，雷格派出一個中隊藍羽衛回去，從東側迂迴，儘快把藍羽的消息報告給聖王和軍師，彙報給越劍和維戈，掌握戰爭的主動權，配合下一步作戰。

在北冥府城戰鬥結束的時候，長白城攻防的戰鬥仍然激烈異常，藍鳥軍一天時間把周邊縮小了二十多里，維戈西方面軍向北推進三十餘里，被北蠻人奮力抵抗住，而在東、南兩個方向上不再有所進展，北蠻人知道危險就在眼前，也是拚出了全力，特別是對付西方面軍，蠻龍幾乎動用了手中所有的預備隊，同時緊急召集所有能作戰的百姓。

從第二天起，北蠻人接受第一天衝擊傷亡重大的教訓，不再擅自出擊，他們全力防禦在陣地內，利用石頭、木標槍、弓箭等展開防禦，在陣地被突破的個別地段才組織起反衝擊，把藍鳥軍擊退回去，然後再次轉入陣地防禦，藍鳥軍三個方向上的傷亡開始增加。

與此同時，北蠻主蠻龍失去了四王蠻豹的消息，他綜合各個方面的情況，感到不好，所以緊急召開了各部落長老會議，討論長白城局勢，研究下面的問題。

蠻龍畢竟是一國之君，眼光比一般人要長許多，他沉痛地對著被緊急召見來的長老們說道：

「各位長老，長白城局勢想必大家都知道，目前形勢對我們十分不利！」

他環視全場一眼，接著說道：「星海聯盟帕爾沙特擅自引軍撤退，把對抗西部敵人都放過來，如今，藍鳥軍三個方面軍全部攻擊長白城，總兵力接近百萬，是我們全族的總人數，而敵人的裝備比我們不知好上多少倍，勇士們雖拚死抵抗，一天一夜時間內，傷亡二十多萬人，照這樣下去，長白城是挺不了幾天的！」

他語氣越加的沉重：「況且，長白城兵力畢竟有限，全族散佈在整個北部地方，不能夠集中起來對抗藍鳥軍的進攻，長白城已經到了生死存亡的緊要關頭了，各位，是放棄還是堅守，需要大家共同拿個主意！」

長老們全部低下了頭，沒有人敢言語，放棄長白城他們就必須向北撤退，十年來，族人們流血犧牲爭取來的肥沃土地又要讓給聖拉瑪人，他們心有不甘，但是，面對如今這樣的局面，國主蠻龍說的也有道理，堅守就有全部滅亡的危險，這是全族生死存亡的大事情。

藍鳥王朝坐擁聖拉瑪大陸半壁江山，人口幾千萬，損失百十萬人不算什麼，但是，北蠻人不同，他們全族才只有一百萬人口，是聖瑪族的零頭還不足，這樣的戰爭再打下去，他們真的就有被藍鳥軍全部殲滅的可能，藍鳥軍不怕犧牲，他們可以源源不斷地從河南進行補給，用全大陸一半的力量對抗北蠻帝國，勝負乃是必然。

蠻龍見大家都不說話，他只好沉重地接著說道：「我也知道放棄長白城的意義，那是用北蠻幾十萬勇士鮮血換來的，十年滄桑，我們付出了優秀勇士的生命，可得到的僅僅是十年時間，十年，三分之一勇士就躺在了大平原上，我們那個不心痛！」

「可是，心痛又有什麼辦法呢？當初北方四國聯軍共同對抗聖日帝國，幾百萬軍隊聲勢浩大，一舉攻佔了聖日都城不落城，那時候我們人多勢眾，合四國之力對抗聖日大軍，可如今呢？四國軍隊在那裏？幾百萬軍隊被聖王雪無痕在十年時間內消滅乾淨，如今僅憑藉我們北蠻帝國就想獨立抗擊住藍鳥軍進攻是不可能的，我們撤退是保存全族，畢竟我們還在中原生活了十年，大家應該滿足了，否則，後果是不堪設想啊！」

「國主，我也知道放棄長白城大家都很心痛，可是你說得對，藍鳥軍百萬大軍攻擊我們，這不是我們一家就可以抵抗的，如今當務之急，是必須與星海聯盟取得聯繫，組成聯盟共同對抗藍鳥軍，否則，不只是對我們不利，對他們也是一樣啊！」

「大禹長老說得極是，可是，當初藍鳥軍渡過聖靜河的時候，我們沒有盡全力抵抗，其目的是讓星海聯盟軍先對抗他們一陣，誰料到河平城這麼快就被藍鳥軍攻破，北海明一戰失利，帕爾沙特在惱怒之下為保存實力而後撤，致使藍鳥軍全力對付我們，當初決策的錯誤使我們處於被動地位，如今再想聯盟，恐怕非常困難。」

「國主放心，以帕爾沙特的奸詐，不會不明白合則利的道理，如今藍鳥軍長驅直入，北平原很快就將淪陷，星海聯盟如想保住在中原的利益，必將會與我們合作，即使心有不甘，但形勢所迫，他也沒有辦法，更何況藍鳥軍一旦佔據整個中原，決不會就此善罷甘休，北海必將直接面對藍鳥軍的打擊之下，為長遠利益，星海聯盟也不會坐視不理。」

「大禹長老說的極是，我也是這麼考慮的，前幾日我已經派人聯繫帕爾沙特了，不過先讓人見見星智，然後再與帕爾沙特溝通，我想不會有什麼問題，現在的問題是我們怎麼辦，是放棄長白城還是繼續堅守？」

二王蠻虎在旁說道：「大哥，放棄與堅守各有利弊。堅守，一旦星海聯軍遲遲不肯出兵，我們就有被圍殲的危險，即使星海聯盟出兵，我們也將損失重大；放棄，我們十年的心血必將付之流水，但可以保存實力，以後再戰，我個人的主張是放棄，我們一路向北，集結族人，然後視機再戰！」

「大家以爲二王意見如何？」

大禹長老接過蠻龍的話道：「各位，我也同意放棄長白城，如今我們兵力有限，全部都算上才三十幾萬人，與藍鳥軍百萬雄獅對抗智者不爲，保存實力要緊，只要我們族人還在，中原還不是任我們往來，想什麼時候來就什麼時候來，但如今必須有所失，將來才能有所得啊！」

「各位以爲如何？」

「放棄吧！」眾長老紛紛點頭。

長白城血戰三日，藍鳥軍又向前推進了十里，目前距離長白城只有十里之遙，西北面西方面軍維戈部仍然沒有什麼大的進展，北蠻人死力抗擊，保證西北側翼的安全。

藍鳥軍韌勁是巨大的，但與北蠻人相比就有所不如，三天時間內，北蠻士兵硬是憑藉簡陋的裝備，半數的兵力抗擊住了藍鳥軍一倍以上兵力的進攻，爲全族的遷移贏得了寶貴時間。

長白城內，鑾龍早已經下令開始收拾物資，能帶走的都帶走，打包裝車，老人、婦女、孩子開始向北轉移，北蠻民族畢竟是生活在艱苦地區的民族，生存能力極強，老人、婦女和孩子每一個人都攜帶了沉重的物資，艱難地向北走去，與此同時，北蠻的勇士硬是抗擊住藍鳥軍節節近逼，寸步不讓，戰爭已經進入白熱化。

藍鳥軍憑藉著強大的武器裝備，一倍以上的兵力向前攻擊，損失漸漸加大，士兵連續三日作戰，極度疲勞，如不是人數多些早已經堅持不住，但北蠻人就是憑藉少數人抗住了藍鳥軍的腳步，民族生存的欲望何其強烈。

維戈、越劍、兀沙爾、凱旋、彝雲松等無不為北蠻士兵的勇敢所傾倒，被他們強烈的民族感所感染，對北蠻人的認識重新提高到了一個新的意識階層，三日會戰使他們懂得無論是什麼樣的民族，只要在民族危亡時刻所迸發力量是無窮大的，脆弱的民族也是強大無比，這樣的敵人才是最危險。

但民族戰爭不是以個人的意志為轉移，要從全民族的利益出發，北平原是聖拉瑪族的土地，十年前所失，今日就將從外族手中奪回，民族的榮譽、利益高於一切，這一點每一個人都懂，每一個藍鳥士兵都不例外，他們把生死置之度外，其目的就是為了民族的榮譽感和軍人的使命感。

維戈西帥站在高處，前方戰鬥仍然十分激烈，北蠻人站在簡陋的戰壕裏，憑藉強壯的體力把巨大石塊狠狠地向前進的藍鳥士兵中砸，每一塊石頭下去，都有士兵戰死或負傷，沒有例外，而北蠻人簡陋的弓箭更是致命的武器，它的射程遠，勁頭大，殺傷力極強，往往能穿透兩個士兵身體，北蠻人長期打獵所練就的本領，這時候發揮得淋漓盡致。

遠處，北蠻人扶老攜幼地從長白城內而出，一路向北趕，大車小輛連成串，載滿物資的車輛艱難地向北行，維戈斷定北蠻人已經放棄長白城了。

他沉思了一會兒，傳令道：「命令各部暫緩攻擊，減少傷亡，等候命令！」

然後，維戈對中軍官道：「通知越劍次帥，敵人已經開始撤出長白城了，各部是否暫緩攻擊，減少不必要的損失，在運動中消滅敵人不比攻堅更好嗎？況且兄弟們也確實很勞累了！」

「是，翎帥，我這就過去！」

「快去快回！」

「是！」

大將軍威爾接到維戈次帥命令後，把暫緩攻擊的任務交給了副將，他來到維戈身前道：「維戈兄弟，敵人要跑了，我們爲什麼要暫緩攻擊？」

維戈微微一笑，柔聲問道：「威爾大哥，什麼時候的敵人是最危險？你認爲我們的士兵還能堅持住嗎？先休息一陣，然後在運動中消滅敵人不是更好嗎，你忘記了藍羽嗎？」

威爾恍然大悟，哈哈大笑道：「對，雷格兄弟也快有消息了，二十萬騎兵對付行進中的敵人不勝才怪，哈哈，先休息他奶奶的一會兒，然後老子再殺他媽的個痛快！」

幾乎在威爾與維戈談話的同時，中軍官來到了越劍的跟前，他一邊施禮一邊說道：「越帥好！」

「好，兄弟，維戈有什麼事情嗎？」

越劍比維戈大上三歲，在一起時間比較長，倆人的關係好，這個中軍官越劍認識，知道是維戈身邊的人。

「翎帥派我來告訴越帥，敵人已經開始放棄長白城，百姓正從北門撤退，翎帥的意思是暫緩攻擊，在運動中消滅敵人，減少損失。」

越劍考慮片刻，對他說道：「你回去告訴維戈，就說我同意他的意見。」

「是，越帥，我告辭了！」

「去吧！」

中軍官走後，越劍對自己的中軍官說道：「立即命令兀沙爾元帥、彝王爺和東方秀將軍暫緩攻擊，抓緊時間休息，等待命令，告訴他們，敵人已經開始放棄長白城，在原地等待藍羽的消息！」

「是，越帥！」

長白城的攻勢在維戈和越劍的命令下漸漸地緩慢了下來，到晚間時候幾乎全部停止了，各部利用時間休息，等待戰機。

第二天天剛亮，中軍官急急忙忙地走進越劍的大帳，越劍一看見他面帶喜色，知道又有好消息，忙問道：「什麼事？」

「越帥，好消息，是好消息，羽帥三日前已經拿下了北冥府城，大軍正在休息，要求我們配合圍殲蠻龍部！」

越劍騰地站起，楞了一下，突然仰天大笑道：「好個雷格，好，好樣的，不愧是聖王的好兄弟！」

然後，他高興地說道：「立即把消息通知給維戈次帥和各部，並要求他過來一趟，大家碰碰頭，北蠻人的日子到頭了，哈哈！」

「還有，立即把這個消息立即飛鴿傳書給京城，把消息彙報給聖王和軍師！」

「是，越帥！」

隨後，藍鳥軍全線佔領了長白城，各部將領齊聚蠻龍宮內開會，藍鳥軍經過討論，初步擬定了下一步的作戰計畫，今後作戰以騎兵爲主，步兵爲輔助，當前主要任務是藍鳥軍步兵全力休整整編，補充人員、裝備、給養，而對北蠻人的追擊以藍鳥騎士團爲主，幼字營爲輔，全軍十四萬餘人，由溫嘉指揮調度，大軍隨後逐漸跟進，支援包圍北蠻人，整個追擊敵人的計畫明天一早開始執行。

第二天，藍鳥騎士團、幼字營、藍翎衛十五萬餘人開拔，眾將全部前往送行，維戈拉住少公子夢雷的手說道：

「夢雷，軍中不比家裏，一切要以軍令行事，要聽從命令，不要因爲自己的任性而影響整個大軍作戰，軍法的無情你是知道的，到時候就是叔叔也保不了你，你父王的脾氣你應該知道，藍鳥軍有今日的地位就是因爲有嚴明的軍法！」

「我記住了，叔叔，我一定聽從主帥的命令，絕對不給大家增添麻煩！」

「你明白就好，這我就放心了，去吧！」

「越劍叔叔保重、維戈叔叔保重，各位老師和將軍保重！」

凱武在一旁拉過凱文說道：「凱文，你作爲公子的老師可千萬小心，絕對不能讓公子出事情啊！」

「二哥放心，事情的輕重我明白！」

夢雷行完禮搬鞍上馬，溫嘉早已經立在一旁，看見夢雷上馬後斷喝一聲：「出發！」

「少公子保重！」眾人躬聲相送。

溫嘉、夢雷和藍鳥騎士團、幼字營遠遠而去。

維戈眼望著夢雷漸漸消失的背影，感慨地說道：「幼鳥要展翅飛翔了，藍鳥軍的未來是他們的，有這樣的孩子們，藍鳥王朝必將一統大陸，萬世而不倒！」

「是，維戈，孩子們都大了，想你我征戰殺場十餘年，終於有接班人了，聖王英明偉大真是無人可及！」

「當然，越劍大哥，想你我跟隨聖王大哥征戰天下，戰無不勝，十年來，藍鳥王朝不斷發展壯大，所向無敵，如今大陸上還有誰是聖王的敵手！」維戈傲然說道。

越劍微微一笑道：「說得是，不過，我還真擔心少公子的安全！」

維戈笑道：「越劍大哥放心就是，溫嘉的武藝我是信得過的，如今聖拉瑪大陸上有人是溫嘉的對手，但絕對不會超過十幾個，說句不好聽的話，大哥你也不一定是溫嘉的對手！」

越劍這才吃了一驚道：「他這麼厲害？」

「當然，溫嘉的武藝是聖王大哥親自傳授的，重劍法就是我也不會，再加上他天生就是神力，秋水神罡大成，天王印訣上的武藝，大哥以爲如何？」維戈說完微微一笑。

越劍聽後一呆，然後才緩緩說道：「溫嘉得聖王傳授天王絕跡，修煉秋水神功，維戈兄弟今日一說，我才知道他武藝如此強橫！」

「不只是他，商秀也是一樣，聖王大哥最喜歡他們二人，就把天王印訣上的武藝傳授給他們倆，在藍鳥谷的時候，他們整天跟在聖王大哥身後，比我還近！」

越劍長出了口氣說道：「原來如此，這我就放心了！」

「以溫嘉之能，加上雷格的霸氣，北方幾無敵手，藍鳥騎士團是藍鳥谷的精銳，無一俗手，藍翎衛是藍鳥谷最早出來的人，武藝高強不說，經驗豐富，忠誠無二，幼字營得藍鳥谷絕技真傳，雖年紀尚輕，但武藝絕對說得過去，有這十五萬藍鳥谷的親信子弟保護，夢雷絕對安全，越劍大哥放心就是！」

「哈哈，好，既然如此我還擔心什麼，維戈，我們休息二日，然後立即出發，如何？」

「好！」

藍鳥眾將第一次聽見有關藍鳥谷的秘密，心中又是羨慕，又是吃驚，包括越劍在內，重新把藍鳥谷的實力評估一番，兀沙爾、凱武、彝雲松也是第一次聽說藍鳥谷的真實實力，眼前消失的僅僅是藍鳥谷一小部分人，那麼，藍鳥谷真正實力有多少，他們不得而知，但藍鳥谷的強大是無疑的，沒有人再懷疑這一切，聖王天雷統領百餘萬大軍，這中間有多少是藍鳥谷出身的人，想想就讓人害怕。

聖王天雷以藍鳥谷子弟、原聖日帝國軍事學生爲根基，創建藍鳥軍，他胸懷大略，在嶺西郡苦心經營，逐步發展，納四方之豪傑，聚中原勇士，團結南部各族，平定聖拉瑪大陸中南部，十年奠定藍鳥王朝的基礎，展開統一天下的大業，如今實力之強自不用說。

中原豪傑自然是不好駕馭，但聖王天雷卻以個人的魅力及手段小心控制，十年間以藍鳥子弟逐步滲透各個部門、階層，牢牢地把藍鳥軍控制在手中，其間也出現了令人心痛的事情，但是，他手段高明，不動聲色，以勢取人，迫使以驚雲爲首的嶺西特南家族逐步退出歷史舞臺，就是文謹中央體系、文嘉東部體系等勢力，也被他逐步分化瓦解，不敢妄動，對豪溫家族恩威並施，雅星、雅靈兄妹有權有勢，但沒有領軍的權力，西南郡眾家族被其割出巒山城、勒馬城、奴奴城等地，利用大草原、短人族互相牽制，東海、南彝採取懷柔政策，加上武力威懾，逐步趨於穩定。

到目前爲止，藍鳥王朝還沒有過反叛的事情發生，主要原因就是聖王天雷的威望和實力使各個家族不敢有一絲一毫異心，在對待特南家族的事情上，他也是顧念舊日情意，手下留情，使各個家族心存感激，亦不敢妄動。

此外，每一個家族都知道藍鳥軍內有一個黑爪部門，負責對大陸各地的情報收集工作，但沒有一個人知道具體的情況，黑爪分佈天下各地，無孔不入，負責暗殺、威脅等清理工作，黑爪的陰雲早就籠罩在每一個家族的心頭上，聖王天雷的手段使他們小心翼翼，深怕被黑爪抓住把柄，列入清除之列。

藍鳥王朝日益強大，各個家族逐步收縮自己的勢力，深恐受到打擊，聖王雖然與大家談笑風生，但對每一個家族的事情是清清楚楚，明明白白，眾人也是心中有數。

且不說藍鳥眾將心中驚顫，單說北蠻主蠻龍率領全族向北撤退，一連三日，大軍向北行進一百餘裏，蠻龍忽然接到消息：北冥府城失守，後路已被切斷。

消息控制在及少數人範圍內，但陰沉的氣氛仍然籠罩在全族的頭上，百姓和軍隊沉悶地向北行走，再沒有往日的意氣風發。

晚間的時候，眾人達到北部的一個小鎮，名叫岡林鎮，蠻龍立即召集各部落長老會議，就目前的形勢做最後抉擇。

大帳篷內氣氛異常的沉悶，忽明忽暗的燈光使人更感覺陰森，沒有人敢大聲喧嘩，每一個人都明白民族危亡的時候到了。

一路行來，蠻龍逐步收攏族人，把各部落匯入大軍的行進中，逐漸集中力量，爭取在到達北冥府城的時候，把全族人收攏在一起，然後在固守北冥府城，保證在中原有一處立足之處，族人也可以勉強生活，但如今，北冥府城的丟失使他們一切夢想化爲烏有，切斷了他們最後一絲希望。

蠻龍打破了沉靜，他低沉地說道：「各位長老，如今北冥府城已經被藍鳥軍藍羽騎兵兵團佔領，我們後路已經被完全切斷，目前的情況十分危急，大家說說我們今後怎麼辦？」

大禹長老低沉的聲音響起：「國主，四王和狼騎兵呢？」

蠻龍眼淚滾落了下來，他用像呻吟般地聲音說道：「蠻豹和狼騎兵恐怕凶多吉少，如果還在，我們早就應該得到消息，如今還是族人從北冥府城的外部得到消息，目前這個消息雖沒有確認，但我想是真實的！」

大禹長老深吸了口氣說道：「國主，目前我們最主要的是先要確定北冥府城的消息，然後再確定今後的方向，這不是小事，相信大家都很明白。」

「大長老，我知道，接到消息的時候，我就已經秘密派出了勇士回北冥府城探聽消息，我想不管怎麼樣，我們還要向北走一段路，消息很快就會傳回來，但是，我們要做好最壞的打算，藍鳥軍的騎兵速度很快，一個耽誤我們就走不了了。」

「國主說的是，大禹錯了。」

「大長老，對與錯如今都不重要了，這個時候我們應該想的是今後怎麼辦，一旦北冥府城的消息得到確認，我們何去何從？」

大禹長老呻吟一聲，沉默下去，他明白不會有好消息，是應該考慮今後的方向了。

第十八章　負隅頑抗

青狼部長老見沒有人說話，忙安慰般地說道：「即使消息正確，但藍鳥軍也不會剩餘多少部隊，憑藉我們全族之力相信重新奪回北冥府城不是太難。」

蠻龍看了他一眼，無奈的表情一眼就能看穿，他接過話：「青狼長老，北冥府城城高牆厚，易守難攻，又集聚著幾十萬奴隸，藍鳥軍絕對會料想到我們重新爭奪，如幾十萬奴隸全力防禦，藍鳥騎兵配合衝擊，從南部跟下來的藍鳥軍趁勢夾擊，你想我們還能剩多少人？」

青狼長老倒吸了口冷氣，不再言語。

豹部長老聽後急問：「國主，那我們怎麼辦啊？」

「兩條路，第一全力爭奪北冥府城，如能爭奪下我們駐守，如不能，只好向北方撤退，能走多少人是多少人；第二，保存實力，向星海聯盟方向轉進，暫時找一個立足之處。」

大禹長老歎息一聲道：「爭奪北冥府城要冒全族被殲滅的危險，向星海聯盟轉移要稱臣於人，但全族會保存下去。」

「大長老說得是，但蠻龍也沒有更好的辦法，藍鳥軍很快就會得到消息，立即就會出兵追趕我們，目前我們兩面受敵，族人所剩不多，勇士們極度疲勞，加上藍鳥軍騎兵強大，你讓我怎麼辦！」

大禹再次歎息一聲，低沉地說道：「大家看如何吧。」

各部落長老紛紛議論，一時間也沒有統一意見，各種各樣的辦法想了許多，但被一一否定，至天亮時分，快馬再次轉來消息，北冥府城可以確認被藍鳥軍佔領，具體情況還要晚一些再報告。

蠻龍見大家沒有拿定一個主意，與大禹長老商量了一下，最後說道：

「各位長老，目前我們還能向北走一段路，邊走邊探聽消息，但我可以肯定地告訴大家情況對我們十分不利，大家要有所準備，我和大禹長老商量了一番，一旦消息被確認下來，我們就向西北轉移，先到星海聯盟再說，保存全族才是大事。」

「是，國主！」

「明白，國主！」

眾人垂頭喪氣，起身離開。

北蠻全族繼續向北前進，速度明顯加快，在後部，探馬派出了許多，監視長白城一帶藍鳥軍的消息，又走了兩天，北方傳來消息，四王蠻豹和狼騎兵全部戰死，北冥府城被藍鳥軍藍羽兵團佔領，目前奴隸們和藍鳥軍正在城內組織防禦。

隨後，南方斥候又傳來消息，藍鳥軍藍鳥騎士團和步兵十萬人已經起程北上，但速度不是很快，看來長白城已經從休息中緩過勁來，正出兵配合藍羽夾擊北蠻人。

蠻龍立即命令族人加快行進速度，向海寧城方向靠近。

一日後，北方又傳來消息，藍羽十萬騎兵已經出城，有向南攻擊的可能。

蠻龍沒有辦法，除加強南、北兩個方向的戒備外，率領全族加快速度，把沉重的物資全部拋棄，全力向海寧城靠近，同時派人向星海聯盟求助。

北蠻人距離海寧城已經不過百里之遙了，蠻龍這才稍微放心，至於以後的事情，以後再說，目前保證全族安全要緊。

藍鳥軍南、北兩路出兵，封死北蠻人向北部極地撤退的打算，迫使其向西北方向海寧城轉移，北蠻與星海聯盟會合已經勢在必行，消息傳到京城，聖王和軍師大怒，沒有全殲北蠻人也說得過去，但藍鳥軍動作緩慢，使北蠻人投靠星海聯盟軍，既助長了星海聯盟的實力，又使藍鳥軍後患無窮。

當即，聖王傳旨所有騎兵全力出擊，爭取在北蠻人到達海寧城前殲滅他們，但爲時已晚，北蠻人已經靠近了海寧城，北蠻主蠻龍委曲求全保存全族的心懷、勇氣，使聖王天雷和軍師感佩的同時，也更加的小心，把對蠻龍的認識立即提高到了一個新的層次。

星海聯盟軍自從撤往海寧城，帕爾沙特就全力經營海寧城防線，重新調整部隊，補充人員，增添裝備，鞏固實力，他知道與藍鳥軍決戰的時期不遠了，星海聯盟稱霸中原的時代一去不復返了，但是，他不甘心自己的失敗，帕爾沙特知道自己還有一次機會，但他得等待時機。

星海兵團主帥北海明隨後不久就逃回海寧城，當時情形的淒慘無法形容，帕爾沙特看他狼狽的樣子也沒多說什麼，畢竟北海明是原北海帝國的元帥，掌握北海全軍的力量，在星海聯盟內有著舉足輕重的作用，帕爾沙特沒有處置北海明的權利，他也不敢那麼做，好心地安排北海明休息，隨後，帕爾沙特與北海明一番細談，從此後，北海明抱病返回北海，安心休養。

星智、星慧兩位元帥隨後不久也返回北海，在北海都城海月城與北海明一起休養，平時三人一起討論時局，詳細計畫，對外則稱中原之戰沒有打好，無臉再留在軍隊內，請求星海聯盟免去起領軍的職務，從此不再從事軍隊的事情，聯盟主席星晨沒有說什麼，只是同意了兩個人的請求，並好言語安慰。

藍鳥軍一心一意以消滅北蠻人爲主，對星海聯盟軍暫時防禦，以騎兵牽制起力量，帕爾沙特即使知道是這麼回事情，他也無力進行反擊，畢竟藍鳥軍騎兵就高達二十五萬人，而星海聯盟軍撤至海寧城的軍隊也就四十萬左右，其中騎兵不足十萬人，以這樣的兵力反擊，帕爾沙特還沒有發狂。

北蠻帝國特使來到海寧城後，帕爾沙特沒有接見他們，只安排一位參謀接待，然後就把他晾在一邊，從此不再過問，北蠻使者心中焦急，多次求見，帕爾沙特毫無所動，事情一直拖下去。

隨著藍鳥軍的步步緊逼，長白城會戰拉開了序幕，帕爾沙特心中痛恨北蠻人，同時也希望藍鳥軍與北蠻軍一戰使雙方實力有所消耗，達到三方勢力的平衡，即使不能達到這樣的效果，最起碼也要達到星海聯盟與北蠻聯合起來能夠抗擊藍鳥軍的地步。

長白城會戰，斥候每日都把消息向帕爾沙特彙報，使他掌握戰場上的每一個細節、每一分變化，帕爾沙特也確實看到了預期的效果，藍鳥軍和北蠻軍雙方損失都很嚴重，他心中大樂的同時，也一直在納悶，藍鳥軍一直少了一支隊伍，經過仔細的考慮他終於想了起來，藍羽雷格不見了，這時候，帕爾沙特就有一絲預感，情況一定會發生重大的變化，根據他以往的經驗，藍羽一定又會突出奇兵，只不知道藍羽會從什麼地方下手。

隨著戰局的不斷發展，局勢越來越加明朗，藍鳥軍三面包圍長白城，步步緊逼，並動用了全部的步兵力量，全力攻城，帕爾沙特明白聖王雪無痕是要給予北蠻人一個沉痛的教訓，即使不能全殲滅北蠻人，也要讓他一蹶不振，使回到北方的人數達到最低點，減少北蠻人對中原的威脅，解除後顧之憂，然後全力西圖。

但帕爾沙特萬萬也沒有想到的是，藍羽奔襲的目標竟然是北冥府城，八百里遠襲，長途跋涉，即使帕爾沙特再大的膽量，也沒有預料到會是這樣一個結果，他知道藍羽騎兵強大，雷格勇武無敵，擅長奔襲，但這樣的膽量氣魄也更使他感到由衷地欽佩，同時更加的羨慕，如果自己手中有一支這樣的騎兵，還怕藍鳥軍什麼，可惜沒有。當蠻龍第二個使者請求帕爾沙特讓北蠻人進入海寧城的時候，帕爾沙特就感到星海聯盟的機會來了，自己的機會正在逐步靠近，果然，北蠻第三個使者主動提出了北蠻人願意聽從帕爾沙特的調度，從此後，北蠻人願意納入星海聯盟內，共同對抗藍鳥王朝等。

在當前情況下，北蠻人沒有講價錢的餘地，帕爾沙特也懂得見好就收的尺度，如果再不答應，北蠻人如果投降了藍鳥王朝反而不好，經過反覆的商討及討價還價，帕爾沙特與北蠻人簽定了《海寧城協定》，協定規定：星海聯盟承諾讓北蠻人可以進入海寧城地區，家屬可以通過北海國回歸北方極地，但軍隊必須留下作戰，星海聯盟軍可以派出騎兵接應，但是北蠻人從此後將加入星海聯盟內，軍隊的指揮調度要服從帕爾沙特的指揮和調遣，共同對抗藍鳥軍，以後，在中原的利益上，北蠻人有權享受星海聯盟三分之一權利，條約立即生效。

隨後，帕爾沙特果然遵守承諾，派出全部騎兵增援接應北蠻人，抗擊南線商秀部的進攻，爲北蠻人提供側翼保障，蠻龍立即命令軍民加速前進，很快就越過藍鳥軍東、南、北三面包圍圈，進入海寧城境內，與帕爾沙特星海聯盟軍會合。

北蠻國主蠻龍對帕爾沙特的感激之情無以言表，四十餘萬族人保全了性命，使北蠻人得以延續，大恩大德無以爲報，所以也只有遵守雙方的協議，完全聽從帕爾沙特的指揮，從此歸入聯盟內。

北蠻人雖然是野蠻的民族，但他們最講究的就是情誼和互信，北蠻人心眼少，你對我好一分我就對你好一分，決沒有絲毫差錯，另外，北蠻人也知道在抗擊藍鳥軍這件事情上，是自己理虧在先，最後還得星海聯盟軍出手幫助，在民族生死存亡的緊要關頭拉上一把，這樣恩義是重大的，況且，藍鳥軍逐步緊逼，爲了雙方的利益，北蠻人終於知道了憑藉他們的頭腦戰勝不了藍鳥軍，只有與星海聯盟結合在一起，才能享受分享中原實惠，更何況，三分之一的利益足夠北蠻人享受了。

星海聯盟和北蠻人簽定的《海寧城條約》，使北蠻人重新加入了北方聯盟的陣營，並保全了自己，在利益上沒有重大的損失，當然，這是以擊敗藍鳥軍爲條件的利益，使北蠻人重新站穩了腳跟，從此又開始踏上了帕爾沙特的戰車。

《海寧城條約》的消息傳到了藍鳥城和長白城，聖王天雷氣得臉色發青，維戈、越劍、雷格等低頭不語，不敢再提功勞的事情，倒是軍師雅星會做人，當即勸慰聖王天雷，要體諒前線將士的流血犧牲，給予他們應得的榮譽，聖王天雷沒有再說什麼，同意了雅星的提議，命令額部對有功人員開始獎勵，對犧牲將士及家屬開始撫恤，幾乎所有的將士都得到了獎勵，但是，對三個方面軍主將，聖王天雷沒有進行任何獎罰，把他們晾在一旁，命令他們在河北反省，總結大戰經驗教訓，以靜待後續。

藍鳥軍開始了休整階段，全軍在淩川城、長白城、北冥府城形成一個三角形的防線，大軍休整補充。

聖拉瑪大陸的戰爭又一次平靜了下來，天漸漸地進入了十月，初秋的河北平原仍然是滿目滄桑，到處都是戰後留下的痕跡，地裏莊稼幾乎沒有大面積，零星的莊稼地中留下了戰爭的傷痕，收成幾無。

從藍鳥軍穩定河北防線後，就開始把解放的大批奴隸轉移到沿聖靜河邊一帶，從河南運來的糧食和物資足夠老百姓們用，穿的東西也足夠了，爲了給被奴役的河北聖拉瑪族百姓恢復身體，聖王特意下旨意爲他們運來了肉食品，使百姓感激萬分，如今，聚集在聖靜河岸的百姓幾百萬人，他們以河平城、河東城爲家，努力工作，爲自己的新家園付出辛勤汗水，但他們心中高興，生產勞動的積極性越來越高。

聖拉瑪大平原進入了轟轟烈烈的豐收季節，今年北方平原雖然戰爭不斷，但是整個南方平原卻是個大豐收年，糧食收穫無數，牧業也大有發展，各種軍工企業生產順利，軍事裝備源源不斷地運送到北方，補充裝備藍鳥軍。

藍鳥城內，由於河北會戰落下了帷幕，聖王天雷也暫停了去長白城前線的打算，不得不又把自己關在了王宮內，整天與文臣打交道，好在河北會戰全部結束，軍事雅星交出了指揮權，又擔起了額部擔子，聖王天雷又有風揚幫忙，倒不覺得十分勞累。

由於不久將進入冬季，天氣漸漸地涼爽，溫度偏低，這一段時間內，北平原藍鳥軍經過了調整，東方秀率領的東海兵團開赴北冥府城，在城內駐守，不過總兵力也就七萬人左右，幾乎減少了一半，從東海而來的後續補充人員還沒有到位，藍羽兵團全部移出城外，老百姓多數人早已經轉移到了河東城地區生活，整個北冥府城已經成爲了一座軍事重城，鎮守北平原邊陲。

中央方面軍損失不太大，青年兵團、新月兵團和南彝兵團總計損失兵力十一萬人，仍然有二十六萬人，全部駐守在長白城一帶，穩固中翼防線，越劍次帥擔任方面軍總指揮，兀沙爾和彝雲松元帥爲副手，從聖靜河南過來的補充兵力正在整編訓練，加入到軍團中。

西方面軍在次帥維戈率領下返回了凌川城，藍翎兵團和四個獨立軍團也全部開始補充休整。藍鳥獨立一、二、三、四軍團這次損失重大，傷亡達到二十萬人，幾乎是總兵力的一半，特別是第一軍團重步兵營更是損失慘重，一半人員戰死，三分之一人受不同程度的傷，完整的人幾乎沒有幾個，而第二、三、四軍團也是有不小損失，整個獨立軍團幾乎失去戰鬥力。

獨立軍團的損失報回藍鳥城後，聖王天雷心中大痛，在感歎獨立軍團功勳的同時，也把最精銳的補充人員撥給了獨立軍團，而目前藍鳥王朝唯一的一個最優秀的補充單位，就是藍鳥幼字營，聖王天雷狠了狠心，把幼字營撥出七萬人給獨立軍團，各部將領見聖王竟然把幼字營補充給部隊，忙向聖王申請，一時間，幼字營成爲了各部隊的搶手貨。

藍鳥騎士團在整個河北會戰階段總計損失兵力一萬二千人，聖王首先讓溫嘉和布萊到幼字營中挑選人員，進行補充，騎士團大喜過望，立即動手，把最優秀的子弟首先挑走，在獨立第一軍團威爾大將軍到達時已經完成，使威爾後悔了半天，連忙說騎士團的動作快。

聖王天雷見各部都向他伸手要幼字營的人員，無奈之下，把一萬人補充給了東海兵團，一萬人補充給了青年軍團，餘下八千人給了新月兵團，兀沙爾見聖王把幼字營補充給了新月兵團，又是激動，又是感激。

藍鳥幼字營總計有幼鳥二十餘萬人，第一次渡過聖靜河參加作戰只有十萬人，已經全部補充給了各部，其餘十萬人聖王天雷還真是捨不得，但他也知道幼鳥是需要鍛鍊才能成長，所以也把其餘十萬幼鳥派往河北，增長見識，廣開眼界，使他們見識到真正戰場的氣氛，為以後發展奠定基礎。

鑒於西方面軍損失重大，聖王天雷把十萬幼字營調往凌川城，由藍鳥騎士團代理團長溫嘉統一掌管、訓練，聽從次帥維戈的指揮，整個幼字營全部是藍鳥軍最先進的裝備，戰鬥力一天天地成長起來。

長白城會戰時對北蠻人的殲滅戰之所以失敗，其主要原因是維戈、越劍動作不夠果斷，考慮到士兵傷亡重大，不忍心再發起攻擊，其次一個主要原因，就是由於少公子夢雷隨軍前往，各將領深恐少公子有意外，束手束腳，不敢放手施為，致使追擊動作緩慢，讓北蠻人從容退走，再次的原因是沒有想到北蠻人會投靠星海聯盟，全局觀念不夠強。

但不管有多少理由，是什麼原因，其中一條是無疑的，那就是少公子夢雷，聖王天雷經過認真的考慮，認為當前再把夢雷在留在河北已經失去了意義，反而會為各部將領增加負擔，所以傳旨讓夢雷回京城，越劍帶領眾將十里相送，依依不捨地把少主送走。

夢雷帶領一個萬人隊近衛從長白城出發，快馬加鞭，不日渡過聖靜河，南下趕往京城藍鳥城，父王天雷的命令他一刻也不敢耽擱，夢雷也不小了，十二歲的少年長得十分高壯，如十五歲一般，同時，他也已經懂得了許多事情，知道自己母親一定有什麼原因而隱居藍鳥谷，不願意到京城與父親一起生活，其中的隱情他雖然不知道，但是，事實就是他還不是正統的少主，與小弟中原還有一定距離。

維戈和雷格等藍鳥將領的愛，使他明白自己還沒有失去地位，但一切都要自己來爭取，爲自己爲母親爭取，他一切小心從事，從不敢有一絲一毫差錯，生怕父王怪罪，夢雷的小心謹慎贏得了眾人的尊重，也使他的地位提高了許多。

這次藍鳥軍長白城會戰，最後功虧一簣，藍鳥眾將雖然沒有把原因推在他的身上，但夢雷多少也知道由於自己安全等原因捆住了藍鳥軍的手腳，導致最終這樣一個結果，他很矛盾，很心痛，雖然他自己已經盡了力，但最後的結果仍然沒有讓聖王滿意。

十二歲的少公子夢雷滿心委屈，快馬加鞭地趕回京城，想向父王一訴心曲。不日來到京城藍鳥城北門外，楠天和風揚代表聖王來接他，使夢雷感到了父親的溫暖，眼淚差一點就掉了下來，進入京城後，夢雷得到了藍鳥城軍民熱烈歡迎，百姓把一個十二歲少年當成了聖戰的先鋒，而這個先鋒少年就是聖王的兒子。

「少年聖戰先鋒！」

「看，那就是聖子，年僅十二歲的聖子，少年聖戰先鋒！」

「你看看聖王，把十二歲的聖子都送到了前線，爲聖戰的先鋒，這樣的王，我們還有什麼捨不得，這就是我們驕傲的藍鳥王！」

京城百姓的讚譽使夢雷心情大佳，感覺到了自己沒有給父王丟臉，自己用行動贏得了百姓的愛戴，用事實證明自己不愧是聖王的兒子，夢雷感到驕傲是自己贏得的，他沒有什麼慚愧。

聖王天雷和軍師雅星等人在王宮前的臺階上迎接著夢雷，夢雷遠遠地見到了父王親自出宮迎接自己，心頭大驚，這次與往日不同，回京城的只有自己，沒有那路將領，聖王出迎顯然是迎接自己，夢雷激動得眼淚立即就流了下來。

「孩兒夢雷叩見父王，祝父王萬安！」夢雷趕緊跳下戰馬，跪倒磕頭。

「好孩子，起來吧！」

「讓父王迎接，孩兒罪該萬死啊！」

「好夢雷，今日我迎接的不是我天雷的兒子，而是藍鳥軍最小的戰士，聖戰的先鋒戰士！夢雷，你要記住，你用實際行動贏得了自己的榮譽和地位，父王為你感到驕傲，你沒有為你的母親和藍鳥谷丟臉，父王真的很高興，今日的榮耀是你應得的，起來吧！」

夢雷聽見父王如此地讚譽自己，心頭大喜，往日的不快樂立即煙消雲散，他再次叩頭說道：「謝父王厚愛，夢雷慚愧，沒有做什麼事情，反而為大家增添了不少麻煩！」

「夢雷，你說錯了，藍鳥軍有藍鳥軍的法紀，藍鳥王朝有藍鳥王朝的制度，功就是功，過就是過，一點也不得有錯。你年僅十二歲，是藍鳥軍中最小的戰士，當你衝進河平城的瞬間，你就已經是一名藍鳥軍的勇敢戰士了，戰友之間的照顧是友情，將領之間的安排是他們的決策，但對於你來說這都不重要，重要的是你已成爲藍鳥軍最小的戰士，光榮的戰士，藍鳥聖戰的先鋒，榮譽是你自己爭取的，與任何人無關！」

「謝父王！」

「起來吧，見過你雅星伯父！」

「是，夢雷見過雅星伯父，伯父好！」夢雷起身施禮。

雅星上前幾步，伸手拉住夢雷說道：「好孩子，你沒有丟你父親的臉，你父親和伯父都爲你高興，今日的榮耀是你自己贏得的，祝賀你孩子！」

「謝謝伯父！」

「好吧，進宮再說，夢雷，累了吧？」

「不累，父王，孩兒心裏高興呢！」

聖王天雷看著兒子夢雷興奮的臉，心中暗暗得意，夢雷年紀雖小，但他在河北的作爲卻得到了藍鳥眾將領的認可，得到了額部的認可，更得到了自己的認可，夢雷沒有辜負自己的期望，雖然爲藍鳥軍增添了麻煩，致使會戰在最後階段功虧一簣，但這些與夢雷本人無關。

眾人來到宮內，早有人安排夢雷下去梳洗，不一會兒，當夢雷再次出來的時候，宮內只剩下了父親、雅靈王妃、彝凝香王妃和弟弟、妹妹，一家人坐在聖王的周圍，靜靜地等待著自己。

夢雷見到雅靈和彝凝香，趕緊跪倒磕頭，雅靈伸手拉起夢雷說道：「好孩子，你沒有丟你父王和你母親的臉，王娘爲你高興，來，來，中原、蓮兒，快上前見過你哥哥！」

少主中原和公主雪蓮忙過來拉住夢雷的手，中原嘴裏叫道：「哥哥，父王常誇獎你呢，你真是個好哥哥！」

「夢雷哥哥，我好羨慕你啊！」雪蓮搖著夢雷的手說道。

夢雷的眼淚流了下來，他泣聲說道：「好弟弟，好妹妹！」然後把他們抱在懷裏。

聖王天雷在一旁看到這動人的一幕，眼角也有些濕潤，回想起明月公主一人孤居藍鳥谷，教育兒子長大成人，如今夢雷不辜負她的期望，爲藍鳥谷和她增添光彩，又是激動，又是辛酸。

彝凝香在旁笑道：「好孩子，哭什麼，你得到了這樣的榮譽，是雪姓家族的榮耀，藍鳥谷的榮耀，是你母親和我們的榮耀，你要記住，把你母親接到京城來，不要讓她一人在藍鳥谷受苦啊！」

「謝謝香姨娘！」

聖王天雷勉強擠出一絲笑容道：「好了，今天我們一家子高興，借夢雷的光，大家一起吃一頓團圓飯，然後，夢雷你休息幾天，回藍鳥谷看看你母親，如果她願意，就把她接到京城來，不願意就算了！」

「是，父王！」

聖王天雷舉家歡慶，歡喜的氣氛帶動了整個宮廷內，許多藍鳥谷出身的侍女都替少公子高興，雅藍、雅雪、雪藍等人都過來爲聖王道喜，聖王天雷留大家一起吃飯，熱鬧到很晚才結束。

十五天後，王妃雅靈、長公子夢雷、少主中原、公主雪蓮起身趕赴藍鳥谷，隨行的有兩千名近衛騎士。

四年前，九歲的夢雷中原尋父，轉眼間，三年多時間匆匆而過，其間夢雷十歲代父出使東海、十二歲遠征河北平原，立下戰功，如今回轉大草原藍鳥谷看望母親，心情的激動可想而知。

夢雷起身回藍鳥谷前，王妃雅靈找到了聖王天雷，訴說自己想親自到藍鳥谷一趟，畢竟當初天雷和明月公主的事情是雅星、雅靈兄妹兩個人做的，況且夢雷如今都已經十二歲了，無論從什麼角度講都必須給夢雷一個名份，給明月公主一個名份，而解決這件事情的最好人選就是她。

聖王天雷沒有說什麼，點頭同意了雅靈的說法，王妃雅靈要求把中原和雪蓮兩個孩子都帶到藍鳥谷看看，他們長這麼大了，還沒有見過藍鳥谷是什麼樣子，總是向她要求帶他們去看一看，正巧這次有如此一個機會，所以也想帶兩個孩子去，聖王天雷想到了兩個老師兄還沒有見過這兩個孩子，也就同意了。

第十九章　情義掙扎

長公子夢雷回轉藍鳥谷的消息，像一聲驚雷般響遍整個河南各地，從京城藍鳥城到藍鳥谷，幾千里地方無數百姓和各城官員前來迎接，王妃雅靈、少主中原、公主雪蓮，那一個不是響噹噹的角色，更爲長公子夢雷的藍鳥谷之行增添了數不盡的神秘色彩。

事情越傳越離奇，越傳越神秘，雅靈一行的安全就提到了重要位置上，藍衣眾緊急出動，黑爪全力保護，西南郡總督騰越接到消息後，親率五萬軍隊前來保護，一路上浩浩蕩蕩，兩個月後到達了奴奴城。

奴奴城的情況把雅靈一行嚇了一跳，整個百里內大路被大草原的勇士站滿，藍鷹勇士一批接一批前來迎接聖王妃雅靈和聖子、公主，短人族出動了最強大的勇士，草原各部落族長全部前往迎接，百姓連成片，遠遠地望不到頭，祈福的聲浪一浪浪響起，拜倒的人群數也數不清，雅靈這才相信哥哥雅星訴說多年前跟隨聖王天雷前往藍鳥谷的事情。

雅靈一行在奴奴城稍微休息，然後出奴奴城踏上大草原的土地，在通往藍鳥谷的大路上，無數帳篷把方圓幾十里內占滿，大草原牧民一批接一批地前來拜見聖王妃和聖子、公主，各部落長老、族長每一天都有，盛大的場面把雅靈搞得暈頭轉向，沒有辦法，只能勉強支撐下去，雅靈這時候才感到盛情的可怕是什麼。

在出奴奴城十天時間，突然在大路上出現了一片雪白的帳篷，所有的族人全部鴉雀無聲地跪在路旁，從年長的到小孩子，就連剛出生的都有，大草原各部沒有人上前攪亂秩序，都靜靜地站在一旁，雅靈正在猶豫的時候，騰越趕緊過來對她說道：

「王妃，他們是雪奴族的人，聖王親收的家奴。」

雅靈知道雪奴族，聖王略微提過，也知道他們是聖王家奴的一說，忙下車來到近前，科藍高聲說道：

「雪奴族族長科藍率領全族迎接聖王妃和聖子殿下，全族十一萬三千二百一十六名家奴接受聖王妃和聖子的點查！」

雅靈見科藍只有二十餘歲，身材高大，氣質不凡，忙說道：「科藍族長起來吧，聖王跟我說過雪奴族的事情，今日相見也是我們主僕的緣分，大家都起來吧！」

科藍見雅靈承認了他們的身分，忙說道：「謝謝主母大恩！」

雪奴族人與大草原其他族人稍有不同，皮膚比較白，身材高，雄壯有力。十年來，雪奴族在聖王的關照下人口日益增長，草場也擴大了一些，他們平時放牧，另外有專人為聖王守護聖雪山，兼帶打獵，飼養雪山特產，這幾年來，雪山的雪雞、雪狐、雪兔等飼養了許多，多數送到王宮內，供聖王天雷一家子食用，有時聖王也犒勞給大臣們，雪山的野味再也不像以前那樣稀少了。

「科藍族長和族人們都好嗎？」

「謝謝主母關心，全族得聖王保護一切安好！」

「那就好，聖王時常惦記你們呢！」

「多謝主人關心，雪奴族世世代代都是聖王的奴僕，為主人盡力是我們的責任！」

「好吧，我就不多說了，科藍，前頭引路吧！」

「是，主母，前面就是藍鳥谷了，明月主母正在前方迎接主母呢！」

「明月姐姐來了，快，科藍前頭引路！」

「是，主母！」

車架緩緩地向前走去，雪奴族族長科藍在前引路，眾族人在路兩旁相送，祈福的聲浪陣陣響起，傳遍整個大草原東部。

聖雪山的秋天格外美麗，山峰高聳入雲，天空中白雲繚繞，氣象萬千，彩虹從遙遠的山峰上灑落，為聖雪山披上神秘的面沙。

雪山腳下，碧綠的大草原一望無際，牧民們歌唱著牧歌，享受著太平般的歡樂，遠處，毛氈的帳篷圍成圈，一座連著一座，有規律地相鄰，草場上，時隱時現的牛羊成群游走，啃著綠色的草葉子，把發黃的葉子丟在一旁，挑剔的情景讓人們感到牠們的靈性。

天色近午間的時候，車隊來到藍鳥谷前，高聳的石碑遠遠可見，金黃色的大字使人很容易地就認出是什麼地方：「聖雪山藍鳥谷」。

谷前等待的人群安靜，沒有發出一點聲響，雅靈和孩子們趕緊下車，徒步向前走去。

雅靈舉目光向前望去，就見一個女子一身白色衣裙，頭髮高挽，高雅的氣質與雅靈不同，讓人感到是那麼清麗出塵，仔細一打量，正是明月公主。

明月公主今年三十三歲，比聖王天雷年長兩歲，十年隱居生活使她更加的淡雅出塵，不沾一點塵世俗味，清麗的臉上總是掛著笑意，使人感到特別親切，如今，藍鳥谷的事情幾乎全部由明月說了算，萊恩、列奇幾乎不管什麼事情，兩個人年紀已大，又不願意隨聖王天雷居住在藍鳥城，只想著在聖雪山享福，平時到山上拜祭師父，遙祝小師弟聖王天雷平安無事。

月前，藍鳥谷就得到了消息，明月知道自己的兒子要回谷探望自己，並代替父王拜祭聖僧師祖，當時明月公主倒沒感到什麼，不過仔細一問，才知道是王妃雅靈送孩子夢雷回來，並隨身帶來了聖王天雷的另外兩個孩子，少主中原・雪及公主蓮・雪。

雅靈身居藍鳥王朝正妃之位，身分地位一時無二，明月公主是深明事理的人，懂得就是自己不想與雅靈爭什麼，但是也不能不爲兒子夢雷著想，心裏雖然委屈，但也不能表現出來，況且雅靈這次出京城來到藍鳥谷，可以說一切均是爲了自己和孩子，她又從心裏感激雅靈，愛恨交並，情仇交加，分也分不清，理也理不明，自己爲聖王天雷生了一個兒子，這一輩子恐怕也擺脫不了天雷的身影。

藍鳥谷時刻掌握著雅靈一行的行程，西南郡騰越時刻派人來彙報，進入奴奴城後，大草原的金鷹、藍鷹勇士快馬把消息不時地傳遞給谷內，明月公主可以說把雅靈一路上的一舉一動都掌握得清清楚楚，如今，雅靈臨近谷口，明月不得不親自出迎。

兩個人四目相對，眼中幾乎迸射出火花，有一刻時間，兩人忽然展顏一笑，快步向前迎去。

雅靈雍容華貴，落落大方，高貴的氣度與明月明顯地呈現出兩種不同的氣質，明月清麗、淡雅，如出水芙蓉，一塵不染。

「明月見過雅靈姐姐，祝姐姐萬安！」

「雅靈拜見明月姐姐，姐姐一切安好！」

兩個人幾乎同時飄身下拜，互相問好。明月比雅靈大兩歲，但雅靈名正言順，是藍鳥王朝的正妃，明月公主即使大些也要懂得禮數，而雅靈知道自己比明月小，當初自己多有對不住明月公主的地方，明月公主能走到今天的地步，幾乎可以說是雅星、雅靈害的。

「雅靈姐姐！」

「明月姐姐！」

兩人同時起身，伸手互相握住，互相凝視，臉上的笑容如鮮花盛開，別提多麼的動人。

明月公主從小生長在帝王之家，深明宮廷禮數，更知道笑臉的作用，而雅靈這幾年身居高位，見多識廣，早就練就了一臉笑的本事，兩個人真如親姐妹一般，特別親熱。

「雅靈姐姐一路辛苦，愛護夢雷之心明月感激不盡，這孩子小，這幾年多虧了姐姐照顧，給姐姐找了不少麻煩，有不周到的地方請姐姐多加擔待，明月謝謝姐姐了！」

「明月姐姐快不要這麼說，我們是一家人，夢雷這孩子太懂事了，沒給我帶來什麼麻煩，倒是我和凝香的兩個孩子整天纏著哥哥，好得不得了，我和聖王都很喜歡夢雷這孩子！」

明月公主聽見雅靈提及聖王天雷，臉色一紅道：「給你們添麻煩了！」

雅靈見明月這個樣子，那裏會不明白，忙笑道：「姐姐說得那裏話來，他父親喜歡著兒子，更惦記著他母親，這下我只好親自了請姐姐進京城了！」

這時候，夢雷和中原、雪蓮站在了一旁，夢雷倒身下拜道：「孩兒夢雷拜見母親，母親一切安好？」

「好，孩子，快起來吧！」明月公主的眼淚幾乎要掉了下來，三年多沒有見到兒子，說不想念那是瞎說話。

「中原，蓮兒，快過來拜見你們明月姨娘！」

「孩兒中原拜見明月姨娘，祝姨娘永遠美麗、快樂！」

「孩兒雪蓮拜見明月姨娘，祝姨娘越來越美麗、漂亮啊！」

「哈哈，雅靈，這個就是中原吧，這個美麗的小公主一定是香妹妹的蓮兒啦，好孩子，快起來吧，姨娘喜歡你們呢！」

明月公主邊說話邊笑著把兩個孩子拉起來，把三歲的雪蓮抱在右手上，左手撫摸著中原的頭。

「你是夢雷哥哥的娘親嗎？」雪蓮天真地問明月。

「多聰明的小公主啊，是啊，我就是你夢雷哥哥的娘親啊！」

「姨娘，妳長得可真漂亮，蓮兒喜歡！」

「姨娘也喜歡蓮兒呢！」

雅靈笑盈盈地看著明月公主和三個孩子，她知道明月就是再辛酸、委屈，也不敢在孩子們面前有所表露，特別是在中原和雪蓮的面前表露。這次，百花公主彝凝香沒來，但她的女兒雪蓮來了，明月公主對待雪蓮的好，甚至要超過自己和中原，更甚於自己的兒子，她待雪蓮一分好，夢雷就得到十分好，彝凝香可不是省油的燈，精明甚至超過了雅靈，身後實力雄厚，本身狐魅精明，聖王天雷對她好得不得了，以如今明月的身分地位，還真不敢怠慢了小雪蓮。

「呀，光顧著說話了，來，來，盛翔，過來見見你雅靈王娘娘！」

一個十歲左右的男孩立即拜倒在地上，口裏大聲說道：「孩兒盛翔，拜見王娘娘！」

雅靈仔細打量著眼前這個孩子，只見他長得十分討人喜歡，白白淨淨的臉，大大的眼睛，濃而長的眉，鼻直口闊，兩眼有神，個頭比較高，勇武有力。

「這是……」雅靈一邊打量，一邊疑惑地問明月公主。

「啊，雅靈姐姐，這孩子是天雷送過來的，說是他收的義子，今年十歲，來藍鳥谷大概有七年了，怎麼，妳不知道嗎？」

雅靈輕輕點了下頭，嘴裏說道：「好孩子，快起來吧，我們第一次見面，以後就是一家人了，中原、蓮兒，叫哥哥！」

雅靈七竅玲瓏，心下一轉，想七年前，不正是北方四國圍困京城不落城的時候嗎，聖王天雷借嶺西作戰勝利之威率軍東進，孤身一人跑到京城裏去，如今多了個義子，準是與盛美公主脫不了關係，可恨的是，他竟然不對自己說一聲，就一聲不響地把孩子送入藍鳥谷，看我回去怎麼收拾你，但不論雅靈心裏願意不願意，這孩子如果與盛美有關係，就與自己有血親關係，畢竟雅靈的身體裏流著與盛美公主同樣的血。

聖日家族如今在藍鳥王朝內是個忌諱的家族，更是忌諱的姓，沒有人敢稱是聖日家族的人，在不落城破城的時候，六國聯軍就斬盡殺絕，藍鳥軍也暗暗地沒少殺，只是誰也不知道罷了，更別提敢說，這個孩子如果是盛美交到天雷的手上，當可保他一身平安，對聖王天雷的爲人，雅靈還信得過，更何況其中夾雜著他對盛美的感情。

當下，雅靈流露出分外的愛戀，畢竟是聖日家族的一棵苗，從血親的角度講，雅靈對他也有責任，愛護責無旁貸，所以忙對夢雷和中原、雪蓮說道：

「盛翔以後就是你們的兄弟了，你們要互相關心愛護，否則母親可不答應！」

「是，王娘！」

盛翔對雅靈的話感激得熱淚盈眶，他雖然不知道自己的身世，但雅靈可是如今藍鳥王朝的正妃，雅靈的話，不僅僅是正妃的吩咐，也是一個母親的關懷、愛護之情意。

他再次拜倒，眼淚都流了下來：「盛翔謝謝王娘的愛護，盛翔一定會尊敬哥哥，愛護弟弟，王娘請放心！」

「好孩子，我相信你，快起來吧！」

雅靈疼愛地拉起了盛翔，這時候，明月公主笑道：「別盡在谷口說話，快到谷內，兩位師兄還等著見弟妹呢，雅靈姐姐，請！」

「明月姐姐請！」

兩個人拉著孩子們，邁步向谷內走去，其餘的人被阻擋在谷外，藍衣眾立即在谷內佈置防衛，保護大家的安全。

明月公主和雅靈一行進入谷內，藍鳥谷這幾年不斷發展壯大，谷內面積擴大了許多，房屋新蓋了不少，周圍植上了很多樹木，許許多多的小路四通八達，全部用青石板鋪成，而巨大的練武場上站立著很多孩子，都穿上了新衣服，靜靜地等待著主母和少主們。

萊恩與列奇站在天雷的院前，兩個人年近百歲，鬚鬚雪白，精神狀態非常好，他們也接到雅靈和中原等回藍鳥谷的消息，心下一揣摩，感到是爲了明月的事情，這麼多年來，明月公主在藍鳥谷吃苦受累，爲天雷獨守空房，教育孩子，爲藍鳥谷和藍鳥王朝的發展作出了巨大貢獻，兩位老人心痛明月，但也不敢深說天雷，只有默默地等待，如今，雅靈親自來到藍鳥谷，如果是爲了明月公主的事情，那可真是給了明月非常大的面子了，這足以說明聖王天雷對明月的重視程度，當然了，這裏面也有孩子夢雷和他們兩位老師兄的原因。

但不論是什麼原因，雅靈的到來，他們也必須出迎，從藍鳥王朝大方向上講，雅靈是王妃，從藍鳥谷來說，她是主母，從私人角度上說，她也是自己的弟妹，天雷是聖僧唯一傳人，他們兩個人勉強可以算上半個子弟，天雷無論怎樣尊敬他們，但他們也要明白禮數。

兩位老人滿面紅光，笑盈盈地看著越來越近的雅靈和明月、孩子們，如今雅靈和明月走在一起，紅花綠葉，相互掩映，當真是當世的兩位絕代佳人，萊恩一捻鬍鬚，點頭暗讚。

雅靈可是第一次見到萊恩與列奇，但他們的鼎鼎大名可是早有耳聞，天雷尊敬他們如自己的父母，就是當初與雅靈訂婚的事，也說過必須兩位師兄同意，爲此，雅星還親自跑了藍鳥谷一趟，由此可見他們在天雷心中的地位，今日初見兩位老師兄，雅靈趕緊搶上兩步，跪倒施禮道：

「弟媳雅靈拜見兩位師兄，並代天雷問師兄好！」

列奇雙眼精光暴射，然後敞聲大笑道：「好，好，果然不愧是國師的子孫後代，配得上天雷，弟妹，快快請起！」

萊恩在旁叫道：「明月，快扶雅靈起來！」

明月微笑著拉起了雅靈。

隨後，萊恩與列奇躬身道：「萊恩、列奇見過聖王妃，祝王妃萬安！」

雅靈忙笑道：「兩位老將軍不必多禮，辛苦了！」

剛才雅靈上前行的是私人間的禮，她是以弟妹身分拜見萊恩與列奇，如今，萊恩與列奇行的是君臣間的禮，雅靈的身分是要受到尊敬，就是他們也不行，君臣間的禮數不能廢，人倫大道在藍鳥王朝是極其重要。

當下，夢雷、中原、雪蓮、盛翔上前拜見萊恩與列奇，兩個人見中原人雖小，但一派大家風範，氣質儒雅，人文靜，而雪蓮一派天真爛漫，小臉上掛著好奇，人雖在行禮，但眼睛卻流露出新奇的目光。而夢雷卻高大了許多，人更加粗壯，年輕的臉上已經帶著軍人的氣質，嚴肅中帶著威嚴，威嚴中帶著幾分孩子氣。

兩個人看著天雷的幾個孩子，哈哈大笑，列奇一手抱起了雪蓮，鬍鬚使雪蓮咯咯直笑，小手撫摸著列奇的臉，眼裏帶著興奮。

萊恩上前拉起中原，用目光仔細打量，心中大驚。中原雖然只有五、六歲的年紀，但皮膚上已經流光閃動，十分有彈性，微弱的氣在經脈中流轉，但絕對與秋水神功不同，萊恩心想：這個孩子莫非已經在修煉天王印訣？

但萊恩沒有說出來，只在心中歎息，人不可與天命爭，看如今這個情形，夢雷雖然帶有軍人的氣質，並修煉了秋水神功和幻月神技，但天雷絕對不是在培養一個王者，而是在訓練一個霸者，而中原不同，他文靜中，王者氣勢已經隱隱可見，並且天雷傳授這孩子天王印訣絕非無意義，也許未來藍鳥天下就決定在這兩個孩子的身上。

萊恩並沒有說破，舉手把中原抱在懷中，對著夢雷說道：「好孩子，你的作爲我們都知道，不錯，真的不錯，哈哈！」

然後，他對著明月說道：「明月，雅靈一路辛苦，妳帶她們去休息，一會兒就開宴了！」

「是，師兄！」

明月公主帶著雅靈在前，萊恩與列奇抱著孩子在後，一路說笑，進入天雷的院內。

如今這個院子擴大了許多，周圍被樹牆圍住，中間花草成片，流香飄逸，大理石鋪成的甬路直通中間房內，左右各有幾間廂房。明月公主指著中間的房屋對著雅靈笑道：

「多年前天雷就住在這裏，我來後住在東側廂房，今天妹妹就住在中間好了！」

雅靈忙道：「姐姐不可，我還是住在西廂吧。」

明月笑道：「這個院內雖有幾間房，但也不是都能住，幾個孩子就住在西廂房內，你就住在天雷的房間好了，不要再爭了，姐姐就這樣吧！」

雅靈看了明月一眼，無奈地說道：「我聽姐姐安排就是！」

明月公主領著雅靈走天雷的房間內，雅靈用目光打量。

這間房屋沒有什麼變化，仍然保持原來的樣子，明月來後，僅僅住了一段時間就搬入東廂房內，她不敢長住在此，這中間的事情很多，明月是明白事理的人。

屋內僅有一張床、一張桌，一張椅，一排書架，書架裏面擺滿了書籍，屋內一塵不染，嶄新的用品，可以看出也是有人經常來打掃。

雪蓮年紀雖小，但也十分懂得事情，她四下環視一眼，好奇地問道：「王娘，這就是父王小時候住過的房間嗎？」

「是啊，蓮兒，這裏就是妳父王住過的地方，好嗎？」

雪蓮搖搖頭道：「不好，沒有我住的房間好！」

「當然，蓮兒住的房間是世界上最好的，妳父王住的這間當然比不上，不過，這可是妳父王曾經學習、練武的地方，就是從這裏開始，妳父王才成為今日的聖王！」

「好啊，我也要在這兒住！」說罷她爬上了床。

雅靈和明月相對苦笑，對於這個孩子，她們還真是沒有辦法，畢竟蓮兒是天雷唯一的女兒，平時比較寵愛，又是彝凝香生的，她們也不敢得罪香妃。

雅靈和中原、雪蓮安心地住在藍鳥谷，一路上勞累也確實夠雅靈受的，能夠得到一個安靜的休息地方她還真是慶幸，三天後，雅靈單獨找到了明月公主。

「明月姐姐，小妹這次來的目的，想必姐姐已經明白，天雷讓我接姐姐進京城，希望姐姐能令小妹達成願望！」

「雅靈姐姐，我已經在藍鳥谷生活了這麼長時間了，何必再到藍鳥城給天雷和你們增添麻煩，我看不必了吧！」

「明月姐姐此言差矣，當初天雷和我愧對姐姐，是因爲要爲嶺西郡著想，可如今，藍鳥王朝已經非常強大了，沒有必要再使姐姐受苦，天雷沒辦法說出口，只有我來面對姐姐，希望姐姐不要爲難小妹，跟我回去！」

明月公主張了張嘴，神色一暗，默默無語。

雅靈見明月公主有些心動，接著說道：「我們知道姐姐受了許多委屈，這正是我們想彌補給姐姐的地方，況且，如今夢雷已經這麼大了，總不能再讓他這樣下去，這對他不公平，也沒有一點的好處，姐姐是聰明人，當然明白小妹說的是什麼！」

「哎！」明月公主長歎一聲道：「我何嘗不知道這對夢雷沒有一點好處，但是，雅靈姐姐，我也有我的難處，天雷也有天雷的難處，這就是命運。」說完，眼淚流了下來。

「姐姐有什麼難處儘管與我說，小妹今天到此就是想解決姐姐的問題，無論是什麼事情，小妹都答應姐姐就是！」雅靈神色平靜，話語斬釘截鐵。

「謝謝雅靈姐姐，但是，我的事妳做不了主！」

「明月姐姐儘管放心就是，雅靈這次來到藍鳥谷，可以說有做主的權力，姐姐有什麼話只管說就是！」

明月公主長歎一聲道：「雅靈姐姐既然如此說，明月就不客氣了！」

「姐姐請說！」

「當初，我貴爲映月公主，集父王、母后和兄弟們的寵愛於一身，被任命爲前軍兵馬大帥，率領大軍遠征中原，可是我爲了個人的兒女私情，置映月帝國利益於不顧，私自逃離軍隊，孤身隱居藍鳥谷，爲天雷生兒教子，已經沒有臉面對映月的父母親和兄弟姐妹，如果我跟隨姐姐進入藍鳥城，它日天雷率藍鳥軍攻入月落城，你讓我和天雷如何面對？」

「這個……」雅靈倒吸了口冷氣，額頭上開始冒汗。

雅靈萬萬沒有想到明月公主想得這麼遠，但卻是事實，如今，藍鳥王朝坐擁聖拉瑪大陸半邊天，兵強馬壯，況且北方平原又已經佔據一半以上，藍鳥王朝統一大陸勢在必行，映月帝國早晚要被藍鳥王朝殲滅，這一點不容懷疑。

一旦天雷率藍鳥軍攻入映月首都月落城，面對明月的父母親如何處置，那時候，明月只有一個結果，要麼保全父母親，要麼和他們一起去死，民族的利益高於一切，想憑藉兒女私情解決兩個民族間千年積怨，也不是件容易的事情，雅靈就是有權力，也不敢在這件事上有所承諾。

雅靈聽後，沉吟片刻說道：「明月姐姐的顧慮極是，是雅靈考慮不周，不過，事情總有解決的辦法，如果姐姐一直在藍鳥谷隱居，對映月帝國是一點好處都沒有，姐姐也知道，如今藍鳥軍強大無比，天雷胸懷四海，大陸一統已成爲必然，如想讓藍鳥軍止住腳步，恐怕不是天雷一個人可以決定的事，這就是宿命，蒼天的安排，聖拉瑪大神的旨意，姐姐想保全父母親的心情我可以理解，不過，姐姐最好跟我回去，也許可以有解決的辦法！」

請續看《風月帝國 7》